Dictionnaire
des Titim et Sirandanes

Raphaël CONFIANT

DICTIONNAIRE DES TITIM ET SIRANDANES

(Devinettes et jeux de mots du monde créole)

IBIS ROUGE EDITIONS
Presses Universitaires Créoles / GEREC

Du même auteur

En langue créole :
JIK DEYE DO BONDYE, nouvelles, Grif An Tè, 1989.
JOU BARE, poèmes, Grif An Tè, 1981.
BITAKO-A, roman, GEREC, 1985 (traduction française par J-P. Arsaye, *Chimères d'En-Ville*, Ramsay, 1997).
KOD YANM, roman, K. D. P., 1986 (traduction française par G. L'Etang, *Le gouverneur des dès*, Stock, 1995).
MARISOSE, roman, Presses Universitaires Créoles, 1987 (traduction française par l'auteur, *Mamzelle Libellule*, Le Serpent à Plumes, 1995).

En langue française :
LE NEGRE ET L'AMIRAL, roman, Grasset, 1988 (Prix Antigone).
ELOGE DE LA CRÉOLITÉ, essai en collaboration avec Jean Bernabé et Patrick Chamoiseau, Gallimard, 1989.
EAU DE CAFÉ, roman, Grasset, 1991 (Prix Novembre).
LETTRES CRÉOLES : TRACÉES ANTILLAISES ET CONTINENTALES DE LA LITTÉRATURE, essai en collaboration avec Patrick Chamoiseau, Hatier, 1991.
RAVINES DU DEVANT-JOUR, récit, Gallimard, 1993 (Prix Casa de las Americas).
AIMÉ CÉSAIRE, UNE TRAVERSÉE PARADOXALE DU SIECLE, essai, Stock, 1993.
L'ALLÉE DES SOUPIRS, roman, Grasset, 1994 (Prix Carbet de la Caraïbe).
COMMANDEUR DU SUCRE, récit, Ecriture, 1994.
BASSIN DES OURAGANS, récit, Les Mille et Une Nuits, 1994.
LES MAÎTRES DE LA PAROLE CRÉOLE, contes, Gallimard, 1995.
LA SAVANE DES PETRIFICATIONS, récit, Les Mille et Une Nuits, 1995.
CONTES CRÉOLES DES AMÉRIQUES, contes, Stock, 1995.
LA VIERGE DU GRAND RETOUR, roman, Grasset, 1996.
LA BAIGNOIRE DE JOSEPHINE, récit, Les Mille et Une Nuits, 1977.
LE MEUTRE DU SAMEDI-GLORIA, roman policier, Mercure de France, 1997.

Traduction :
UN VOLEUR DANS LE VILLAGE, récit, de John Barry, traduit de l'anglais (Jamaïque), Editions Gallimard-Jeunesse, 1996 (Prix de l'International Translation).

Martinique - Guyane - Guadeloupe
ISBN 2 - 911390 - 37 - 7

Le présent ouvrage s'inscrit dans le cadre d'un programme de recherches intitulé « *Collecte et étude des traditions orales créoles* » placé sous la direction du professeur Jean Bernabé et mis en œuvre par le G.E.R.E.C. (Groupe d'études et de recherches en espace créolophone et francophone), de l'Université des Antilles et de la Guyane.

pour Malik

JEUX DE LANGUE EN PAYS CREOLE

(Titim-Bwasek, Jédimo, zedmo, divinèt, kayanbouk, sirandàn, masak)

INTRODUCTION

De tous les éléments qui composent l'oraliture créole, les devinettes et les jeux de mots sont jusqu'à ce jour les moins étudiés. Contes, proverbes, comptines, berceuses et chants font, par contre, l'objet, et cela depuis le XIXè siècle, de recherches approfondies tant de la part de folkloristes amateurs (mais éclairés) comme Lafcadio Hearn (1885), qui arpenta la Louisiane et la Martinique, que de chercheurs usant de méthodes de collecte et d'analyse plus scientifiques comme l'Etasunienne Elsie Clews Parsons (1933), la Martiniquaise Ina Césaire (1977) ou le Guadeloupéen Alain Rutil (1983). Véritable *misyé Liwa* (roi) de l'oraliture, le conte a été l'objet d'un nombre impressionnant de recueils et d'études explicatives, immédiatement suivi par le proverbe et le chant, puis, mais d'assez loin, par la comptine et la berceuse. Le *titim* de la zone américaine et la *sirandane/zedmo* de l'Océan Indien sont donc bien les parents pauvres de cette vaste quête de la mémoire populaire créole. S'il existe un seul et unique recueil de *zedmo* pour les Seychelles[1], les pays caraïbes en sont complètement dépourvus, même si des listes, peu exhaus-

1 Zistwar ek zedmo Sesel-Contes, Devinettes et Jeux de mots des Serychelles, Ed. Akpagon/ACCT., 1983.

tives, de *titim* et de *jédimo* figurent parfois en annexe de certaines études grammaticales ou lexicales, de divers recueils de contes comme celui de la Martiniquaise Marie-Thérèse Lung-Fou (1979) ou encore de certains dictionnaires du créole.

Un tel manque d'intérêt est à mettre d'abord au compte de l'idée que l'on se fait généralement des devinettes : ces dernières sont avant tout perçues comme de simples jeux d'enfants[2]. Ensuite de la place même qu'elles occupent au sein de l'oraliture créole. Il semble, en effet, qu'il y ait lieu de distinguer deux espaces fort différents de profération des devinettes :

- un espace public : elles servaient, en effet, au temps des veillées mortuaires, lieu de profération privilégié des contes, de support à ces derniers, d'intermède plus ou moins plaisant ou d'instrument « phatique » (selon l'expression de R. Jakobson) permettant au conteur de relancer l'intérêt des veilleurs menacés par la fatigue et souvent, l'abus du rhum. En général, les *titim* des veillées étaient les moins compliqués, ceux dont tout un chacun connaissait la réponse comme les fameux *Dlo monté mòn ?* et *Dlo désann mòn ?* Ils avaient essentiellement pour fonction de tester l'appartenance des participants au groupe et conséquemment de renforcer la cohésion de ce dernier. Enfin, il s'agissait là d'une profération exclusivement masculine puisque les femmes[3], sans être formellement exclues du cercle des conteurs (il existe quelques conteuses célèbres en Haïti), n'osaient guère y faire entendre leur voix.

- un espace privé : celui de la relation grand-mère-petit-enfant (plus rarement mère-enfant), comme le montre une étude effectuée par Nicole Rémion[4] à travers la campagne de Josseaud (Rivière-Pilote, Martinique), au début des années 80. Là, autour de la case, ou sous la véranda, à l'abri

---

2 Même dans le cas de l'Afrique, certains ethnologues tels que M. Griaule (*Jeux dogons*, 1938) les classent dans les « jeux oraux des enfants ».

3 N'en déplaise à un certain nombre d'analystes étasuniens (Thomas Spear, 1995, A. James Arnold, 1996, Richard and Sally Price etc.), cette non-présence des femmes dans la profération des contes créoles est un fait anthropologique, non une manipulation machiste de la part des auteurs du mouvement littéraire de la Créolité. Cela n'empêche pas R. et S. Price (1997 : 16) d'écrire froidement : « *If, as Arnold argues, the créolistes tend, in their depictions of the past, to erase women as active agents of cultural production, and if they tend to depict themselves as heirs to the (male) conteur of slave days, it should not be surprising that they tend to deal with living female writers and critics by simply silencing them.* » *(souligné par nous)*

4 « Titim Bwa Sek : origine, évolution, structure d'un genre oraliturel original », Mémoire de DULCC (Université des Antilles-Guyane).

du regard d'autrui, la grand-mère mettait en oeuvre, à une époque où la scolarisation était aléatoire, un véritable entreprise de pédagogie du réel tant social qu'environnemental, s'aventurant parfois sur le terrain du calcul mental. Dans ce cas, la devinette et le jeu de mots avaient une fonction à la fois ludique et didactique. Contrairement à la veillée mortuaire dans laquelle un adulte (le conteur) interrogeait d'autres adultes et où chacun courait le risque de perdre la face en cas de réponse erronée, l'espace de la case et l'intimité qui en découlait ainsi que la relation filiale entre interrogateur et interrogé, permettaient la profération de devinettes beaucoup plus sophistiquées. S'agissant de la profération en veillée, Rolande Honorien-Rostal (1987 : 44) souligne, en effet, que :

> *« Si l'on répond à côté, le conteur peut insulter l'assemblée : « Erreur, crapaud à barbe, anoli à bretelles, jambe à crasse, nez à morve... »* (Bebel-Gisler, 1985 : 56) »

Par contre, la profération hors veillée, outre son caractère privé, est donc le plus souvent féminine et quand on sait que le *titim* et surtout le jeu de mot sont des jeux de langue/sur la langue, cela permet de relativiser l'idée selon laquelle, après la seconde guerre mondiale la transmission de la langue créole a cessé progressivement d'être maternelle, les mères créoles préférant s'adresser dans un mauvais français à leurs enfants plutôt qu'en créole, dans l'espoir de favoriser l'acquisition par ces derniers d'un outil linguistique qui était le sésame de toute ascension sociale. S'il est vrai que, petit à petit, à partir de cette date, le créole à eu tendance à devenir davantage la langue des « pères » (le père biologique mais aussi le frère de la mère ou, plus rarement, celui du père, le parrain ou le plus proche voisin) et des « pairs » (membres d'une même classe d'âge), on ne peut pas pour autant minimiser le rôle des mères dans l'apprentissage de cette langue tant méprisée à l'époque qu'était le créole. Nous nous efforcerons de le démontrer plus avant à l'aide d'exemples précis, en accord sur ce point avec les analyses de Alex Louise Tessonneau (1985 : 66) qui note que :

> *« ...la devinette-énigme est l'un des supports de **l'apprentissage linguistique**...dans son apprentissage linguistique, l'enfant a besoin de bases pour organiser les traits acoustiques qu'il entend. Là encore, la devinette-énigme s'offre comme un terrain de choix. En effet dans ce genre, l'enfant peut, non seulement s'exercer mais de plus, dès qu'il s'en sent capable, il peut confronter son savoir à celui des autres membres du groupe.»*

La profération des devinettes dans les campagnes, jusqu'à la fin des années 70 dans les Petites-Antilles, en Guyane et dans les Mascareignes et des années 80-90 pour Haïti, devinettes le plus souvent en créole, même si certaines sont en français (macaronique[5] d'ailleurs), a contribué à maintenir une certaine forme de transmission maternelle de l'idiome, chose valable également pour la comptine et surtout la berceuse. Il ne faut donc pas confondre, comme le fait grossièrement Christian March (1996), le « discours » des mères antillaises sur le créole, discours volontiers dépréciatif, et la « réalité » des échanges linguistiques au sein d'un type de famille largement matrifocale. Très significativement, le mot *manman* apparaît beaucoup plus fréquemment dans les *titim* que le mot *papa*.

5 Un exemple martiniquais : *« Je suis dans ma maison, les ennemis passent m'attaquent. Je sors dans ma fenêtre et en voilà qui je suis prise ? Un poisson. On vienne avec les seines et ils sont prises. »*

1. ORIGINE DES « TITIM »

1. 1 ENTRE MYTHE ET HISTOIRE

La civilisation créole qui s'est développée durant trois siècles (XVIIè, XVIIIè et XIXè), à la fois dans la Caraïbe et dans l'Océan Indien et dont le pivot fut longtemps la plantation de canne à sucre[6], est née d'emblée dans l'Histoire, voire même dans la modernité (au sens européen du terme). C'est dire qu'elle n'a point connu l'époque du Mythe qui, partout, dans les sociétés ataviques de l'Ancien Monde- Europe, Afrique, Asie et Océanie- est censé avoir précédé le temps de l'Histoire. Mieux : elle n'a pas généré de mythes c'est-à-dire de discours expliquant sa genèse ou ses origines. La créolisation, dans sa brutalité de départ, provoque le gommage de toute trace des origines, surtout dans les ethnoclasses placées en situation de minoration (Amérindiens, Noirs, « Coulis » etc.). Il n'y a pas, par exemple, dans les centaines de contes créoles recensés à ce jour, la moindre mention du nom d'un chef caraïbe, d'un roi africain ou d'une région d'Afrique (ou de l'Inde). Le seul roi qui y figure est justement Béhanzin (dit *Bèrzendannèf*), roi rebelle du Dahomey, déporté à la Martinique en 1880, à une époque donc où les Antilles, avec la fin de la Traite et de l'Esclavage, n'entretiennent désormais plus aucun lien direct avec le continent noir, les travailleurs sous contrat congolais étant trop peu nombreux pour influencer sensiblement une culture déjà deux fois centenaire.

Or l'on sait que dans l'Ancien Monde, la devinette remonte aux temps les plus reculés et qu'elle est liée au Mythe (quoiqu'il s'agisse de deux phénomènes inversés, comme l'indique A. Jolles (1930), puisque le Mythe peut être défini comme une réponse comportant une question alors que la devinette est une question exigeant/comportant une réponse). Temps recu-

---

6 Plus précisément « l'Habitation » qui caractérise mieux la plantation insulaire, par rapport à son homologue continentale. L'habitation se caractérise, en effet, d'une part par sa petite superficie (et donc une cohabitation forcée des maîtres et des esclaves) et par la concentration en son sein d'activités à la fois agricoles et industrielles (fabrication du sucre et du rhum).

lés, en effet, et tout un chacun connaît la fameuse énigme du Sphinx : **Qui marche à quatre pattes le matin, sur deux pattes à midi et sur trois le soir ?** Yves Vadé (1978 : 3) écrit à ce sujet :

> « ...selon Plutarque, les Egyptiens mettaient des sphinx devant leurs temples « pour marquer que leur religion était toute énigmatique». On voit à la Renaissance Pic de la Mirandole reprendre la même idée... Les platoniciens de Florence, pour qui « l'obscurité est conçue comme une valeur essentielle », voient donc dans le sphinx le symbole de la « tradition sacerdotale » et de l'ésotérisme.»

Dans le Nouveau Monde[7], le lien entre devinette et mythe sera brisé et c'est pourquoi on n'y trouve pas l'un des types de devinettes les plus fréquents partout ailleurs, celle que les ethnographes qualifient de « devinettes à solution cruciale ». L'énigme du Sphinx de Thèbes en est une puisqu'il dévorait tous les voyageurs qui ne parvenaient pas à la déchiffrer. André Jolles (1972 : 108) indique aussi qu' :

> « ...autrefois, aux Iles Hawaï, celui qui ne trouvait pas une devinette passait à la casserole et...ses ossements étaient conservés comme trophées. C'est pourquoi il existerait (encore) des familles qui refusent de résoudre les devinettes parce que leurs ancêtres auraient péri de cette manière- autant dire qu'ici la Geste et la devinette se rejoignent. C'est également la raison pour laquelle certains disent quand il s'agit de répondre à une devinette : « Nous jouons notre tête.»

Chez les Peaux-Rouges d'Amérique du nord, il n'en allait pas autrement, nous révèlent J. M. G. et J. Le Clézio (1990 : 11) :

> « Les nations indiennes en firent parfois un rituel, comme cela apparaît dans le questionnaire du « langage Zuyua », transcrit par les fameux « livres du Chilam-Balam » des Mayas du Yucatan.La devinette est alors beaucoup plus qu'un jeu de mots ; elle est une véritable épreuve par la parole, qui relie l'homme au secret de la création : « Fils » est-il dit dans les « livres du Chilam-Balam » ... « apporte-moi la luciole de la nuit. Son parfum se répandra au nord et à l'ouest. Apporte avec elle le coup de langue du jaguar .» Celui qui n'aura pas compris qu'on lui parle des doigts de pied, et qu'on lui demande un cigare et du feu pour l'allumer, celui-là sera

---

7 Nous maintenons cette expression en dépit du fait, aujourd'hui amplement prouvé, que des Africains ont abordé ce qui ne s'appellait pas encore l'Amérique avant Christophe Colomb, et y ont probablement tissé des liés avec certains peuples autochtones. En effet, la « découverte » de l'Amérique par les Africains n'a ni modifié le continent noir ni surtout réalisé la « totalité-monde » comme l'a réussie celle, plus tardive, de Colomb. D'ailleurs, c'est avec ce dernier que, par exemple, le maïs, le manioc et la patate douce vont pénétrer en Afrique, y devenant la nourriture de base et y provoquant une véritable « révolution agricole ».

exclu de la communauté ; il sera même parfois mis à mort. » (souligné par nous)

Dans le monde créole, fondé sur une violence originaire sans précédent (extermination des Amérindiens, esclavage des Noirs, expulsion des délinquants européens vers les îles...), il n'a sans doute pas été nécessaire de passer par le truchement, somme toute feutré, de la devinette pour pouvoir exercer celle-ci.

1. 2 UNE CIVILISATION CREOLE

Il convient avant toute chose de définir ce que nous entendons par le vocable « civilisation créole » et d'expliquer pourquoi nous avons réunis dans un seul et même volume *titim* des Caraïbes et *sirandanes* de l'Océan Indien. Si différents phénomènes de créolisation ont pu se produire au cours de l'histoire humaine en différents endroits du globe, nous croyons pouvoir affirmer qu'il existe quatre zones géographiques, toutes présentant des caractéristiques très semblables, où le processus de créolisation a connu (à partir du XVIIè siècle) un effet de maximisation tel qu'il a abouti à son point culminant à savoir la création d'une langue nouvelle dite créole. Ces quatre zones sont les suivantes :

- *Zone américaine* :

a) créoles à base lexicale française (Haïti, Martinique, Sainte-Lucie, Guyane etc.)

b) créoles à base lexicale hispanique ou « papiamento » (Aruba-Bonaire-Curaçao)

c) créoles à base lexicale anglaise ou « sranan-tongo » et « bushinenge » (Surinam, Guyane française)

- *Zone africaine :*

créole à base lexicale portugaise (Iles du Cap-Vert, Sao-Tome et Principe)

- *Zone océanindienne :*

créole à base lexicale française (Les Mascareignes, les Seychelles)

- *Zone pacifique :*

créole à base lexicale anglaise ou hawaïen (îles Hawaï) et « beachlamar » (Vanuatu, Nouvelle-Guinée).

Ailleurs, notamment en Amérique Latine, dans la Caraïbe anglophone, aux Philippines ou en Afrique du Sud, se sont produits certains phénomènes de créolisation mais ils n'ont jamais atteint l'intensité de ceux qui ont affectés les quatre zones ici mentionnées. Contrairement à une idée mensongèrement répandue, nous[8] n'avons jamais réduit la Créolité aux seuls territoires ayant un créole à base lexicale française. Simplement- et le présent recueil de devinettes créoles à base lexicale française en est l'exemple- on ne peut rassembler ces zones que sur la base d'une relative intercompréhension. Or si cette dernière est totale entre les créoles des Petites Antilles, très importante entre ces derniers et celui d'Haïti et relativement large entre les créoles américains d'une part et les différents créoles mascarins d'autre part, elle est nulle avec les Surinamiens, les Cap Verdiens ou les Vanuatuans. On oublie d'ailleurs trop souvent qu'au XVIIIè siècle un nombre assez conséquent d'esclaves originaires de la côte ouest de l'Afrique ont été conduits dans les Mascareignes en tant qu'esclaves. Comme le souligne P. Baker (1988 : 47) :

> « The West Africans taken to Mauritius in the 18th century came mainly from the Senegambia area, where Wolof, Peul and Mandinka are widely spoken, but there was also at least on major shipment from Ouidah (Bénin) where Fon is the dominant language.»

D'autre part, comme le note I. Vintila-Radulescu (1975: 86) à propos du (/des) créole (s) à base lexicale française :

> « ...c'est l'unité tout à fait remarquable qui existe entre les deux groupes principaux, en dépit de la distance qui les sépare et des circonstances particulières de leur évolution, qui a surpris les linguistes et qu'on a cherché à expliquer- d'autant plus que les autres créoles à vocabulaire européen sont beaucoup plus différencié.» (souligné par nous)

Notre évaluation du taux d'intercompréhension entre les différents dialectes du créole ne repose pas sur une enquête scientifique mais sur notre propre expérience de locuteur créolophone ayant été en contact plus ou moins prolongé avec les variétés autre que le martiniquais (qui est notre langue co-maternelle) et de discussions sur le sujet avec maints créolistes. Il convient de noter toutefois que s'agissant des devinettes qui sont des énoncés très courts, des formulettes, cette intercompréhension doit être probablement encore plus élevée que celle que nous avons indiqué plus haut. Dans des énoncés courts, ce qui est l'une marque principale de l'oral justement, oral dans lequel nous ne faisons guère de « phrases » au sens où l'entendent les grammaires, ce qui est déterminant dans la compréhension, c'est le lexique et non la morphosyntaxe : le petit-nègre *Moi vouloir*

---

8 Les auteurs de L'Eloge de la Créolité (1989).

toi venir avec moi est tout aussi compréhensible que *Je voudrais que vous veniez avec moi.* La morphosyntaxe ne joue qu'à l'écrit ou dans les énoncés oraux profondément marqués par la logique de l'écriture (l'écrit oralisé si l'on préfère). Si bien que la quasi-identité du lexique des différents dialectes du créole à base lexicale française, qu'ils soient d'Amérique ou de l'Océan Indien, fait que dans des énoncés courts tels que les devinettes, il n'y a guère de problèmes d'intercompréhension. Et, à cet égard, l'***Anthologie de la nouvelle poésie créole*** (1984) était un pari beaucoup plus risqué que le présent ***Dictionnaire des titim et sirandanes*** puisque non seulement, il donnait à lire des textes multi-dialectaux écrits (la devinette, elle, est, au départ, orale) mais en plus des textes poétiques c'est-à-dire ceux dans lesquels le travail sur la langue est le plus prononcé et pour lesquels, même quand on reste à l'intérieur d'une seule et même langue, le lecteur, aussi cultivé soit-il, est confronté à d'indéniables problèmes de compréhension.

S'agissant donc des devinettes qui nous occupent, qui contestera l'extraordinaire proximité de :

- Martinique : *Dlo doubout ?*
- Maurice : *Dilo dibout ?*
- Seychelles : *Delo debout ?*
- Sainte-Lucie : *Glo doubout ?*

(Toutes ayant la même réponse : *Kann* (canne à sucre)

Ou bien :

- Martinique : *An kay asou an sèl poto ?*
- Maurice : *Mo lakaz ena belbel kouvertir, me en poto mem ki tini li ?*

(Même réponse : *Parapli/Parasol.*)

Ou encore :

- Seychelles : *Mon manman i malad. I anvoy mwan apel per. Avan ki mwan mon'n arive, per li in fini arive ?*
- Haïti : *Manman voyé mwen chèche dòktè, dòktè rivé avan-m ?*

(Même réponse : *Koko*)

D'autre part, nombreux sont les créolistes qui, s'agissant de la langue, refusent de parler « du» créole et préfèrent l'expression « des/les » créoles. Jamais, il ne diraient « les arabes » ou « les chinois », pourtant, ils savent pertinemment qu'un Marocain ne comprend pas un Irakien et qu'un Cantonais n'entend guère un Pékinois. Sans compter qu'un Français moyen a toutes les peines du monde à comprendre un Québecquois moyen (comme on en a régulièrement l'exemple à travers les films qui nous viennent du Canada francophone). Dire « le chinois », « l'arabe » ou « le français » d'un côté et « les créoles» de l'autre relève d'une forme de « racisme culturel », sans doute inconscient, chez ceux qui pratiquent ce distinguo. Nous croyons en deviner la raison : puisque le chinois, l'arabe et le français sont des langues de vieille tradition écrite et que le créole n'a pas encore réussi à franchir complètement l'étape de l'écrit, les premiers sont donc des langues uniques, en tout cas sont désignées comme telles tandis que les secondes ne seraient que des dialectes éparpillés sans grand lien entre eux, quand bien même ils partagent la même base lexicale et de nombreuses similitudes morphosyntaxiques. Mais à bien regarder, l'écriture n'est pas vraiment en cause puisque jusqu'à tout récemment ni le peul ni le malinké n'étaient des langues écrites et pourtant, ces langues qui présentent une variation dialectale aussi grande que le créole, n'étaient jamais désignées comme étant *les* peuls ou *les* malinké. Sans doute est-ce alors l'absence d'atavisme (ou d'ancestralité) du créole qui est en cause. Bien que non écrites, le peul et le malinké sont, en effet, des langues qui remontent à des temps immémoriaux. Mais, en fait, comme pour l' absence d'écriture, ce n'est pas vraiment l'ancestralité qui est en cause, mais sans doute la *mixité* trop visible du créole (si toutes les langues du monde sont mélangées à des degrés divers, elles ont digéré, naturalisé leurs emprunts). Cependant là encore, nous ne sommes pas sur la bonne piste puisqu'une langue comme le swahili exhibe une mixité tout aussi spectaculaire (près de la moitié de son lexique est arabe) que le créole et pourtant, malgré son extrême dispersion dialectale, aucun linguiste n'a jamais écrit *les* swahilis.

Quelle est donc la vraie raison qui pousse maints linguistes à parler *des* créoles à base lexicale française et non *du* créole si, comme nous venons de le voir, ni l'absence d'écriture, ni l'absence d'ancestralité, ni la mixité ne sont vraiment en cause ? Nous croyons pouvoir avancer que c'est le caractère d'ancienne langue servile attaché au créole qui en est la cause. Le créole porte une marque d'infamie, celle de l'esclavage, de la bâtardise, et ne saurait vraiment, même aux yeux de gens qui se parent des habits de la scientificité, être l'égal du français, de l'arabe, du chinois, du peul ou même du swahili. Ces linguistes ont beau proclamer le caractère de langue à part entière de ce qu'ils appelle « les» créoles, la simple fait de pluraliser la dénomination de cette langue, trahit chez eux une certaine forme de condescendance envers l'idiome de la Plantation esclavagiste. Quand tout un chacun acceptera qu'il existe « *des* chinois » et non pas « *le* chinois », « *des* arabes » et non « *l'*arabe », nous accepterons plus aisément, pour notre part, de dire « *les* créoles » pour désigner les créoles à base lexicale française. Pour l'heure, nous nous en tenons à l'expression « le créole »[9].

D'autre part, nous, les auteurs de l'***Eloge de la Créolité*** (1989) n'avons jamais réduit la créolisation (et son vécu, la créolité) à un phénomène américain. Nous avons clairement distingué « américanisation » de « créolisation », le premier phénomène indiquant la simple adaptation à un nouvel environnement géographique de populations venues librement de l'Ancien Monde. Les WASP (White Anglo-Saxon Protestants) de la Nouvelle-Angleterre sont des américains mais ne sont pas des créoles. La langue et la culture de l'Ancienne Angleterre se sont adaptées à la Nouvelle-Angleterre mais il s'agit toujours globalement de la même langue et de la même culture tandis que la langue et la culture haïtiennes ne sont ni la langue et la culture françaises simplement américanisées ni une quelconque langue et culture ouest-africaine elles aussi américanisées. Parce qu'en plus de l'américanisation (qui affecte toute population venue s'installer - de gré ou de force- dans le Nouveau Monde), il y a eu créolisation en Haïti. La créolisation et la créolité n'ont donc absolument rien de géographiquement situé puisque, nous venons de le voir, ils ont affecté quatre continents différents.

Aujourd'hui, par le biais de ce miracle de tous les instants qu'est Internet, les 20 000 km de distance séparant le créole à base lexicale française des Amériques et son cousin de l'Océan Indien, sont désormais abolis. Il existe là une chance exceptionnelle pour qu'ils s'épaulent et surtout s'enrichissent mutuellement. Mais il est bon de rappeler que deux belles expériences pan-créoles avaient déjà marqué les années 80 :

- l'***Anthologie de la nouvelle poésie créole*** (1984) qui rassemble poètes caribéens et poètes mascarins et dont nous avons été, personnellement, à l'origine.
- ***Kourilèt*** (1987), numéro spécial du ***Courrier de l'UNESCO*** dont chacun des articles est traduit dans l'une des variétés du créole à base lexicale française des Caraïbes et de l'Océan Indien.

Le présent ***Dictionnaire des titim et sirandanes*** s'inscrit exactement dans la même perspective. Le lexique inter-créole qu'il comporte a pour but d'inciter les lecteurs créolophones des différentes zones à se plonger

---

9 Evidemment, nous acceptons l'expression « les créoles » mais uniquement pour distinguer entre eux le créole à base lexicale française, le créole à base lexicale espagnole, le créole à base lexicale anglaise et le créole à base lexicale portugaise.

dans les variétés qui diffèrent des leurs au lieu d'avoir directement recours à la traduction (placée en fin d'ouvrage) que nous destinons, en principe, aux lecteurs non-créolophones.

1. 3 LANGUE ET ORALITURE CREOLES

Lorsqu'on examine les devinettes créoles, on constate qu'un nombre assez respectable d'entre elles ont leur équivalent presque exact en Afrique de l'Ouest (pour les Caraïbes) et de l'Est (pour les Mascareignes) alors que la chose est beaucoup moins fréquente quand on les compare aux devinettes européennes[10]. C'est qu'il convient de dissocier la naissance de la langue créole de celle de l'oraliture créole. La première, dont les « conditions éruptives» (Ralph Ludwig, 1989) de naissance sont aujourd'hui unanimement admises- une cinquantaine d'années entre 1625, date de l'établissement des Français à l'île de Saint-Christophe (aujourd'hui Saint-Kitts) et 1670-80, moment où le commerce du sucre de canne prend son essor- fut la création commune des Blancs et des Noirs à une époque où existait un relatif équilibre démographique entre les deux groupes et où l'esclavage plantationnaire ne s'était pas encore développé. A une époque aussi où les maîtres français, contrairement à leurs homologues espagnols, portugais ou anglais, ne disposaient pas d'une langue unifiée et normalisée qu'ils pouvaient facilement imposer à ceux qu'ils dominaient (très significativement, c'est l'année même, 1635, au cours de laquelle les Français prennent symboliquement possession de la Guadeloupe et de la Martinique, qu'en France, le Cardinal Richelieu créé l'Académie française dont l'un des objectifs premiers fut de mettre bon ordre à l'espèce d'anarchie orthographique qui régnait jusque là).

Le créole peut donc être métaphoriquement défini comme un « mulâtre linguistique », même si la vieille rengaine le définissant comme une langue à vocabulaire français et à syntaxe africaine est désormais invalidée. L'oraliture, par contre, n'a pu se former qu'une fois la langue

---

10 Dans le Glossaire étymologique des patois et des parlers de l'Anjou de A.J. Verrier et R. Ornillon, par exemple, sur une liste de 113 « devinailles », nous n'en avons trouvé qu'une seule qui ait à peu près son équivalent dans le monde créole :
- Anjou : *Qu'est-ce qui a un œil au bout de la queue ?*
- Maurice : *Mo zozo enna nek en lizye, e so lizye dan so lake ?* (Mon oiseau n'a qu'un œil et celui-ci se trouve dans sa queue ?)
Réponse : *Un poëllon.*

constituée, à partir des années 70-80 du XVIIè siècle donc, au moment où les Blancs s'instituent en *Béké* c'est-à-dire en Blancs créoles propriétaires de grandes plantations et où il font venir d'Afrique des bateaux négriers de deux-cent esclaves ou plus. Le nombre des Noirs deviendra désormais considérablement plus important que celui des Blancs et surtout ceux-ci n'auront plus qu'une seule possibilité, celle de s'investir à fond dans le créole pour s'adapter au plus vite à l'univers de la plantation (alors que les Békés, désormais enrichis, pouvaient grâce à des précepteurs venus de France ou à des voyages dans ce pays, entamer une sorte de re-francisation linguistique). Il en résultera une « africanisation » ou une « négrification » profonde de la langue et surtout de la culture créoles et donc de son élément principal (à côté de la musique) à savoir l'oraliture.

En fait, s'agissant de la langue créole elle-même, on distingue généralement deux grandes étapes[11] :

- celle des 50 premières années de la colonisation déjà mentionnées au cours desquelles l'outillage, l'appareillage linguistique est mis sur pied conjointement par les Caraïbes, les Blancs et les Noirs. (S'agissant des Caraïbes, Guy Hazaël-Massieux (1996 : 73) nous dit :

> « ...nous sommes tentés de conclure que les Caraïbes usaient du même « jargon» que les Noirs ou que les Blancs des îles. Le témoignage de Th. de Chanvallon, dans la deuxième moitié du XVIIIè siècle confortera cette impression : pour accabler le créole, il donne l'exemple des propos d'un Caraïbe.»

Par « appareillage linguistique » nous entendons essentiellement le lexique et la morphosyntaxe. Mais cela ne suffit pas encore à fabriquer une langue de plein exercice. On en reste au niveau d'une sorte pidgin dans lequel la fonction dénotative (ou référentielle) domine ou bien est la seule présente. D'ailleurs, les Noirs introduits dans les îles fraîchement occupées par les Français étaient d'origine trop hétéroclite pour avoir eu une influence déterminante sur cet outillage linguistique : esclaves achetés aux Portugais, capturés des mains des Espagnols, échangés ou « brocantés » avec les Anglais etc. C'est sans doute pourquoi toutes les tentatives visant à repérer une quelconque africanité du créole à ce niveau se sont révélées

---

11 Cette analyse, élaborée, entre autres, par R. Chaudenson (1974) valable surtout pour les Petites Antilles, la Guyane et l'Océan Indien, n'est pas contradictoire avec le cas haïtien à cause d 'un fait démographique massif et trop rarement souligné : au moment où éclate la révolution haïtienne et où Haïti se sépare définitivement de la France (1804), le pays compte 500 000 nègres « bossales » c'est-à-dire africains et à peine 50 000 nègres créoles. Dans ce pays aussi, il y a eu deux étapes, quoique différemment datées, et c'est pourquoi, en fin de compte, l'intercompréhension entre le créole haïtien et les créoles antillo-guyanais est si large.

vaines ou fort limitées (si l'on écarte la théorie controversée, quoique séduisante, de la relexification qui voit dans le créole « une langue éwé à lexique français »). Au niveau lexical : quelques termes relevant du magico-religieux aux Petites Antilles et en Guyane ; le vocabulaire du Vaudou en Haïti. Au niveau morphosyntaxique : à peine trois ou quatre structures- tels que les verbes sériels- dont on est à peu près sûr qu'elles ne proviennent pas du « français avancé ». L'africanité du créole ne doit donc pas être recherchée au niveau de l'outillage linguistique du créole.

- une deuxième étape : celle qui commence à partir des années 1670-80, au moment du succès du commerce du sucre de canne et de l'arrivée massive d'esclaves africains directement des comptoirs ouest-africains contrôlés par les Français. Certains contingents sont tellement homogènes (culturellement et linguistiquement) qu'ils représentent un véritable danger pour la Plantation : d'où le souci à la fois des négriers et des planteurs de séparer les esclaves qu'ils jugeaient faire partie de la même ethnie ou parler la même langue. Souci souvent vain à cause de l'existence depuis toujours de langues véhiculaires intra-africaines. C'est donc à ce moment-là que le créole accède au statut de langue à part entière, élargissant ses capacités expressives au connotatif et au non référentiel. On touche ici au niveau de la sémantique de la langue et c'est là qu'il convient d'identifier ce que Gabriel Manessy appelle une « sémantaxe » qui serait largement (mais pas exclusivement) d'origine ouest-africaine. Un certain nombre de procédés cognitifs, plus largement une manière de découper le réel, une vision du monde, à l'œuvre dans le créole ne relèvent pas, à l'évidence, des rhizomes amérindien et français mais du rhizome[12] éwé, fon, yorouba ou bantou. Nul étonnement donc à ce que Philip Baker (1988 : 49), au terme d'une étude sur les origines des *Mauritian riddles*, trouve une influence beaucoup plus considérable du français sur le lexique du créole que sur les devinettes mauriciennes :

> « This suggests a French : non French origin ranging from 27:/ 12 to 28 : 22. Both ratios suggest that French played a less dominant role in this particuliar area of Mauritian folklore than in the lexicon of Mauritian creole (of which at least 85% is French derivation) ». (souligné par nous.)

G. Manessy (1995 : 18), africaniste de son état, écrit dans le même ordre d'idée :

12 Pour reprendre la conception de « l'identité-rhizome » par opposition à « l'identité-racine » telle qu'elle est formulée par E. Glissant (1983) qui lui même retravaille une opposition établie par Deleuze et Guattari (1972).

> « Les tentatives effectuées pour établir un parallélisme entre les structures créoles et celles des langues de l'Afrique, elles-mêmes infiniment diverses, sont demeurées jusqu'ici étrangement ambiguës. Un certain nombre d'observations sur les créoles eux-mêmes, sur ce que les langues négro-africaines peuvent avoir de commun et sur les particularités actuelles des langues européennes implantées en Afrique nous portent à penser que le problème a été ainsi mal posé. Sur le plan linguistique, le principe de « créolité» doit être cherché, non dans un remaniement plus ou moins accentué des mécanismes grammaticaux de la langue source, mais dans l'expression, à travers ces dispositifs mêmes ou par d'autres moyens, de catégories sémantiques sous-jacentes à l'exercice du langage et propres à l'univers culturel des populations concernées.» (souligné par nous)

Ce « principe de créolité » dont parle Manessy relève pour une grande part d'« un principe d'africanité » premier que l'on n'a pas encore réussi à mettre en lumière pour la simple raison que l'immense majorité des créolistes sont, à ce jour, des romanistes. Nul étonnement donc à les voir tranquillement classer les créoles parmi les « langues néo-romanes » à la suite du philologue haïtien Jules Faine (1936). Cette question ne pourra être étudiée sérieusement que lorsqu'apparaîtra une génération de créolistes-africanistes.

Ainsi donc, à compter du XVIIIè siècle, même si le créole continue d'être la langue quotidienne principale des Blancs comme en témoigne les observations de Girod de Chantrans[13], il devient tant au plan linguistique qu'au plan idéologique fortement connotée « nègre ». D'où sans doute l'étrange définition de l'entrée « créole » dans la plupart des dictionnaires français avant 1980 : « **Créole. 1. Blanc de pure race né aux Antilles françaises. 2. Patois parlé par les Noirs des Antilles françaises et des Mascareignes** ». On se serait logiquement attendu à ce que la seconde définition parlât de « patois parlé par les Blancs » !

Si la grande majorité des Blancs des débuts de la colonisation, de ces fameuses cinquante premières années que J. Petit Jean-Roget qualifie à juste titre de « période du défrichage », était d'extraction rurale et ne savait ni lire ni écrire (sans compter qu'elle parlait les dialectes du nord-ouest de la France tels que le Normand ou le Poitevin et non le Francien, dialecte de l'Ile-de-France qui finira par s'imposer et devenir le français que nous connaissons aujourd'hui), il n'en va plus de même à partir du

13 Il écrit en 1782 : « *Quoiqu'il en soit, le langage créole a prévalu. Non seulement il est celui des gens de couleur, mais même des Blancs domiciliés dans la colonie, qui le parlent plus volontiers que le français, soit par habitude, soit parce qu'il leur plaît davantage.* »

XVIIIè siècle, moment où disposant de moyens financiers importants, le groupe blanc va pouvoir donner un minimum d'éducation scolaire à ses rejetons. S'investissant de plus en plus dans l'univers de l'écrit (même si cet écrit relève davantage de la scription que de l'écriture proprement dite comme en témoigne les « registres d'habitation »), les Blancs, ne vivant plus en contact intime avec les Noirs à cause des prescriptions drastiques du Code Noir (1685), vont laisser le champ de l'oralité créole, et donc de l'oraliture, aux Noirs. Le conteur créole, personnage singulier et secret, va naître et il ne sera ni blanc ni mulâtre mais bel et bien nègre. Les contes, les proverbes, les devinettes ou les chants de travail seront créés par les Noirs lesquels subissent, dans le même temps, un processus d'acculturation forcé au monde blanc, par le biais de l'enseignement religieux en particulier. Jacqueline Rosemain (1987 : 15) fait remarquer à cet égard que :

> « Français et latin sont pratiqués quotidiennement, matin et soir, pour les prières faites en commun sous la conduite de la maîtresse de l'habitation ou d'un esclave créole baptisé, et aussi pour le catéchisme.»

Si donc mélange il y a entre la culture européenne et les cultures africaines, il est, à partir de la fin du XVIIè siècle en tout cas, essentiellement le fait des Noirs. Ceux-ci vont donc être engagés dans un double processus relevant d'une part de la re-création, ou plus exactement du re-façonnage[14] des éléments culturels africains que l'Habitation s'emploie à faire disparaître- n'oublions pas que les « nègres bossales » c'est-à-dire nés en Afrique étaient confiés, à leur arrivée aux Antilles, avant d'être employés au travail des champs, à des « nègres créoles » c'est-à-dire nés en Amérique, qui étaient chargés de les « civiliser »- d'autre part d'appropriation sauvage de la culture du Maître. De ce balancement constant, de cet aller-venir culturel naîtra peu à peu une culture créole originale (sur un fond de rémanences amérindiennes) qui s'illustrera dans tous les domaines de la réalité, depuis la cuisine jusqu'à l'architecture en passant par la petite agriculture, le vêtement, la joaillerie, l'ébénisterie et bien entendu la littérature orale. Ce qu'indique Marie-Christine Hazaël-Massieux (1987 : 34) à propos des comptines peut tout à fait s'appliquer aux *titim* :

> « On peut penser que les premiers colons ont transporté avec eux nombre de chansons populaires de leurs Provinces françaises ; mais il ne serait sans doute pas raisonnable de croire que ce sont les

14 Ainsi la vieille opposition entre les couleurs rouge et noire, qui remonte à l'Egypte pharaonique et perdure dans maintes cultures négro-africaines, est-elle greffée par le Nègre créole sur une fête européenne, le carnaval. Alain Anselin (1992 : 131) écrit : « Le Mardi-gras est au fond le jour de Seth et le Mercredi des cendres celui d'Osiris. »

colons qui ont appris aux esclaves venus d'Afrique à bercer les enfants, ou à les balancer au rythme de la respiration.»

Cette prégnance de l'élément « nègre» dans la culture créole semble plus marqué aux Amériques que dans l'Océan Indien et il n'y a pas lieu d'appliquer mécaniquement à la première zone le modèle de créolisation[15] élaboré par Robert Chaudenson (1974) pour la seconde, même si, et nous l'avons vu, il y existe une base de départ assez similaire. Une théorie de la créolisation propre à la zone antillo-guyanaise reste à construire quoique d'importants jalons aient déjà été posés notamment par Edouard Glissant, Jacques Petit Jean-Roget et Jean Bernabé. Insistons à nouveau sur le fait que cette théorie de la créolisation gagnerait beaucoup à s'appuyer sur l'africanistique et par là, nous n'entendons pas uniquement cette branche de la linguistique qui s'occupe des langues vernaculaires (ou « nationales ») d'Afrique noire mais aussi de celle qui traite des faits d'appropriation et de vernacularisation du français sur ce continent. En bref, le « français populaire de Côte d'Ivoire » ou « français-Moussa » a autant à nous apprendre sur la genèse et le fonctionnement du créole que le fon, l'éwé ou le bété.

En outre, à l'intérieur même de ces deux grandes zones historiques de créolisation (Caraïbe et Océan Indien), il conviendrait de définir des sous-zones et la place des devinettes ainsi que le rôle qu'elles jouent dans chaque territoire, leur mode de profération etc. est si diversifié que leur étude est presqu'une invite à s'engager sur une telle voie. On peut par conséquent légitimement avancer, s'agissant de la genèse des *titim/sirandane*, que ces derniers entretiennent une relation de continuum-discontinuum avec les devinettes de l'Ancien Monde (Europe et principalement Afrique) mais que, dans le même temps, elles relèvent aussi de cette « pulsion questionnante » qui semble bio-programmée chez l'être humain. Car si elles ont l'apparence d'un jeu, elles dissimulent, comme nous le verrons plus avant, une véritable entreprise de description et d'appropriation symbolique de la réalité sociale et physique. Le *titim/sirandane* est non seulement une question sur le monde mais aussi sur un univers culturel particulier qui vise à vérifier chez l'interrogé sa bonne connaissance de ce même univers culturel et donc son appartenance à celui-ci.

---

15 Il n'y a pas lieu non plus de lui appliquer le schéma élaboré pour l'Amérique continentale. André-Marcel d'Ans (1997 : 48) écrit : *« L'amérique coloniale espagnole regorgeait donc de Noirs, et pas seulement dans les zones de plantations tropicales. Mais là s'arrête la similitude avec les îles françaises. Nulle part en effet, en Amérique continentale, le système esclavagiste-plantationnaire ne s'établit d'une façon universelle et exclusive, concentrationnairement replié sur soi-même, comme ce fut le cas dans les Antilles. »*

1. 3 L'ETYMOLOGIE OBSCURE DU MOT « TITIM »

Le mot *titim* ou *timtim* n'a pas laissé d'intriguer les chercheurs comme ce fut le cas pour *Krik ! Krak !* Si l'on retrouve dans l'ouest de la France cette dernière formule[16], il n'a pas été possible à ce jour d'assigner une origine quelconque au premier. D'aucuns sont donc tentés d'y voir un mot ouest-africain mais aucune des langues utilisées par les esclaves (Fon, Ewé, Ibo etc.) ne contient un tel terme. Alex-Louise Tessonneau (1984) avance une hypothèse séduisante, mais point totalement convaincante, selon laquelle *titim* se décomposerait en deux morphèmes *ti* et *tim*. S'appuyant sur le fait que *titim* est le mot qui souvent, dans les veillées mortuaires, ouvrait la profération des contes, elle veut y voir un « petit conte », une sorte résumé de conte qui précéderait les « grands contes » (d'autant qu'en créole haïtien, le mot *kont* désigne autant les contes proprement dit que les devinettes-énigmes). Mais si *ti* signifie bien « petit» en créole, le mot *tim* y est parfaitement inconnu et rien ne vient étayer l'idée selon laquelle il signifierait « conte ». Il semble plus prudent d'y voir, surtout quand on examine la variante *timtim*, une sorte d'idéophone qui se serait lexicalisé jusqu'à signifier « devinette ».

16 Jean Price Mars écrit dans Ainsi parla l'oncle (rééd. 1973 : 55) : *« ...nous commençons nos contes par un « cric » auquel l'auditoire répond « crac ». Cette tradition nous vient en droite ligne de l'époque coloniale. Elle très propre aux marins bretons et très répandue dans toute la Bretagne et vous savez si nous avons eu un grand nombre de Bretons à Saint-Domingue. »*

2. STRUCTURE DES DEVINETTES CREOLES

D'emblée, deux grandes catégories s'imposent, celle des devinettes proprement dites ou *titim* qui sont des énigmes et celles des jeux de mots qui sont des jeux de langue, même si le discours populaire les englobe, le plus souvent, sous le nom générique de *titim* aux Amériques et de *Zedmo* ou *sirandane* dans l'Océan Indien. Notons, toutefois, que dans de nombreux cas, il n'est guère facile d'opérer une nette distinction entre ces deux formes et qu'il en existe qui relèvent des deux à la fois. Une troisième catégorie, sans doute apparue au XXè siècle, est la charade qui est d'ailleurs principalement en français et qui ne diffère de son modèle européen que par les réalités évoquées.

2. 1. LES « TITIM » / »SIRANDANES »

Le *titim/sirandane*, presque toujours en créole, est une énigme que le questionné est sommé de déchiffrer. Mais pour ce faire, il faut que le texte de celle-ci soit au préalable « chiffré » ou codé. Ce chiffrage ne fonctionne pas à partir d'un quelconque lexique savant ou ésotérique, contrairement à d'autres codes secrets (langue secrète des prêtres des religions africaines, argot des pays européens etc.) mais bel et bien à partir de la langue de tous les jours et de son vocabulaire le plus usuel. Il existe différents degrés de chiffrage et donc des énigmes dont l'énoncé (mais non la résolvabilité) est plus simple que d'autres. Dans ce cas de figure, tout un chacun comprend- au sens purement linguistique du terme- l'énoncé de l'énigme, énoncé qui se présente souvent sous la forme la plus anodine possible. Prenons l'exemple du *titim* guadeloupéen suivant :

> - Ki biten ou pé koupé men ou pé pa fann ? *(Quelle chose peut-on couper mais qu'on ne peut pas fendre ?)*

Il n'y a rien, dans la formulation de la question, qui diffère d'un énoncé de la langue quotidienne, ni au plan lexical, ni au plan morphosyntaxique[17]. Pourtant, une réponse immédiate est difficile parce que le chiffrage fonctionne sur deux termes *koupé et fann* dont l'utilisation touche quasiment tous les domaines de la réalité. On peut, en effet, *« koupé bwa » (couper du bois), « koupé vyann » (couper de la viande), « koupé twèl » (couper du tissu), « koupé kòd » (couper de la corde)* etc. et il en va de même pour *fann (fendre)*. Mais il ne suffit pas d'identifier la chose (*biten* dit l'énoncé) que l'on coupe, encore faut-il la mettre en rapport avec le fait qu'on ne peut pas la fendre. L'énoncé de ce *titim* comporte en réalité deux devinettes : a) devinette d'un objet qu'on peut couper b) devinette d'un objet qu'on peut couper mais qu'on ne peut pas fendre. La réponse, *chivé* (cheveu), parait évidente, une fois donnée, mais elle ne l'est pas tant que cela pour la simple raison qu'il ne serait jamais venu à l'idée de personne de tenter de « fendre» un cheveu. On voit donc où réside ici le mécanisme de chiffrage : c'est la mise en rapport d'une action normale, *koupé chivé (couper les cheveux)* et d'une action insolite ou aberrante, *éséyé fann chivé (tenter de fendre un cheveu)*.

Il existe bien d'autres types de chiffrage qu'il est impossible de passer intégralement en revue dans le cadre de cette présentation générale. Notons simplement que le plus fréquent, partout dans le monde d'ailleurs, est celui qui fonctionne sur le mode de l'analogie (avec usage de procédés métaphoriques et métonymiques) et qu' A. Jolles (1972 : 113), qui préfère parler de « langue spéciale», explique ainsi :

> « Si on nous dit :
>
> *Il y a un arbre sur toute la terre*
> *qui porte vingt-cinq nids,*
> *dans chaque nid sept petits,*
> *et aucun n'a de langue.»*
>
> « Nous savons d'emblée que l'**arbre**, le **nid** et les **petits** ne doivent pas être pris ici dans leur sens habituel et que nous devons les apprécier autrement. Et si on prend la devinette du sphinx: Qui marche à quatre pattes le matin, sur deux pattes à midi et sur trois le soir ?on sait que, là encore, le **matin**, le **midi** et le **soir** ne veulent pas obligatoirement désigner des moments de la journée, et que les **jambes** ne peuvent se réduire à une partie du corps.»

La devinette créole ne déroge pas à ce principe universel que l'on trouve aussi bien dans les devinettes européennes, africaines, arabes ou indiennes. Prenons l'exemple du *titim* martiniquais suivant :

---

17 Encore que, tout comme les proverbes, certaines devinettes emploient une syntaxe simplifiée (absence de déterminant du « nom » par exemple) ou qui viole parfois les règles de grammaticalité les plus élémentaires de la langue. Le « titim » martiniquais *« Ti bolonm gran lèspri kondui pa an chyen »* utilise un passif agentif, forme inconnue en créole.

- An kay asou an sèl poto ? *(Une maison qui tient sur un seul poteau).*

Il est clair que l'interrogé ne doit pas prendre les mots *kay et poto* dans leurs acceptions habituelles (nous insistons sur le pluriel car on peut s'armer d'un dictionnaire créole et passer en revues toutes les significations de ces deux mots sans pour autant réussir à déchiffrer la devinette). *Kay* et *poto* sont donc mis en lieu et place de deux choses (physiques ou immatérielles, on ne le sait pas encore) qui entretiennent un rapport de connotation[18] avec eux. Ce type de rapport relève de l'analogie puisque la réponse à ce *titim* est *parapli (parapluie)*. Analogie fondée sur une métaphore parce que *kay* est mis à la place de la voilure du parapluie qui possède effectivement la forme d'un toit et qui, tout comme le toit, protège de la pluie et du soleil. Jakobson (1956), on le sait, définissait la métaphore comme un rapport de « similarité » entre deux termes par opposition à la métonymie dans laquelle il y a un rapport de « contiguïté » ; métaphore encore parce que *poto* est mis à la place du manche du parapluie. Mais l'analogie de la devinette est fondée, dans le même temps, sur un procédé métonymique à savoir la relation de contiguïté qui relie, au sein de la question, *kay* à *poto.*

La difficulté de résolution de ce type d'énigme résulte, là encore, de l'étendue, très vaste, des significations métaphoriques possibles des termes *kay* d'une part et *poto* de l'autre ainsi que des significations métonymiques unissant ces deux termes entre eux. Nous y reviendrons en détail plus avant mais, on peut déjà constater que dans notre recueil, le seul *kay ou lakaz* renvoie, au plan métaphorique, par exemple, à :

1. ***Nasse :*** Man ni an **kay** tou an pèsyenn ? (M.) **Nas.**
2. ***Casier :*** Mon annan mon **lakaz** i annan zis en sèl laport, plen lafinèt. Ki li ? (Sey.) **Kazye.**
3. ***Bambou :*** Mon annan mon **lakaz**, i annan en kantité létaz ? (Sey.) **Banbou.**
4. ***Papaye :*** Mon annan mon **lakaz**. Letan mon penn li ver, tou dimoun blan ki reste ladan. Letan mon penn li zonn, zis dimoun nwanr ki reste ? (Sey.) **Papay etc…**
5. ***Tête :*** Mwen nana **kaz**, zamé mwen la kapab vwar sak nana déryer ? (R.)

---

18 A. J. Greimas (1970 : 36) fait la même remarque concernant les proverbes : *« Les proverbes sont des éléments connotés. Dans le cas de* ***Bonjour fillettes, adieu lunettes****, le signifié ne se situe pas au niveau de la signification de* ***lunettes*** *et de* ***fillettes****, le sens du proverbe se trouve là où se déroulent les considérations sur la jeunesse et la vieillesse. »*

Cela fait aussi, qu'à l'inverse, un seul et même *titim* peut avoir deux réponses complètement différentes, parfois dans le même dialecte mais le plus souvent dans des dialectes différents. Ainsi nous avons :

- ***Guadeloupe :***

An pa ni wa ni rèn, an ka pòté an kouwòn ?

- ***Martinique :***

Mwen pa ni wa ni rèn, mwen pòté lakouwòn kòm wa ?

(Je ne suis ni roi ni reine, pourtant je porte une couronne ?)

Réponse :

- ***Guadeloupe :*** Grinad (Grenade).
- ***Martinique :*** Kòk (Coq).

A propos des réponses aux devinettes, nous partageons entièrement la position qu'affirme vigoureusement l'anthropologue finnoise E. K. Maranda (1969 : 7) :

> « ...je dois m'opposer à cette pratique généralisée parmi les spécialistes des énigmes (Taylor, 1951 ; Christiansen, 1958 ; Virtanen, 1960 ; Georges and Dundes, 1963 etc.) qui consiste à analyser seulement l'image de l'énigme, à faire abstraction de la réponse. Ma décision initiale la plus importante fut d'étudier la relation réciproque entre les deux parties d'une énigme, l'image et sa réponse. L'une et l'autre sont en effet pré-établies et codées, et le fait qu'une même image puisse recevoir plusieurs réponses ne signifie pas que la réponse puisse être arbitraire. Une relation spécifique existe entre images et réponses de même qu'entre des réponses alternatives à une même image.» (souligné par nous)

Pour mettre à jour le fonctionnement interne de la devinette-énigme créole, on peut partir de l'analyse que A. J. Greimas (1970) fait de *l'écriture cruciverbiste*. En effet, rien n'est plus proche de la devinette que le mot-croisé sauf que le premier s'épanouit dans l'oralité alors que le second ne peut exister que dans l' écriture. Tous deux sont composés, en effet, de deux éléments distincts :

- une Définition *(df).*
- une Dénomination *(dn).*

Et dans les deux cas, contrairement au dictionnaire (Greimas parle de *dictionnaire à l'envers),* il faut partir de la définition pour pouvoir arriver à la dénomination. Bien plus, on a affaire non seulement à un dictionnaire « à l'envers» mais aussi et surtout à un dictionnaire « pervers » puisque la définition est formulée sciemment de telle manière à dérouter, désorienter celui qui l'entend (devinette) ou celui qui la lit (mot-croisé) et, en fin de compte, pour brouiller l'accès au sens. Cette « perversion », que nous appelions plus haut « chiffrage », rapproche la *df* de la devinette et celle du mot-croisé de certains procédés utilisés par la littérature (plus particulièrement la poésie), notamment des « tropes » lesquels masquent aussi l'accès au *dn* c'est-à-dire au sens. Mais le chiffrage joue aussi sur les procédés de la litote, de l'allusion et de l'ironie qui sont tous, eux aussi, des procédés de dissimulation du sens.

A partir de là, on peut se référer au modèle structural d'analyse des énigmes finnoises mis au point par E. K. Maranda laquelle distingue entre :

- les énigmes à métaphore.
- les énigmes à paradoxe.

2. 1. 1 LES ENIGMES A METAPHORE

Ces énigmes comportent un *signans* qui est le noyau de l'image contenue dans celles-ci et un *signatum* qui en est la réponse. E. K. Maranda (1969 : 12) précise à ce sujet :

> « Ce sont des métaphores conditionnelles, et l'image de l'énigme spécifie la condition sous laquelle la métaphore est vraie. Cette condition est, d'un point de vue logique, la prémisse vraie donnée dans l'image de l'énigme.»

L'auteur propose de réécrire la structure élémentaire de l'énigme sous forme d'une proposition logique constituée de 5 éléments :

- *un terme donné.*
- *un terme caché.*
- *une prémisse vraie.*
- *une prémisse fausse.*
- *une réponse.*

Si l'on prend, par exemple, la devinette créole *Abiyé san sòti ? (M.)* dont la réponse est *Kabann,* on peut en présenter la structure sous la forme suivante :

		Prémisses		
	Termes	Constant	Variable	
Donné	0 (I)	Abiyé (II)	San sòti (Iv)	Image
Caché	Kabann (V)		An (III)	Réponse

- Le terme donné (qui est le *signans* de la métaphore, le noyau de l'image de l'énigme) est : *0.* On notera que cette formulation est peut fréquente car le plus souvent, le « terme donné» désigne clairement un être humain, un animal ou un objet, et est rarement implicite. Dans le cas présent, la formulation la plus courante serait : *An bagay ka abiyé san sòti ? (une chose qui s'habille sans sortir ?)* ou bien *An moun ka abiyé san sòti ? (une personne s'habille sans sortir ?).* L'ellipse est motivée par le fait que la devinette doit donner le moins d'indices possibles sur la nature de l'entité qui s'habille. Dire *bagay* ou *moun* guiderait, en effet, le « répondeur» en lui indiquant qu'il s'agit soit d'une chose soit d'un être humain et non pas d'une créature animale, par exemple.

- La prémisse constante laquelle est vraie aussi bien pour le *signans* que pour le *signatum* (réponse) est : *Abiyé.* Lorsque l'on fait un lit, il a l'air aussi « habillé» qu'un être humain qui s'apprête à sortir.

- La variable cachée est : *An (un). « Par définition »* dit Maranda (ibidem : 14) *« cet élément n'est jamais rendu explicite, et ainsi, en termes d'énoncé exprimé, il apparaît toujours comme « zéro ».* Ici, nous pouvons le noter *An (Un)* puisqu'il ne peut s'agir que d'*un* être humain, d'*un* animal ou d'*une* chose.

- La variable donnée est : *san sòti (qui ne sort pas).* Celle-ci sert *« à désigner le sens de la réponse. C'est sous cette condition que la métaphore est vraie.» (Maranda, ibidem).* En effet, un « lit » ne se déplace pas, ne sort pas et c'est à cette condition qu'il peut être métaphoriquement comparé à un humain.

- Le *signatum* est *kabann (lit).*

Cette méthode d'analyse structurale semble convenir parfaitement aux énigmes à métaphore créoles et l'on peut en conclure que cette sous-catégorie des *titim/sirandane* obéit à un schéma universel. Simplement, la spécificité créole se marquera au niveau des différentes combinaisons de *signans* et de *signata* ce qui revient à mettre à jour les juxtapositions les plus fréquentes. Dans le présent corpus, les ensembles utilisés sont les suivants :

Image	***Réponse***
Humain	*Plante domestique*

(L'humain le plus fréquemment nommé dans la devinette créole est **manman** *(mère)* et la plante domestique mise en rapport avec elle est **jiwomon/joumou/ziwomon** *(citrouille)*, tant dans les Amériques que dans l'Océan Indien.)

Humain	*Objet culturel*

(L'humain est ici encore **manman** et l'objet culturel appartient aux activités domestiques telles que la couture (**Dé**/dé à coudre ; **sizo**/ciseaux ; **Zéjui**/aiguille etc.) ou la cuisine.)

Objet culturel *Objet naturel*

(L'objet culturel le plus fréquemment nommé est **kay /kaz/lakaz /mézon/lanmézon** *(maison)* et l'objet *naturel mis en rapport* avec lui est très divers et peut être **banbou** *(banbou),* **papay** *(papaye) ou* **dizef** *(œuf).*

Animal domestique *Plante domestique*

(L'animal le plus fréquemment utilisé est le **bèf** *(bœuf)* et la plante domestique avec laquelle il est mis en rapport est souvent le **jiwomon** *(citrouille).*

Spécificité donc de ce classement quand on le compare à des classements de devinettes relevant d'autres cultures mais l'universalité- que nous préférons appeler *Diversalité* (cf. ***Eloge de la Créolité***, 1989)- revient à bride abattue puisque comme partout ailleurs, les humains ne sont presque jamais comparés aux humains ni les animaux à d'autres animaux. Seuls les objets peuvent être comparés entre eux, encore que cela soit plutôt rare comme dans l'exemple suivant :

- So **rob** mo granmanman azout azoute bout an bout ? *(la robe de ma grand-mère est composée de morceaux mis bout à bout ?)*

Letwa bardo. (Ma.) *(un toit en bardeaux)*

2. 1. 2 LES ENIGMES A PARADOXE

E. K. Maranda définit *« la métaphore de l'énigme comme l'union de deux ensembles »* et le paradoxe comme *« l'intersection de deux ensembles. »* On peut prendre la devinette créole suivante pour expliciter ce distinguo :

- Mi port en **kouròn**, mwen lé pa la renn, mwen lé pa lo rwa ? *(Je porte une couronne, je ne suis ni reine ni roi ?)*

Grénad. (R.) *(Grenade)*

Si la métaphore est une comparaison entre deux choses différentes mais similaires en structure ou en forme (ceinture *vs.* mer ; salle *vs.* bouche ; maison *vs.* parapluie etc.), le paradoxe est, au contraire, la comparaison de deux choses similaires *« seulement quant à une fonction commune.»* (E.K. Maranda). Dans l'exemple que nous venons de donner, il y a donc intersection entre deux ensembles :

- *l'ensemble « créature qui porte une couronne».*

- l'ensemble « qui n'est ni reine ni roi».

Dans le corpus des devinettes créoles présenté ici, notons pour conclure sur les *titim/sirandane*, que les énigmes à paradoxe sont nettement moins nombreuses que les énigmes à métaphore dans la proportion de 1 contre 20 environ.

2. 2. LES JEUX DE MOTS

Contrairement au *titim*, le *jédimo* de la Caraïbe ou le *zedmo* de l'Océan Indien, est d'abord un jeu sur la languc, unc manipulation de celle-ci, et de ce fait, s'écarte, parfois de beaucoup du langage quotidien. En fait, davantage qu'un jeu sur « la » langue, il s'agit, dans le contexte de la diglossie créole/français, d'un jeu sur « les » langues, ou plus exactement sur les quatre principaux registres de langue qui y existent : c'est pourquoi si l'on trouve beaucoup de jeux de mots en créole « basilectal », il y en a un nombre conséquent en créole francisé, en français standard et, plus rarement, en français créolisé.

Cette variation lectale complique le déchiffrement des jeux de mots créoles. Ainsi le jeu de mot martiniquais suivant est-il incompréhensible lorsqu'il est proféré à débit normal, tout en demeurant partiellement énigmatique lorsqu'il est proféré à voix lente :

- Rata pasa monta kraza divè sita ?

L'interrogé, quand le jeu de mot est proféré en débit normal, repère immédiatement le procédé qui consiste à répéter la voyelle *a* à intervalles réguliers mais il est incapable de découper la chaîne parlée, même s'il devine que ce même *a* établit des frontières entre les différents composants de cette même chaîne. A voix lente, il identifie les racines de *pasa, monta* et *kraza* mais demeure perplexe devant *rata* (il hésitera entre rapprocher ce mot de *rat* ou de *rater)* et surtout *divè sita* qui est prononcé d'une traite chez tous les conteurs qui connaissaient ce jeu de mots. (Profitons-en pour souligner que la compétence des conteurs créoles est une « compétence à trous », pour reprendre une expression de Jean Bernabé (1983) qui l'applique à la connaissance qu'à le locuteur créolophone moyen du lexique du créole. Ainsi nous est-il arrivé à maintes reprises d'étonner tel et tel conteur en lui posant un *titim* ou un « jeu de mot » que nous avait donné l'un de ses confrères habitant souvent le même quartier de campagne que lui. La réponse était invariablement : *« Man pa janmen tann bagay tala ! » (Je n'ai jamais entendu une telle chose).* Il est vrai que les conteurs martiniquais, avant que nous ne créions, en 1982, l'association *Kontè Sanblé (Conteurs réunis),* ne formaient pas du tout une confrérie, n'avaient absolument pas le sentiment d'appartenir à un seul et même corps de « maîtres de la parole ». A l'inverse de leurs alter ego de l'Afrique traditionnelle, nous avons eu la surprise de constater que les conteurs étaient des êtres solitaires, renfermés et extrêmement méfiants envers les autres conteurs des environs, acceptant un peu mieux ceux qui venaient de plus loin. Plus d'une fois, certains conteurs refusèrent de participer aux nuits du conte créole qu'organisait régulièrement l'association sous prétexte que tel conteur serait là et qu'il ne manquerait pas de leur « voler » un conte qu'ils venaient d'inventer. En réalité, lorsqu'il nous était donné d'entendre le conte en question, nous nous rendions compte qu'il n'était absolument pas nouveau ni « inventé » mais qu'il représentait une variation, certes fort originale, de quelque conte faisant partie du corpus traditionnel de l'oraliture créole.)

Pour en revenir à *Ratamonta pasa kraza divè sita,* nous croyons que posée à l'enfant par la grand-mère (ou la mère), ce genre de jeu de mot jette « *les bases d'un apprentissage phonétique et phonologique»* comme l'écrit A. L. Tessonneau (1985 : 66) qui ajoute :

> « Dans cette situation de joute, l'acquisition des phonétismes est favorisée parce que les séquences sont relativement courtes pour que l'enfant puisse s'initier à la manipulation des mots et des assonances propres à la langue...Ainsi un mot comme */Ratata/* permet, par exemple, de s'entraîner à prononcer un */R/* qui à aucun moment ne peut être confondu avec un */W/ dans la mesure où il est beaucoup plus facile de dire très vite /Ratata/* que */Watata/ ;* en outre, on sait depuis Jakobson que les oppositions existant dans toutes les langues sont aussi celles qui sont acquises en premier lieu par l'enfant : *pa/ta/ma/na* et que les oppositions *p///t/m//n/* forment les consonantismes minimum des langues vivantes...»

En effet, si l'on considère le *titim* martiniquais suivant, on se rend compte qu'il met en œuvre une véritable pédagogie de la distinction phonétique :

> « Si sé pa té mini minèt,
> pandi, pandèt,
> vini vinèt,
> sé manjé domi dominèt ? »

On retrouve, dans le vieux pays d'Anjou, des procédés du même type. Ainsi A.J. Verrier et R. Ornillon (rééd 1970 : 486) notent-ils :

> « Pour embarrasser les gens qui prétendent savoir le latin, on leur dit : **Raviroti rotantara ramipataro rabrulapatra ?** Réponse : Un rat vit un ròti, le ròti tenta le rat, le rat mit la patte au ròti, le ròti brûla la patte au rat.»

Du *Rata monta pasa kraza divè sita* créole au *Raviroti rotantara ramipataro rabrulapatra* angevin, on pousse l'écoutant (le « répondeur ») à réfléchir sur quelque chose qui jusque là lui semblait être parfaitement naturel et ne poser aucun problème à savoir la chaîne parlée et son découpage en unités distinctes. Et sans doute le mystérieux *titim* martiniquais *Gani gani pwend kouti,* dont la réponse est *Mayi,* relève-t-il du même procédé. En Anjou encore, on trouve :

- Abiscouti grainsemonti ?

Habit se coud-t-il, grain se moud-il ?

2. 3 LES CHARADES

Apparues plus tardivement que les *titim* et les jeux de mots, les charades sont quasiment toutes en français, souvent créolisé, et fonctionnent sur le même modèle que leurs homologues français (*mon premier est ceci..., mon deuxième est cela..., mon troisième est cela... , mon tout est...).* Il semble que ce soit la pénétration de la presse écrite dans les milieux populaires après la deuxième guerre mondiale qui ait favorisé l'intégration des charades à l'oraliture créole. La scolarisation des filles y étant plus poussée que celle des garçons (très vite happés par le travail agricole ou autre), ce sont encore les femmes, au cours des veillées de vivants, qui vont proférer des charades. Ces dernières sont absolument inconnues dans les veillées mortuaires.

La charade créole, comme la devinette ou le jeu de mot, est « lancinée » par l'écrit, selon une métaphore glissantienne que nous expliciterons plus avant. On y mesure, en effet, le profond désir des Créoles d'accéder à cet univers qui leur fut longtemps interdit par les lois esclavagistes, puis simplement entrouvert après l'abolition et cela jusqu'à la fin des années 60 du XXè siècle. Là encore, les jeux phonétiques sont légion. Telle la charade suivante :

- Le premier mot, c'est premier lettre alphabétique. Le deuxième mot, c'est un mot impropre. Le troisième mot, c'est un bête féroce ?

Réponse : Calalou (K, a, loup)

3. ORALITE ET ECRITURE DANS LES « TITIM » ET LES « ZEDMO »

3. 1 L'ARCHI-ECRITURE CREOLE

L'existence de devinettes créoles (et de contes) en langue française, même si c'est de manière très minoritaire, nous impose de réexaminer la dichotomie trop facilement admise qui renvoie le créole à la seule oralité et le français à l'écriture. Il y existe bel et bien une oralité francophone au sein même de la culture créole et les **chanté noèl** (cantiques de Noël), presqu'exclusivement en français, en sont la manifestation la plus éclatante[19]. De même, il y a eu très tôt des textes à vocation littéraire écrits en créole- dès 1754 avec la célèbre chanson-poème du Blanc créole de Saint-Domingue, *Lisette quitté la plaine*- et cela de manière continue tout au long de l'histoire des différentes aires créolophones : 40 proclamations en créole signées de la propre main de Napoléon Bonaparte alors Premier Consul entre 1801 et 1803 ; catéchisme en langue nègre de l'Abbé Goux (1842) ; diverses traduction des Fables de La Fontaine (François Marbot pour la Martinique, en 1844, Charles Baissac pour l'île Maurice en 1880, Rodolphine Young pour les Seychelles en 1860, Georges Sylvain pour Haïti en 1901) ; premier roman en langue créole, ***Atipa***, d'Alfred Parépou en 1885 ; articles en créole du journal ***Le Peuple*** écrits par le leader socialiste guadeloupéen Hegésippe Légitimus en cette même fin du XIXè siècle ; textes de l'ACRA (Académie Créole Antillaise) de la Guadeloupe dans la première moitié du XXè siècle etc.

Si, en dépit de la quantité respectable d'écrits en créole publiés en trois siècles, la langue créole n'est pas encore parvenue à la souveraineté scripturale, il faut se garder de la considérer comme une langue orale au vrai sens du terme. L'oralité du créole n'a rien à voir avec l'oralité du

---

19 Sans compter que le conteur créole le plus uniglotte prononce au moins une phrase en français à l'ouverture des contes : *est-ce la cour dort* en français créolisé ou *est-ce que la cour dort ?* en français standard. Ce à quoi l'assistance (« la cour ») répond : *non, la cour dort pas !* ou bien *non, la cour ne dort pas.*

wolof, du tahitien ou du quechua, langues qui ont vécu des siècles durant en dehors de tout contact avec l'écriture jusqu'aux colonisations européenne et arabe. Edouard Glissant (1981 : 22) précise remarquablement cette différence en définissant les Antilles comme :

> « ...une communauté dont la langue orale porte la marque secrète, impossible et irrepérable de l'écrit.»

A notre sens, cette « marque secrète» n'est pas du tout « irrepérable » et il convient pour la dévoiler de se référer au concept d'»archi-écriture » de Jacques Derrida. Remettant en cause ce qu'il appelle le « logocentrisme » ou *« métaphysique de l'écriture phonétique (par exemple de l'alphabet) qui n'a été en son fond... que l'ethnocentrisme le plus original »* (1967 : 11), Derrida oppose d'une part une conception vulgaire de l'écriture qui veut que celle-ci ne soit qu'une simple transcription de l'oral, à *l'archi-écriture ou à la trace,* de l'autre. Si la première (l'écriture) est, chronologiquement postérieure à la parole, la seconde (l'archi-écriture) ne l'est pas dans le sens où elle est déjà inscrite en toute parole. La langue impliquant nécessairement espacement et ponctuation est toujours déjà à cet égard une écriture, si bien que les productions écrites révèlent, manifestent d'une certaine façon la nature même de la langue au lieu de la pervertir. C'est la recherche de cette archi-écriture qui a toujours hanté les poètes, notamment Saint-John Perse qui écrit dans ***Exils*** :

> « ...voici que j'ai dessein d'errer parmi les plus vieilles couches du langage, parmi les plus hautes tranches phonétiques : jusqu'à des langues très lointaines, jusqu'à des langues très entières et très parcimonieuses, comme ces langues dravidiennes qui n'eurent pas de mots distincts pour « hier» et pour « demain». Venez, et nous suivez, qui n'avons mots à dire : nous remontons ce pur délice sans graphie où court l'antique phrase humaine ; nous nous mouvons parmi de claires élisions, des résidus d'anciens préfixes ayant perdu leur initiale, et devançant les beaux travaux de linguistique, nous nous frayons nos voies nouvelles jusqu'à ces locutions inouïes, où l'aspiration recule au-delà des voyelles et la modulation du souffle se propage, au gré de telles labiales mi-sonores en quête de pures finales vocaliques.» (souligné par nous)

Par des voies opposées et dans des formulations très dissemblables, le grammatologue Derrida et le poète Perse, qui ici fait sans doute allusion au créole, récusent l'équation habituelle « écriture : graphie». *« L'antique phrase humaine »* qui hante la poésie de Perse trouve son écho dans la *« trace »* ou *« l'archi-écriture »* de Derrida. De plus, l'écriture a toujours été pensée comme extérieure à la parole à cause d'une conception du signe (signifiant/signifié) qui repose sur la distinction, là encore profondément métaphysique, du « sensible » (ce qui a trait au signifiant) et de « l'intelligible » (ce qui a trait au signifié). Derrida (ibidem : 26) note :

> « L'extériorité du signifiant est l'extériorité de l'écriture en général et nous tenterons de montrer plus loin qu'il n'y a pas de signe linguistique avant l'écriture. Sans cette extériorité l'idée de signe tombe en ruine. »

C'est sans doute cette conception du signe qui fait que Saussure, en dépit de sa réflexion extrêmement moderne sur les anagrammes, retombe dans une vision logocentriste de l'écriture. Comme le souligne T. Aron (1970 / 59) :

> « Autrement dit, Saussure conçoit bien que le texte soit « transgressé» par un autre texte sous-jacent, mais ce deuxième texte, une fois reconstitués les mots qui le composent, reste un langage fait de signes clairement identifiables, à double face (signifiante et signifiée), à sens univoque, un langage tenu en mains et mis en œuvre par un sujet conscient de ses voies et de ses moyens. »

3. 2 LES TITIM ET JEUX DE MOTS COMME REVELATEURS DE L'ARCHI-ECRITURE CREOLE

A còté de la quête, en français, du poète Perse d'une écriture *« sans graphie »,* on peut déceler, dans le créole et singulièrement dans son oraliture, une présence réelle de la *« trace »* que nous préférerions nommer, pour notre part, la *« scripture ».* En effet, il suffit de considérer les *titim-bwa-sèk* pour s'en convaincre. Comme le note N. Rémion (1987 : 14) :

> « Les titim-bwachèch ont donc, dès leur apparition, un intérêt pédagogique car à travers elles, jeunes et adultes exercent leur mémoire, leur rapidité de compréhension mais surtout un intérêt éducatif qui porte à la fois sur la morale religieuse, sociale, sur la connaissance du milieu naturel et sur la langue.»

C'est ce dernier aspect qui retiendra toute notre attention puisqu'on sait que les devinettes créoles étaient proférées dans un milieu rural totalement dépourvu d'écriture[20], par des gens qui étaient souvent des créolophones uniglottes. Dans le corpus, forcément incomplet, que nous livrons dans le présent recueil, nous retiendrons, parmi d'autres, les *titim* et jeux de mots suivants dont certains sont en français :

20 D'écriture fonctionnelle s'entend car une certaine forme d'écriture ludique (recueils de « chanté-Noèl ») ou ésotérique (livres de magie européenne, cahiers de quimboiseurs etc.) y existe.

1. Rata pasa monta kraza divè sita.
2. K asou K.
3. Sans moi Paris sera pris.
4. Analyser le mot « nègre ».
5. Ki diférans ou ka fè ant an klòch épi an Y ?
6. Mont ou sou kouch ou bouk ou tou.
7. Twa é twa fon konmen ?
8. La ou ka touvé plis zo zo ranjé ?
9. Quand est-ce que mes chaussettes me coûteront vingt-cinq francs ?
10. Dé nonm malad kouché lopital, yo ka palé di an péyi, ki péyi ?
11. Qu'est-ce que l'essentiel ?

On remarquera d'abord que certains énoncés sont fondés sur un jeu phonétique à l'aide des voyelles : 1, 3 et 6. La première, *Rata pasa kraza monta divè sita* est décryptée comme *Rat pa sa monté, i krazé dis vè, sis tas (Le rat ne sait pas grimper, il a cassé dix verres et six tasses)*. Le troisième, en français, *Sans moi Paris sera pris,* travaille sur le mot *Paris* qui, lorsqu'on lui ôte la voyelle *a*, devient effectivement *pris*. Le cinquième, *Mont ou sou kouch ou bouk ou tou,* prononcée d'une traite peut sembler étrange et pas du tout créole mais le jeu sur le *ou* masque une phrase parfaitement grammaticale qui signifie « Ta montre est sur la couche, ta boucle aussi». D'autres, comme le deuxième, *K asou K,* opèrent sur la syllabe *Ka* qu'elle singularise et découpe à l'initiale de deux mots, le jeu de mot étant interprété comme *Kabouré asou kasi (Un tombereau sur un cassis)*.

Mais le fait le plus intéressant, c'est que si certains *titim* et jeux de mots sont en français et d'autres en créole, d'une part beaucoup sont en français créolisé ou en créole francisé, d'autre part la compétence des deux langues est nécessaire pour pouvoir les décrypter (une connaissance passive à tout le moins qui relève de ce que l'on pourrait appeler un « ludisme diglossique»). La devinette/jeu de mots qui suit (on a ici un exemple où l'énoncé relève de ces deux formes à la fois) le démontre de façon éclatante puisque la réponse à *Ki diférans ou ka fè ant an klòch épi an Y* (quelle différence faites-vous entre une cloche et un Y ?) est *Y sé an vwayèl, klòch la sé an konsòn (Y est une voyelle, la cloche c'est la qu'on sonne/c'est la consonne)*. Le jeu sur *Konsòn/Qu'on sonne* est mésolectal et prouve que depuis fort longtemps, et cela dans des couches sociales réputées peu cultivées, on avait conscience du frottement des deux langues et des possibilités expressives qu'on pouvait en tirer. La devinette 7, *Twa é twa ka fè konmen*, est exemplaire à cet égard car en créole, *Twa* équivaut à *Trois* en français, ce qui induit le « répondeur» en erreur et le pousse à répondre *Sis (Six)*. Or, justement, la devinette joue sur l'homophonie du *Twa* créole et du *Toi* français- il faut donc entendre *Toi et Toi* **ka fè konmen ?**, énoncé mi-français mi-créole qui s'énonce faussement comme entièrement créole. Si bien que la bonne réponse n'est pas *Sis* mais *Dé (Deux c'est-à-dire Toi + Toi)*. La devinette 10 relève du même jeu sur le créole et le français puisqu'à la question *Dé nonm kouché lopital, yo ka palé di an péyi, ki péyi ? (Deux hommes sont couchés à l'hôpital, ils parlent d'un pays, de quel pays s'agit-il ?)*, la réponse est, en créole, *Litali (L'Italie)*, mais le jeu de mots sous-jacent est du français c'est-à-dire *Lit à lit*. En créole, le mot *li* n'est employé que depuis peu- à la place de *kabann* ou de *kouch*- à cause de l'extraordinaire phénomène de décréolisation lexicale qui affecte le créole depuis une trentaine d'années et, de toutes façons, eut-il été créole qu'il n'aurait pas pu permettre le jeu de mots puisque la liaison qui donne *Litali* n'est possible que par la conjonction de la prononciation et de la graphie françaises (en créole, on aurait prononcé, en effet, *Liali*). Or, cette graphie est théoriquement inconnue, en tout cas mal connue, des locuteurs uniglottes et illettrés qui sont les proférateurs principaux des *titim*. Trois derniers exemples :

- Konmen fimèl ki ka viv ansanm nan an kay ? *(Combien de femelles vivent ensemble dans la même maison ?).*

Réponse : Twa : lapòt, laklé, séri *(Trois : la porte, la clef, la serrure).*

La réponse n'est compréhensible qu'en faisant référence à la langue française dans laquelle les trois mots, *porte, clef et serrure,* sont au genre féminin car la distinction féminin/masculin n'est pratiquement pas marquée en créole[21].

- Albè ni douz bèf. I menné yo brè. Men, anlè douz la ni yenki kat ki brè ?

(Albert possède douze bœufs. Il les emmène s'abreuver mais sur les douze, seuls quatre boivent ?)

Réponse : Sèptanm brè, òktòb brè, novanm brè, désanm brè.

Une fois de plus le recours à l'orthographe française est indispensable pour comprendre la réponse. Il y a un jeu, extrêmement sophistiqué, sur la ressemblance entre le créole *brè (boire)* et une certaine prononciation humoristique de la terminaison, *bre*, des quatre derniers mois de l'année en français.

---

21 Cette distinction existe de manière marginale, uniquement pour les mots terminés par la voyelle « è » : *mantè/mantèz, volè/volèz, kouyonnè/kouyonnèz etc.*

- Ekri mwen zatrap rat an kat lèt ?
(Ecrivez-moi le nom du piège à rat en quatre lettres ?)
Réponse : Chat *(Chat).*

Pour les gens qui posent cette devinette, le créole ne s'écrit pas. Seul le français a, à leurs yeux, le statut de langue écrite. Ils s'attendent donc à une réponse en français à une devinette posée... en créole.

C'est donc pourquoi si Jean Bernabé (1996 : 29) a raison de souligner que *« l'oralité et l'écriture appartiennent véritablement à des instances cognitives différentes»*, il nous semble, dans le cas du créole, qu'il faille relativiser quelque peu cette opposition à cause de la transcendance archi-scripturale qui est à l'œuvre dans cette langue (transcendance exhibée par *Litali/Lit à lit* par exemple) depuis la naissance de cette dernière. De même, l'hypothèse de Laënnec Hurbon (1987 : 121) selon laquelle, aux Antilles, *« l'oralité est à considérer comme un paradigme du système culturel »* tandis que l'écriture relève du *« paradigme de la modernité »*, nous semble friser le poncif indigéniste. En Guadeloupe, on trouve des exemples similaires à ceux de la Martinique que nous venons d'examiner. Ce sont les fameuses *mitoloji* que R. Honorien-Rostal a étudiées en détail et à propos desquelles elle écrit (1987 : 47) :

> « Les **mitoloji** sont des « jeux de mots» tirés de l'Histoire de la Bible ou de la mythologie gréco-romaine...mes informateurs sont formels : **mitoloji ni plis grad ki divinèt**, les mythologies ont plus de grades que les devinettes. Elles ont été élaborées à partir du dictionnaire : **si ou pa li an liv ou pé pa réponn mitoloji la. Sé adan diksyonnè ou ka touvé'y,** si tu ne lis pas le livre, tu ne peux pas trouver la réponse. C'est dans un dictionnaire que tu les trouveras.» (souligné par nous)

Ces quelques exemples où l'on voit des locuteurs, le plus souvent placés en *« position sous-ordonnée »* (J. Bernabé, 1983) sur l'échelle du continuum-discontinuum qui structure la diglossie antillo-guyanaise et océanindienne, faire soit référence à l'écrit soit usage d'un texte écrit, nous montrent l'existence d'une archi-écriture au sens derridien du terme au sein de la langue et de la culture créoles. Ils nous prouvent aussi que l'imbrication du français et du créole et le fait que le premier se soit imposé à l'écrit, à la fin du XVIIè siècle, au moment où les colons deviennent des *Béké* et entament un réinvestissement dans cette langue qu'ils avaient d'abord parlé sous des formes largement dialectales, n'a pas suffi à rejeter du même coup le créole dans la stricte oralité.

3. 3. LA LANGUE DES DEVINETTES CREOLES

Titim, *Sirandane*, *Kayanbouk*, *masak* et autres *jédimo/zedmo* sont en grande majorité en créole mais tous ne sont pas en créole basilectal ; de même que s'il y a des devinettes en français, loin s'en faut qu'elles soient toutes en français standard. En fait, on retrouve dans le corpus des devinettes créoles, les quatre principaux niveaux de langue qui structurent les échanges communicatifs au sein des sociétés créoles, et cela dans des proportions qui sont les suivantes, en tenant compte du fait que notre corpus n'est pas exhaustif, chose qui donne à nos statistiques une valeur surtout indicative :

- ***Créole basilectal :*** *environ 66%.*

  Question : Mwen malpwòp pasé ayen èk man ka bo Liwa an mitan bouch ?

- ***Créole francisé :*** *environ 14%.*

  Question : Twa kavalyé pasé, twa pòm pandant, chaken pwan yonn ?

- ***Français standard :*** *environ 12%.*

  Question : Je t'ai vu où jamais tu ne fus, où jamais tu ne seras, où tu ne peux pas être ?

- ***Français créolisé :*** *environ 8%.*

  Question : J'ai couché cabaret sans souper ?

Les énoncés mixtes (dans lesquels ceux qui sont en français créolisé sont minoritaires) constituent 22% de notre total, ce qui est une proportion assez remarquable et qui nous montre que depuis toujours, depuis la formation de la langue créole probablement, ces quatre niveaux ont toujours cœxisté. Ceux qui donc, aujourd'hui, semblent découvrir à grand fracas un *interlecte* ou une prétendue *macro-langue,* qui est censée remplacer progressivement le créole et devenir la langue maternelle de nos populations, enfoncent des portes ouvertes : le registre mésolectal fait depuis longtemps partie de la compétence linguistique des créolophones (y compris en Haïti où le français n'a pourtant pas eu le temps de s'enraciner durablement dans la masse de la population). Ce qui a changé depuis une vingtaine d'années, c'est simplement les différents pourcentages d'utilisation des quatre variétés de langues en question. En effet, si de nos jours, le créole francisé et le français créolisé tendent à prendre le pas sur le créole basilectal d'une part et le français standard de l'autre, cela ne signifie pas qu'il s'agisse d'une situation irréversible. Le combat qui est mené en faveur du créole depuis le début des années 70, la multiplication des livres publiés dans cette langue, la création d'une Licence de Langues et

Cultures Créoles à l'Université des Antilles et de la Guyane, l'introduction du créole comme LV3 (Langue vivante 3) dans certains lycées[22], ce qui lui permet d'être présenté au baccalauréat comme matière optionnelle, tout cela contribue à freiner l'avancée du créole francisé et peut-être à inverser le processus de décréolisation. De même la scolarisation de plus en plus précoce (on met les enfants en jardin d'enfants dès l'âge de deux ou trois ans), la multiplication des chaînes de télévision, la facilité et la fréquence des voyages vers la France, l'augmentation conséquente du nombre de Métropolitains installés aux Antilles-Guyane et à la Réunion, Métropolitains souvent mariés à des Créoles, tout cela contribue à faire reculer le français créolisé et à rapprocher le français insulaire de celui de l'Hexagone. Ainsi donc, l'existence d'une soi-disant *macro-langue* qui effacerait toutes les autres de notre paysage linguistique est, pour l'heure en tout cas, un pur fantasme d'apprenti-(socio-)linguiste.

Evidemment, la devinette étant aussi un jeu sur la langue, et donc chez nous sur **les** langues, on trouvera maints énoncés en français macaronique ou « français-banane » tel que le suivant :

- *Il faudra ouvè ma vant pour touvé ma boyo ?*

Notons qu'il s'agit là d'une déformation volontaire à usage ludique, non d'un quelconque niveau lectal attesté sur l'échelle de la diglossie (quadri-polaire) créole/français.

22 Notamment dès 1997-98, au Lycée Acajou II (Lamentin, Martinique) sous l'impulsion de son proviseur, M. Michel Auriol.

4. CONDITIONS DE PROFERATION DES « TITIM » ET DES JEUX DE MOTS

4. 1 LA VEILLEE DES MORTS

La veillée mortuaire, nous l'avons déjà signalé fut le lieu privilégié de profération des devinettes et des jeux de mots. Ces derniers servaient, en effet, d'introduction aux contes[23], le conteur antillais ouvrant la séance par un retentissant :

« **Titim ?** »

Formule énigmatique à laquelle l'assemblée répondait par un nom moins énigmatique :

« **Bwa sèk !** » (Bois sec !)

Souvent, cette question et cette réponse étaient répétées plusieurs fois d'affilée avant que le conteur ne pose la première devinette, sans doute dans le but de créer une atmosphère propice à l'expression d'une parole qui interrompait le deuil, une parole ludique qui se gaussait de la mort (et parfois du mort lui-même). En Guyane, selon Auxence Contout (1987), les formules sont quelque peu différentes :

> « Les massaks sont nos devinettes créoles. Le conteur qui pose les devinettes demande toujours l'autorisation à son auditoire en criant : Massak-Massak ? Si l'auditoire accepte, il répond : Kam !. D'autres conteurs demandent : Kini-Kini ? Et l'auditoire autorise en répondant : Boi sèk ! »

A la Réunion, le conteur commence toujours par *Kosa en soz ?*

Au cours des observations que nous avons pu faire en 1982 et 84, à Morne-des-Esses (Commune de Sainte-Marie, Martinique) et à La Carrière (commune du Vauclin, Martinique), nous nous sommes rendus compte que les devinettes qui ouvraient les veillées n'avaient qu'une fonction rituelle. C'étaient toujours les mêmes et surtout elles étaient les plus

---

23 Mais le conteur pouvait commencer aussi par la formule « Twa fwa bèl kont » ou se contenter de « Yé-Krik-Yé-Krak » et « Yé-mistikrik-Yé mistikrak ».

simples, celles auxquelles l'assemblée des veilleurs pouvait répondre en chœur. Par exemple :

- Dlo monté mòn ? *(Eau qui grimpe la colline ?)*

Koko ! (Noix de coco)

- Dlo désann mòn ? *(Eau qui descend la colline ?)*

Kann ! (Canne à sucre)

En fait, la plupart du temps, le conteur n'attend pas la réponse à ces devinettes et passe soit la récitation d'un conte soit, ce qui est moins fréquent, à d'autres devinettes plus compliquées. En Anjou, A. J. Verrier et R. Ornillon (rééd. 1970) notent la même attitude :

> « Le jeu débute toujours par la formule consacrée :
>
> « Devine, devinaille
>
> Qui pond sur la paille ?
>
> Puis, sans attendre une réponse trop facile, on passe à quelqu'une des énigmes suivantes...» (souligné par nous)

Et dans l'Océan Indien, à Maurice, Charles Baissac (rééd. 1970) remarquait en 1885 :

> « Sirandane ? disait le vieillard. Sampèque, répondaient les petits tout d'une voix, et le jeu commençait. D'abord, une série de questions,invariablement les mêmes, et les réponses suivaient à l'instant : **Dileau diboute ? Canne. Dileau en pendant ? Coco. Piti bat manman ? Laklos** etc...»

Au cours des veillées mortuaires auxquelles nous avons participé, nous n'avons vu qu'une seule fois un conteur interloquer l'assistance en posant d'emblée une devinette difficile, ce qui provoqua une gêne et faillit gâcher la cérémonie, n'eut été l'arrivée d'un participant qui connaissait la réponse. Renseignements pris, il nous fut confié qu'il s'agissait là d'une sorte de vengeance exercée par le conteur en question à l'endroit des gens du quartier (Savane Romanette, à Morne-des-Esses) lesquels, au cours d'une veillée précédente, lui avait préféré un autre conteur venu de très loin.

Un point qui a retenu notre attention, c'est le fait que l'énoncé de la devinette n'était jamais à la forme interrogative mais toujours à la forme affirmative. Le conteur dit :

- *Nas anba dlo !* et non *Nas anba dlo ?*

Cela se retrouve aussi en Afrique nous révèle G. Meyer (1978 : 6) :

> « Dans les devinettes bambara, la question apparaît toujours sous une forme affirmative.»

On peut considérer cela comme une volonté de la part du conteur de défier cet « adversaire » qu'est le public des répondeurs. La devinette posée sur un ton affirmatif réaffirme que le conteur dispose d'un savoir dont il est le seul maître et surtout pour laquelle il n'accepte qu'une seule et unique réponse. Un ton interrogatif installerait une sorte d'égalité entre conteur et répondeur et surtout ouvrirait la voie à une pluralité de réponses, chose difficilement compatible avec l'autoritarisme régnant dans des sociétés rurales, qu'elles soient du Nouveau ou de l'Ancien Monde.

Normalement, les devinettes d'ouverture ont donc une fonction rituelle, les vraies énigmes, celles qui obligent l'assistance non plus à communier mais à, chacun pour soi, essayer de trouver une réponse, sont lancées à intervalles réguliers, tout au long de la veillée, entrecoupant ainsi la récitation des contes. Lorsque personne dans l'assistance ne trouve la réponse, le conteur la répète à plusieurs reprises en prenant à chaque reprise une voix de plus en plus chantée et moqueuse. S'il y a des réponses erronées, il tourne en dérision le ou les « répondeur (s) » en cause ou, plus rarement, les insulte, là encore de manière rituelle. A la Réunion nous dit Patrice, Treuthardt (1991 : 90) :

> « On raille celui qui cherche trop longtemps par cette formule :
>
> « Devin devinay ! *(Devine devinette !*
>
> ou né lé dan la tay » *Ton nez dans la merde)* »

Toutefois, il peut arriver que certains conteurs en profitent pour régler des comptes personnels avec des gens de leur quartier ou de bourgs voisins. Dans ce cas, ils peuvent modifier légèrement la formulation de telle devinette ou de tel jeu de mot de manière à viser un individu précis. Ou il leur arrive aussi d'en inventer de toutes pièces et, l'assistance étant prise en défaut, de donner eux-mêmes la réponse, égratignant au passage, de manière toujours masquée, celui auquel ils en veulent. Cet aspect de la profération des devinettes, nous rappelle que l'oraliture, loin d'être un ensemble de formules et de textes définitivement figés que le conteur se contenterait de répéter à l'infini, fut très longtemps (jusqu'à la fin des années 70 du XXè siècle) quelque chose de vivant, de malléable, d'imprévisible même parfois. A chaque profération, le conteur ne transmettait pas simplement une parole séculaire, il la recréait, la réinventait, y apportant sa touche personnelle ou se laissant aller à son humeur du moment. Comme le souligne Jean Bernabé (1996 : 5)

> « Dans la perspective de l'oraliture, la parole ancestrale n'est pas figée dans un passé immémorial : les ancêtres naissent, en effet, chaque jour. »

Mais ce còté non-figé de l'oraliture à sa contrepartie négative : autant certains de ses éléments sont vivants (et même vivaces), autant d'autres dépérissent jusqu'à disparaître à tout jamais. Ou bien leur sens devient totalement obscur. Ainsi, aucun des vieux conteurs martiniquais que nous avons pu interroger ne connaissait la signification du mot *gani* dans le *titim* :

- Gani gani pwend kouti ?
An mayi.

De même, nous demeurera à jamais incompréhensible (puisque le créole trinidadien est moribond), cette devinette du pays de John Jacob Thomas[24] à l'intitulé si poétique :

- Si pa té pou pen panèt, vini vinèt, té ké manjé dòmi donnèt ?
Si pa té pou yon kowosòl, tij-la té ké manjé kochon..

Ainsi donc, autant la réponse aux devinettes d'ouverture est collective, autant celles des vraies énigmes, lancées au beau mitan de la veillée, est individuelle. C'est un spectacle assez fascinant que d'entendre fuser les réponses de la bouche d'hommes, de femmes, d'enfants ou de vieillards, de voir le conteur virevolter et se tourner vers chaque répondeur pour lui rabattre le caquet et le traiter de « couillon » à chaque réponse erronée. Lorsqu'une énigme n'était pas résolue, le conteur n'avait pas l'obligation (d'après nos observations en tout cas) de donner la réponse à l'assistance, même s'il le faisait le plus souvent. Il nous a été donné de constater (en 1984) que le même *titim* insoluble fut posé dans trois veillées successives, sur une période de quatre-cinq mois, par le même conteur, devant à peu près la même assistance dans les quartiers limitrophes de Fonds des Basses et Pérou (commune du Marin, Martinique) et Beaujolais (commune du Vauclin, Martinique). Le conteur ne livra la solution à une assemblée, de plus en plus démangée par l'envie de savoir, qu'à la dernière veillée. Entre temps, *bouch té ka bat (Lit. les bouches battaient)* c'est-à-dire que les hypothèses avaient succédé aux hypothèses, cela en dehors du cadre de la veillée, reliant ainsi la profération de l'oraliture au monde de tous les jours, l'univers de la nuit à celui du jour.

Enfin, si tout un chacun peut constater que la profération des devinettes créoles précèdent celle des contes, nul ne s'est encore demandé si les premières entretenaient un quelconque rapport (thématique ou autre)

---

24 Premier créoliste à avoir rédigé une grammaire du créole à base lexicale française : « Theory and practice of creole grammar » (1869), à un moment où le créole était parlé quotidiennement dans toutes les classes de la société.

avec les secondes. En termes clairs : est-ce que le conteur lance n'importe quel *titim* à l'ouverture de n'importe quel conte ou si, au contraire, à tel conte ou telle catégorie de contes correspond la profération de telle devinette ou telle catégorie de devinettes ? Nos observations au cours des veillées mortuaires (Morne-des-Esses, Vauclin), à la fin des années 80, nous ont permis de remarquer que les conteurs les plus âgés (septuagénaires et octogénaires) lançaient le plus souvent des devinettes dont les réponses entretenaient une relation étroite avec le thème du conte qu'ils s'apprêtaient à réciter. Ainsi avant la récitation du fameux conte dans lequel compère Lapin va déféquer nuitamment dans la belle eau cristalline de l'étang de monsieur le Roi, les conteurs proposaient des *titim* dont la réponse était *ma* (mare), *lasous* (source) ou *larivyè* (rivière). Patrick Chamoiseau (1997 : 184) a eu l'intuition de cette relation entre thème du conte et thème de la devinette lorsqu'il écrit :

> « Cela claque. Cela résonne. Cela brille. Cela déroute. Cela étonne. Cela revit. Cela règle nos passions, éclaire nos tragédies, arpente notre drame en droite lucidité. On en retrouve les principes dans ces devinettes que sont les **titimes** avec lesquels le Conteur et les Das[25] profilaient leurs histoires.» (souligné par nous)

Il s'agit bien de cela : traditionnellement, la devinette met en perspective, « profile» le conte qui va suivre. Mais, signe du délitement progressif de notre oraliture, les plus jeunes d'entre les conteurs (trentenaires et quadragénaires) de l'association *Kontè Sanblé* semblaient ignorer totalement cette règle, doutant même de son existence lorsque nous l'évoquions avec eux. Nous n'avons pas pu mener d'enquête sur ce sujet mais il semblerait également que les vieux conteurs ne récitaient pas n'importe quel conte dans n'importe quelle veillée mais bien qu'à chaque veillée particulière, selon l'identité du défunt et surtout les circonstances de sa mort, ils choisissaient de privilégier soit des contes animaliers soit la geste de Ti Jean soit des contes humoristiques ou alors des contes érotiques. C'est, en tout cas, ce que nous ont affirmé deux grands conteurs, Tintin Défrel et Honorat Gros-Désir, qui figurent dans notre ouvrage ***Les maîtres de la parole créole*** (1995). Aux Seychelles, le recueil ***Zistwar ek zedmo Sesel*** (1983 : 18) souligne à propos des devinettes :

> « En fait l'usage de ces formules dépend beaucoup de l'ambiance du moment.»

25 Sorte de gouvernante ou de nounou noire dans les familles blanches créoles et certaines familles mulâtres et noires très aisées.

4. 2 LA VEILLEE DES VIVANTS

Si la veillée mortuaire était le cadre privilégié du *titim*, le jeu de mot, par contre, était davantage utilisé lors des *lavéyé vivan* ou veillées de vivants, rassemblant pour le plaisir des gens d'une même famille ou d'un même quartier. Autant le conteur masculin était le roi de la veillée mortuaire, autant la grand-mère (ou plus rarement la mère) était la reine des *lavéyé vivan*. Il ne nous a malheureusement pas été possible d'assister à l'une des ces dernières car il semblerait qu'elles aient disparu beaucoup plus tôt que les premières. S'il est encore possible, en cette veille de l'an 2000, d'assister, ici et là, de manière épisodique, au fin fond des campagnes antillaises, à quelque veillée mortuaire, la veillée des vivants a, elle, totalement disparu. La cause de cette disparition est probablement la diffusion massive du transistor à partir des années 50, puis celle de la télévision une vingtaine d'années après, sans compter les effets d'une scolarisation de plus en plus précoce qui s'accompagnait d'un discours virulemment négatif à l'endroit de la langue et de la culture créoles. Cependant, l'Ecole, la Radio et la presse écrite ont, un temps, accompagné la profération des devinettes : le fameux « **Jeu des mille francs** », très écouté aussi bien en France qu'aux Antilles, a relancé l'intérêt pour la résolution des énigmes. De même que les charades que l'on trouvait dans la page-divertissement des journaux religieux également très diffusés en ce milieu du XXè siècle. Et tant qu'il n'existait pas d'écoles maternelles (elles apparurent à la fin des années 60) et que les grands-mères (ou les mères) s'occupaient des enfants jusqu'à l'âge de 6-7 ans, le *titim* et le jeu de mot ont pu se greffer sur l'enseignement au moment où l'enfant entrait en classe (au « Cours Préparatoire donc). L'exemple de ce *titim* guadeloupéen le démontre aisément :

- *Ki il ou pé travèsé a pyé ?*

  Lil dè Frans.

  (Quelle île peut-on traverser à pied ?)

  L'île-de-France.)

« *Ile-de-France* » qui figurait bien sûr dans les livres de géographie des enfants et en aucune façon dans un quelconque savoir traditionnel. Cela permet presque d'ailleurs dater les tout derniers *titim* spontanément créés autour du milieu des années 70. En effet, la résolution du *titim* guadeloupéen suivant suppose qu'on ait au préalable connaissance d'une graphie du créole en rupture avec celle du français (la fameuse graphie-GEREC proposée par Jean Bernabé aujourd'hui universellement acceptée) :

- Ki prénon ki ka ba'w 4 an chif women lè ou mété'y an kréyòl ?

Réponse : Iv (IV).

L'oraliture traditionnelle ne connaissait bien entendu pas les chiffres romains d'une part et d'autre part les locuteurs d'avant les années 70 auraient écrit le prénom « Yves» en créole exactement comme en français puisqu'à l'époque, hormis peut-être en Haïti, c'est la graphie étymologisante qui prévalait partout.

4. 3 UNE PAROLE DE NUIT

Tant pour les veillées des morts que pour les veillées des vivants, la profération des devinettes et jeux des mots, tout comme celle des contes, est une parole exclusivement nocturne. Il existe une interdiction absolue, un véritable tabou quant à la profération diurne : en Haïti, qui s'y risquerait serait immédiatement transformé en panier ; en Martinique, en bouteille. Formes creuses ou vides, le panier et la bouteille symbolisent ici la parole vide de sens ou, plus exactement vidée de son sens (cf. Jean Bernabé, 1996). L'origine de ce tabou est à la fois africaine et créole :

- africaine parce que partout dans l'Afrique de l'Ouest traditionnelle, on distinguait deux types de paroles : celle historique, hagiographique plutôt, des griots, caste au service des rois dont elle vante les hauts faits ; celle ludique des conteurs et de toute personne douée pour la profération de contes ou de devinettes. Palau Marti (1960 : 15) note ceci :

> « La littérature yorouba peut être classée en deux grandes rubriques :
>
> a) littérature d'inspiration historico-mythique.
>
> b) littérature d'imagination (contes, devinettes, etc.)
>
> Ce classement correspond, par ailleurs, à une division dans le temps : les genres que l'on classe en **a** se racontent pendant le jour, ceux qui rentrent en **b** ne se récitent que le soleil tombé.»

Les griots et la littérature historico-mythique n'ont pu continuer à exister aux Amériques car la traite et l'esclavage les frappaient d'inanité. Enchaîné à fond de cale aux côtés des charpentiers, des forgerons, des guerriers, voire de ses propres captifs, le roi africain est nu. La hiérarchie traditionnelle s'effondre dans la cale du bateau négrier et désormais, il n'y a plus nul besoin de chanter ses ancêtres et sa propre gloire. Le griot, et sa parole diurne, deviennent inutiles. Ne survit que la parole nocturne, celle des contes et des devinettes.

- créole : l'esclave de plantation travaillait du lever du soleil (5h 30 aux Antilles) à la fin de l'après-midi, sans possibilité de communiquer autrement que par le chant avec ses frères de misère. Le soir (et le dimanche) était son seul moment de liberté, celui où l'œil du commandeur et du maître ne le surveillait plus. Les conteurs en profitaient pour dérouler la magie de leurs contes et de leurs devinettes, procurant aux esclaves une forme de libération par l'imaginaire.

Notons, au passage, qu'à l'instar de la devinette qui pouvaient, dans certaines sociétés pré-modernes, entraîner la mort de celui qui ne parvenait à en trouver la solution, en Afrique noire, la violation du tabou de la profération diurne des contes avait des conséquences tout aussi redoutables comme l'indique Geneviève Calame-Griaule (1970 : 27) :

> « Divers malheurs menacent celui qui transgresse la règle. Ainsi le coupable peut provoquer la mort de ses parents (Bozo), du père de famille (Ngbaka, renseignement de J. Thomas), de sa mère ou d'une personne de sa propre famille maternelle (Malinké, Bambara, renseignement de Y. Cissé), sa propre mort (par noyade : Dogon).»

Paroles de nuit, le conte et la devinette sont du même coup nimbés des mystères que celle-ci sécrète. Interrogeant pendant des années de vieux conteurs martiniquais[26], nous avons pu relever que tous considéraient que les grands conteurs étaient ceux *« ki pa té ni lavwa klè »* (qui n'avaient pas la voix claire), qui avaient la « voix obscure ». C'est-à-dire ceux qui contaient avec une telle rapidité qu'il était presqu'impossible de suivre le détail des leurs récits. Edouard Glissant (1981) note que la langue créole produit des « paroles en rafales ». Cela provient sans doute du phrasé en staccato des maîtres de la parole créole. Pour sa part, Raymond Relouzat (1989 : 145) fait la remarque suivante :

> « ...et ce n'est pas par hasard que le débit du conteur se porte toujours à la limite de l'intelligibilité de ce qu'il dit, comme si la parole, ivre d'elle-même (ce qui, métalinguistiquement, est vrai) ne souhaitait donner à entendre que la pure subjectivité de ses sonorités comme perfection de la signification.»

Cette parole « rafalée» tient donc l'auditoire sous une emprise quasi-hypnotique que favorise l'obscurité environnante, la massive nuit tropicale qui enserre la minuscule cour de terre battue ou la véranda où se déroule la veillée mortuaire. Lieux éclairés par des *sèbi* (flambeaux en bambou) ou des lampes à pétrole qui sont impuissants à dissiper les menaces de l'alentour. C'est pourquoi le conteur est fréquemment un

---

26 cf. notre ouvrage Les maîtres de la parole créole, Gallimard, 1996.

séansyé (devin), un *tjenbwazè* (sorcier) ou est perçu comme tel (ou bien encore un *fonséyè* /fossoyeur). Sa parole, qui feint d'être anodine et ludique, se tient du còté du sacré, reliant par un cordon ombilical secret la Plantation américaine au village africain.

5. SIGNIFICATION DES « TITIM » ET DES JEUX DE MOTS

Nous avons signalé plus haut la ressemblance frappante entre maints jeux de mots créoles et africains[27] mais il faut se garder d'en déduire une identité de signification entre elles. De l'Afrique au monde créole, les jeux de mots (comme les contes ou les chants) s'insèrent dans des réalités culturelles et surtout sociales profondément différentes. Le traumatisme de la Traite, puis le maësltrom de la créolisation vont contraindre l'homme noir à se réinventer aux Amériques et dans l'Océan Indien. De nouvelles significations liées à la société de plantation vont émerger peu à peu. L'exemple le plus frappant est celui du personnage de Compère Lapin[28] qu'il faut se garder de confondre totalement avec Leuk-le-lièvre du Sénégal par exemple. Compère Lapin développe un comportement individualiste à la limite de l'antisocial, sa principale préoccupation étant de « couillonner » tout le monde autour de lui : du « gros » béké ou de *misyé Liwa* à compère Zamba ou à compère Mulet en passant par Ma-Commère Tortue. Il n'a qu'un seul et unique objectif : sauver sa peau à n'importe quel prix. Multipliant ruses, flatteries, traîtrises ou pures méchancetés, il symbolise le « nègre de maison »[29] qui vit dans la « Grand Case » du maître, ou bien le mulâtre, par opposition au « nègre de houe » qui s'échine dans les

27 En makua, on a la devinette *De l'eau debout ?* dont la réponse est *canne* ; en bambara, *l'orphelin a été élevé parmi les méchants ?* dont la réponse est *la langue* ; en peul, *Mon père a un cheval. Il l'enterre dans une maison, on voit sa queue dehors ?* dont la réponse est *la fumée* etc...

28 En fait, il semble qu'il y ait deux personnages de compère Lapin dans les contes antillais : un compère Lapin « civilisateur » d'origine caraïbe et un compère Lapin armé d'une philosophie du « sauve-qui-peut », né au sein de la Plantation et autrement plus méchant et individualiste que son lointain cousin , le lièvre ouest-africain.

29 Nous n'avons jamais écrit nulle part, que « nègres de maison » et « nègres de houe » formaient deux « ethnies séparées » comme l'affirment certains analystes étasuniens dont le scrupule intellectuel n'est pas la première qualité. Simplement, nous avons souligné le fait que le « nègre de maison », en contact diurne avec le maître (et donc avec la langue française) et en contact nocturne avec les esclaves de houe (et donc avec la langue créole), nous semblait être le personnage-charnière de l'Habitation (et donc du processus de créolisation).

champs de canne à sucre. Ignorant superbement les notions de justice, d'équité ou de pitié, il n'a aucune envie de changer le monde dans lequel il vit et contre lequel il est pourtant en révolte permanente. Sa philosophie, si l'on peut dire, est faite d'un mélange de fatalisme et d'égocentrisme forcené qui se reflète d'ailleurs dans maintes expressions créoles :

- Chak bètafé ka kléré pou nanm li *: (Lit. chaque luciole n'éclaire que pour sa propre âme) chacun pour soi.*
- Zavè tjou mèl ki pwan plon *: (Lit. tant pis pour les merles qui reçoivent des plombs de fusil) honnis soient les perdants.*
- Konplo nèg sé konplo chen *: complot de nègres égal complot de chiens.*
- Bèf douvan bwè dlo klè *: (Lit. Les bœufs placés en tête du troupeau sont les seuls à boire une eau limpide)*
- Débouya pa péché *: faire montre de débrouillardise n'est point commettre un péché etc...*

Soungoula, le cousin seychellois du Compère Lapin antillo-guyanais ou du **Brother Rabbit** du sud des Etats-Unis, n'est guère différent de ces derniers, ce qui renforce l'idée qu'il existe bien, en dépit de l'énormité des distances, une civilisation créole, certes multiforme, mais unique. Soungoula est décrit ainsi dans l'introduction au recueil de contes et devinettes des Seychelles cité plus haut :

> « Dans les contes seychellois, on est tout de suite frappé par la fréquence de Soungoula, un personnage mythique, mi-homme mi-animal. Soungoula est présenté souvent comme une véritable peste publique, incarnant la ruse, la duperie, la fourberie et qui, malgré tout, vient généralement à bout et sort indemne des situations les plus périlleuses et les plus désespérées. C'est d'ailleurs ce triomphe quasi-éternel du mal qui pourrait faire douter de la portée éducative de nombres de contes seychellois.» (souligné par nous)

5. 1. UNE APPROPRIATION SYMBOLIQUE DU REEL

Pour en revenir aux devinettes et aux jeux de mots, si l'on n'a pas affaire, tout au contraire, au même message individualiste et antisocial que dans une grande partie des contes créoles, on peut, là aussi, mesurer l'écart considérable qui sépare ceux qui étaient proférés en Afrique de ceux qui l'étaient dans la Plantation américaine. L'exemple de la devinette bambara est très éclairant à cet égard. Il n'y a pas lieu de s'étonner de nous voir choisir un peuple relativement éloigné des côtes du golfe du Bénin où se pratiquait, aux XVII et XVIIIè siècles le commerce des esclaves.

Habitants de l'actuel Mali, les Bambaras faisaient l'objet, en effet, d'intenses razzias et étaient convoyés sur des milliers de kilomètres jusqu'aux entrepôts et autres comptoirs négriers. A tel point qu'aujourd'hui encore, dans maintes traditions orales ouest-africaines, les Noirs des Amériques sont appelés par dérision *Bambara gedj* c'est-à-dire « Bambaras du rivage » ou « Bambaras de la mer », par opposition aux vrais, aux authentiques Bambaras qui vivaient, et continuent à vivre, dans un environnement sahélien, quasi-désertique, où la mer est absente, voire inconnue. C'est dire que beaucoup de nègres créoles doivent avoir des Bambaras parmi leurs ancêtres. Analysant les devinettes en usage dans ce peuple, Dominique Zahan (1963 : 106) avance l'explication suivante :

> « Les acteurs de ces jeux de cache-cache sont normalement les enfants entre eux ou bien les enfants et leurs grands-parents. Ce choix nous donne une indication sur la signification attribuée à ce genre de productions par les Bambaras.
>
> On considère, en général, les devinettes comme des divertissements où celui qui pose les **n'dêde**, prend un malin plaisir à éprouver l'intelligence de son interlocuteur lequel, à son tour, nargue ses questions. L'exercice ressemble beaucoup, il est vrai, à un jeu, mais encore faut-il expliquer la raison de ce jeu et, surtout, pourquoi il s'accomplit entre grands-parents et petits-enfants....Les Bambaras comparent le grand-père et son petit-fils à un arbre et son gui. Le petit-fils est comme le végétal épiphyte qui vit aux dépens de l'arbre sur lequel il s'installe. Ainsi, quand un grand-père commence à avoir des petits-fils, il doit, pensent-ils, se préparer à la mort. Les petits-enfants sont, en quelque sorte, la « cause » de la mort des aïeuls...Dans ces conditions, quel peut être l'état d'âme normal de l'aïeul à l'égard de son petit-fils ? D'une façon inavouée et inconsciente, il va le fuir, il essayera d'esquiver sa rencontre. Les devinettes traduisent exactement, disent les Bambaras, la « fuite » du grand-père devant son petit-fils. Le premier se « cache» dans les questions, le second essaie de le « retrouver » par ses réponses. » (souligné par nous)

Une telle conception de la devinette en fait beaucoup plus qu'un simple jeu ou une joute verbale sans autre enjeu que d'éprouver la perspicacité de l'interrogé. Elle renvoie à tout un système de pensée dans lequel relations de parenté et filiation sont étroitement liés à une « philosophie» de la Vie et de la Mort grâce, entre autres, à la profération des devinettes. En effet, ajoute D. Zahan, le grand-père craint le petit-fils qui trouve toujours la solution aux questions qu'il lui pose car à ce moment, il se sent découvert et la plante épiphyte (qu'est symboliquement son petit-fils) va se mettre à dévorer l'arbre c'est-à-dire à précipiter la fin de la vie terrestre dudit grand-père. Aux Amériques, semblable conception ne pouvait ni perdurer ni même être transposée. D'abord parce que ce ne sont pas des

« grands-pères », des adultes, qui étaient convoyés là-bas comme esclaves mais des enfants. A une époque où l'espérance-vie ne dépassait guère trente ans en Afrique, les « razzieurs » africains et les négriers européens privilégiaient les jeunes captifs et l'âge moyen de ces derniers tournait autour de 15-16 ans. Installés sur la Plantation, ils avaient ensuite peu de chances de devenir un jour des « grands-pères » puisque, outre l'utilisation d'étalons (esclaves que leur aspect robuste désignait, aux yeux des maîtres, comme de bons reproducteurs), la promiscuité sexuelle régnant pendant l'esclavage et l'absence de famille noire constituée[30] rendaient difficile l'assignation en paternité des mâles. Ils étaient des géniteurs mais n'avaient pas le statut de « père » en l'absence de toute lignée clairement identifiée. C'est d'ailleurs pourquoi, nos diverses enquêtes ne nous ont pas livré un seul cas où, comme en Afrique, un grand-père (ou un père) posait des devinettes à son petit-fils. C'est toujours exclusivement la grand-mère, et plus rarement la mère, qui tient un tel rôle. On revient donc à la famille matrifocale qui n'existait pas en Afrique et qu'il faut se garder de confondre avec la famille matrilinéaire. Dans cette dernière, le père biologique n'est, en effet, absolument pas absent, même si la figure paternelle est dédoublée (le frère de la mère ou le grand-père partageant l'autorité paternelle avec le père biologique).

En fait, le *titim*, s'il se présente sous la forme d'un jeu, jeu d'esprit et jeu sur la langue, s'il déclenche souvent l'hilarité de l'assistance lorsque la solution est trouvée, est chargé de significations bien plus profondes. On peut légitimement se demander s'il relève vraiment du jeu, au sens où l'on entend ordinairement ce mot, car contrairement à la plupart des pays du monde, il ne se profère jamais entre enfants[31].

Ainsi en pays bambara, Gérard Meyer (1978 : 5) remarque :

> « C'est tout à fait par hasard que nous ont été révélées les devinettes en Afrique : un soir, alors que se déroulait le grand « ruban» des contes, des jeunes garçons se mirent à rivaliser entre eux en récitant des devinettes entre deux contes, comme pour interrompre ou barioler le discours de ces derniers. Ainsi, dès l'abord, ce sont les enfants qui se sont montrés les plus connaisseurs et les plus friands de devinettes. Il existe même de véritables « soirées-devinettes» organisées par des enfants.»

---

30 Notons, toutefois, qu'au XVIIIè siècle, un tiers des esclaves vivaient en couple mais sans être mariés.

31 Henri Tourneux (1983 : 231) écrit pourtant : « *Notre corpus présente l'intérêt d'avoir été recueilli en un seul lieu : la ville de Saint-Marc, en juillet-août 1975, auprès de jeunes de 13 à 28 ans. Ce sont, en effet, les jeunes qui sont les spécialistes de ce genre de littérature.* » Il s'agit en fait d'adolescents et de jeunes adultes, pas d'enfants.

La devinette créole, au contraire, est le plus souvent une question posée par un adulte soit à d'autres adultes soit à un (des) enfant (s). D'ailleurs, on voit mal où la classer parmi les 4 catégories universelles de jeu recensées par René Caillois[32] : l'*agòn* pour le jeu de compétition, l'*alea* pour le jeu de hasard, la *mimicry* pour le jeu de simulacre ou de « faire-semblant » et l'*ilinx* pour le jeu comprenant la recherche du vertige. La devinette ne relève pas de l' « agòn» parce que celui qui la pose et celui qui y répond ne sont pas placés au départ sur un pied d'égalité : au contraire, il y a d'un côté, celui qui sait, qui possède un savoir c'est-à-dire le conteur et de l'autre celui qui ne sait pas ou qui est souvent incapable de répondre. Il s'agit presque là d'une relation de maître à élève. La devinette n'entre pas non plus dans les catégories de l'« alea » et de l'«ilinx ». Reste celle de la « mimicry » où l'on pourrait à la rigueur la placer puisqu'y figure, par exemple, le théâtre. La veillée mortuaire créole, sur bien des points, ressemble, en effet, à un spectacle théâtral c'est à dire à une manifestation où l'on joue sérieusement.

En fait, à notre sens, la devinette créole incarne le processus même d'autochtonisation, de nativisation des Africains en Amérique et dans les Mascareignes dans la mesure où elle s'appuie sur une sorte d'appropriation symbolique de la flore et de la faune du nouveau pays ; qu'elle passe en revue différentes pratiques culturales, culinaires ou vestimentaires en usage dans la Plantation ; qu'elle tient un discours, que l'on jugera sans doute machiste aujourd'hui, sur les relations homme-femme etc. Le *titim* force le Nègre a dire le pays, à le nommer, à le décrire et ce faisant, à se l'approprier. Quoi de plus symbolique à cet égard que la devinette suivante relevée par Elsie Clews Parsons (1943 : 387) :

- Je me suis né dans la savanne, créolisé (civilisé) dans la maison ?

Réponse : un balai.

Devinette extrêmement parlante à plusieurs niveaux : d'abord parce qu'elle est en français créolisé, ce qui montre que non seulement au départ mais encore pendant fort longtemps au cours de l'histoire antillaise, la « cible » de l'apprenant nègre a été bien le français ; ensuite par que « créoliser » y signifie « civiliser », ce qui renvoie au fait que les « bois d'ébène » sont passé lentement de l'état de meubles ou de bêtes de somme à celui d'êtres humains à part entière ; enfin parce qu'il déclare « je ***me*** suis né », ce qui entérine l'idée d'une naissance *sui generis* à l'intérieur du

32 Les jeux et les hommes, Paris, 1967.

« grand trou noir »[33] de la Traite et de l'esclavage, renvoyant ainsi au néant ces arrière-mondes que sont l'Afrique et l'Europe.

D'autre part, le *zedmo/jédimo* oblige à réfléchir sur le langage et notamment sur les relations d'hostilité-complicité qu'ont toujours entretenues le français et le créole. Davantage que le conte (qui divertit ou « hypnotise »), que le proverbe (qui assène une vérité) ou le chant (qui envoûte ou incite à se trémousser), la devinette sollicite la perspicacité, voire l'intelligence. Elle sait ironiser, par exemple, sur la négrophobie qui a longtemps régné au sein du monde créole car il faut se garder de prendre au pied de la lettre les deux *titim* suivants (d'ailleurs proférés en français) :

- Quel est l'animal le plus proche de l'homme ?

Le nègre.

- Analyser le mot nègre ?

Nom commun masculin singulier signifie « mauvaise race ».

Ensuite, elle s'inscrit, comme le conte, dans une conception de la vie et de la mort en rupture avec l'enseignement chrétien. Lancée dans les veillées mortuaires, elle incite à la discussion, au rire, à l'étonnement et écarte la tristesse qui règne autour du défunt. En Guyane, note Sonia Francius (1989 : 31) :

> « Hors de la chambre mortuaire, l'ambiance est toute différente.Des tables et des chaises sont installées pour les contes et les jeux de société. Les hommes jouent à la belote et aux dominos dans un vacarme qui contraste avec la solennité de la salle mortuaire. Les dominos frappent les tables dans une ambiance joyeuse ou passionnée... Les conteurs, essentiellement des hommes, invitent l'assembler à « réveiller» le récit souvent très long... Les femmes,elles, ont la charge du service. Un repas est offert à tous, qu'ils soient membres de la famille, amis ou étrangers.» (souligné par nous)

On n'a pas suffisamment souligné à quel point la mort aux Antilles et en Guyane a longtemps été dédoublée : d'abord prise en charge par ce que certains anciens appelaient *lantèman nèg* (enterrement nègre), par la veillée où l'on boit, l'on rit, l'on chante, l'on raconte des histoires grivoises, relayant ainsi une conception ouest-africaine dans laquelle la mort n'est pas une tragédie définitive mais un voyage, un passage vers le monde des ancêtres ; puis, prise en charge par *lantèman krétyen* (enterrement

33 Selon la suggestive expression césairienne qui appartient au finale du Cahier d'un retour au pays natal (1939).

chrétien) une fois que le glas sonne, que le cercueil arrive à l'église, que la messe se déroule et que le corps est conduit au cimetière.

La veillée mortuaire, quoique tolérée par l'église catholique, a longtemps été considérée comme une sorte de sacrilège, de *bagay vyé nèg/biten a vyé nèg* (habitude de mauvais nègres) et n'a été que très rarement pratiquée dans les couches mulâtre et békée. Une fois, les églises protestantes installées, après la seconde guerre mondiale, elle fut même interdite dans les milieux populaires qui adhéraient à celles-ci. La niche écologique du conte et de la devinette commença dès lors à se rétrécir comme une peau de chagrin. Alain Armand et Gérard Chopinet (1983 : 185) en font le constat pour l'île de la Réunion :

> « Comme pour le conte, les jeux de mots ne peuvent plus compter sur des moments et des lieux d'énonciation privilégiés comme les veillées mortuaires et les veillées familiales.»

5. 2. DEVINETTE ET DIVINATION

Dans certaines sociétés d'Afrique de l'Ouest, les devinettes représentaient un substitut à la divination laquelle était interdite à certains moments de l'année (hivernage notamment). On s'adressait donc ainsi aux dieux de manière détournée, faussement ludique, mais l'interrogation fondamentale demeurait la même : que fait l'homme sur terre ? Où va-t-il ? La devinette, contrairement à la divination, n'apporte pas des réponses mais des questions et en dévoilant les possibilités analogiques et métaphoriques du langage[34], elle se pose comme une sorte de réflexion pré-philosophique (ou para-philosophique). En interrogeant, et donc en inventoriant, la totalité du réel qui entoure l'homme, la devinette amène l'homme à se distancier de celui-ci, à sortir encore plus de l'état de nature pour entrer dans l'état de culture.

Il n'est pas surprenant que les rares fois où le mot « créole/créoliser» apparaît dans les devinettes, c'est pour signifier, comme nous venons de le voir, le passage du Nègre de l'état de « nègre bossale» (ou d'eau salée »), à celui de « nègre des champs» (ou « nègre-savane »), et enfin à celui de « nègre de maison » (ou « nègre créole »). La « maison » ici ne renvoie

34 A. Greimas (1970 : 15) note d'ailleurs : *« Toute interrogation est métalinguistique. »*

pas forcément à la grande demeure coloniale du maître Blanc mais au l'interaction permanente entre le Nègre et le Blanc sur la Plantation esclavagiste et à l'apparition d'un nouveau mode de vie, d'une nouvelle culture.

6. CLASSIFICATION ET THEMATIQUE DES « TITIM » ET DES JEUX DE MOTS

6. 1 CLASSIFICATION DES DEVINETTES CREOLES

Le problème de la classification et de la thématique des devinettes renvoie au vieux (et interminable) problème du recueil et de l'analyse des différentes variantes des genres oraux. En général, cette question est traitée en premier lieu par les spécialistes du folklore et les ethnologues et si, pour notre part, nous la plaçons à la fin de notre étude, c'est pour indiquer qu'elle nous parait non pas secondaire mais seconde. L'analyse structurale de l'énigme a, nous semble-t-il, davantage à nous apprendre sur la nature et le fonctionnement de celle-ci que la classification et l'identification thématique, nécessaires elles aussi, répétons-le.

En général, les spécialistes de l'énigme divisent celle-ci en trois catégories fonctionnelles : les énigmes émotionnelles, les énigmes intellectuelles et les énigmes d'information. Les *titim/sirandanes* obéissent à cette classification universelle comme le montre les exemples ci-contre :

- *Enigmes émotionnelles :* elles « concernent le sexe, ou plus exactement consistent à évoquer une atmosphère teintée d'érotisme en offrant des images dont le but est de provoquer des réponses sexuelles « erronées» *(E. K. Maranda, 1969 : 11) :*

• An ti bolonm épi an ti fanm ka sali an dra ?

Pòtplim épi lank. (M.)

(Un petit bonhomme et une fille salissent un drap ?

Le porte-plume et l'encre)

• Qu'est-ce qui est dur et long et quand ça rentre, ça ressort mou avec une goutte d'eau au bout ?

An bisui chanpay. (M.)

(Un biscuit à champagne)

Jean Bernabé (1982) a pu démontrer de manière convaincante que le noyau du lexique créole était structuré à partir du lexique de la sexualité et nous savons par ailleurs à quel point la domination esclavagiste au sein de l'Habitation était largement fondée sur la domination sexuelle du maître blanc sur la femme noire esclave. On est donc en droit de s'étonner que tant dans les recueils de devinettes créoles que nous avons utilisés ici (E. C. Parsons, 1943 ; A. Armand et G. Chopinet, 1983 etc.) qu'à travers celles que nous avons recueillies au cours de nos propres enquêtes en Martinique, en Guadeloupe et en Dominique, la part des « énigmes émotionnelles » soit si réduite. Réduite à la fois par rapport au reste de notre corpus et par rapport à la proportion qu'elles occupent dans des corpus de devinettes appartenant à d'autres cultures. Même dans une culture comme celle des Berbères censée (à cause de l'islam) être plus moralisante ou plus religieuse que la nôtre, on trouve davantage de devinettes à connotation sexuelle. Faut-il mettre cela au compte de l'auto-censure des collecteurs ou alors de la rétention d'information (peut-être d'un sentiment de pudeur) de la part des informateurs créoles ? Il est certain que la présence au cours des veillées d'enquêteurs étrangers ou même autochtones mais relevant d'un autre milieu socioculturel, comme ce fut notre cas, est de nature à inhiber tant les « questionneurs » que les « répondeurs » car la devinette est sans doute l'unique genre de l'oraliture dans lequel il existe une participation aussi active de ces derniers. Le *titim/sirandane* est cent fois plus interactif, comme on dit aujourd'hui, que le conte, le chant ou la comptine.

- Enigmes intellectuelles : ce sont les « vraies» énigmes disent la plupart des spécialistes « car elles requièrent normalement un effort intellectuel pour trouver la réponse, quand la mémoire fait défaut» (E. K. Maranda; 1969 : 11). Elles constituent la majorité des devinettes du présent recueil et on peut se contenter d'en citer une tout à fait remarquable :

• Yo ka mété mwen an prizon, sé pa pou sa mwen fè, sé pou sa mwen ni lidé fè ?

An bal fizi. (M.)

(On m'emprisonne non pour ce que j'ai fait mais pour ce que j'ai l'intention de faire ?

Une balle de fusil. (M.)

A ce propos, il convient de souligner que la résolution des énigmes nécessite, dans les sociétés où l'oraliture est encore vivace, la mobilisation de deux facultés différentes selon que l'on a affaire à des adultes ou à des enfants :

- La mémoire chez les adultes parce que le corpus des énigmes est relativement « fermé » en dépit des nombreuses variantes que comporte telle ou telle énigme. Le participant régulier aux veillées mortuaires créoles finit par connaître la réponse à la plupart des *titim/sirandanes* et n'a plus tellement besoin de réfléchir. En général, les réponses fusent, jaillies davantage de sa mémoire que d'un quelconque effort intellectuel.

- La réflexion chez les enfants et les adolescents qui se trouvent confrontés pour la (les) première (s) fois aux devinettes. Très significativement, quand un adulte ne trouve pas la réponse à une devinette, il avoue *Man pa ka chonjé (Je ne m'en souviens pas)* alors que l'enfant a plutôt tendance à répondre *Man pa sav (Je ne sais pas)*. Mais si les devinettes ont une réelle portée éducative, si elles constituent une sorte de technique de raisonnement, il convient de bien mesurer à quel niveau cette dernière se situe. E. K. Maranda (1969 : 10) note à cet égard :

> « ...il ne faut pas perdre de vue que l'image aussi bien que la réponse y sont codifiées, et que le principal effort intellectuel dans une situation d'énigmes consiste à balayer rapidement les messages codifiés pour « découvrir» la réponse, plutôt que de faire l'effort intellectuel pour « inventer» une réponse originale.»

- Enigmes d'information : elles sont appelées « devinettes du moine» par les spécialistes et exigent une préconnaissance de la réponse. Dans les pays chrétiens et musulmans, elles ont souvent trait aux dogmes religieux. Ici encore, compte tenu de l'extrême religiosité du monde créole et de l'imposition très précoce du christianisme, on est en droit de s'étonner du peu de titim/sirandanes *faisant référence au catéchisme ou à la Bible. Certes, la devinette d'ouverture des veillées antillaises est fréquemment* Sa Bondyé mété o monn ? *(Qu'est-ce que Dieu a mis au monde ?) dont la réponse est* Tout chòz *(Tout) et un certain nombre de devinettes comportent le mot Bondyé dans leur question mais jamais dans leur réponse.*

Or, nous l'avons vu, l'effort de résolution consiste justement à se « débarrasser » des termes codés de la question (de Dieu donc dans le cas présent) pour trouver la bonne réponse qui elle est tout à fait banale, voire triviale comme le montrent l' exemple ci-contre :

> - Tini on biten Bondyé mété asou latè, lajòl défonsé, prizonyé déwò ?
>
> *Soulyé déchiré. (Dom.)*
>
> *(Il y a quelque chose que Dieu a mis sur la terre : prison défoncée, prisonnier qui s'échappe ?*
>
> *Souliers déchirés.)*

On peut voir, derrière cette dérision, une forme de défiance, voire de rejet du « Dieu chrétien » auquel les Nègres créoles n 'ont jamais fait totalement allégeance, n'hésitant pas à pratiquer le *vodou* en Haïti ou à recourir à des pratiques magico-religieuses marquées par l'Afrique comme le *quimbois* des Petites Antilles et de la Guyane.

6. 1. THEMATIQUE DES DEVINETTES CREOLES

Les devinettes créoles se divisent, au plan thématique, en deux catégories : les unes qui abordent des thèmes « universels» c'est-à-dire présents par toutes les devinettes du monde ; les autres des thèmes spécifiques liés à l'univers culturel créole. Le « thème» concerne plus la réponse (Thème I) à la devinette que la question (Thème II) de celle-ci, même s'il ne faut pas négliger cette dernière.

6. 1. 1. LES DEVINETTES A THEME UNIVERSEL

Celles-ci évoquent le plus souvent des éléments naturels (le soleil, le ciel, le vent etc.), des animaux ou des insectes (serpent, fourmi etc.) des parties du corps humain (langue, oreille, nez etc.) ou encore des événements ou des pratiques sociales universels (naissance, mariage, mort etc.). Quelqu'un qui à l'habitude de résoudre ce genre d'énigmes dans sa propre culture, n'éprouve, en général, aucune difficulté à y répondre quelque soit la provenance géolinguistique de celles-ci, à condition évidemment que l'énoncé soit traduit dans une langue qu'il comprenne. Pour montrer l'étonnante proximité de cette catégorie de devinettes, comparons un *titim* martiniquais avec une devinette appartenant une culture avec laquelle la culture créole n'a jamais entretenu aucun lien : la culture berbère.

- ***créole :*** trois docteurs sont allés voir une femme, l'un d'eux est entré, les deux autres sont restés dehors ?

  La verge et les testicules.

- ***bèrbère :*** l'invité est entré sans ses bagages ?

  La verge.

On peut aussi comparer la devinette martiniquaise suivante à une devinette bambara avec laquelle les liens historico-culturels sont plus évidents :

- ***créole :*** un bâton verni est sur le sol, je ne peux pas le ramasser ?

  Le serpent.

- ***bambara :*** une belle chose est dans la brousse mais on ne la ramasse pas ?

  le serpent.

La liste des principaux « Thèmes 1» qui apparaissent dans les *titim* sont, par ordre croissant d'apparition :

- Le giraumon ou citrouille.

- La noix de coco
- Les étoiles.
- Le ciel.
- Les outils de couture (aiguille, fil, dé à coudre etc.).
- Les parties du corps humain (bouche, dents, cheveux etc.)
- Les fruits etc.

Les principaux « Thèmes 2 », ceux qui sont contenus dans les questions des devinettes, sont les suivants :

- La mère.
- La maison.
- L'enfant.
- Le bœuf etc.

6. 1. 2 LES DEVINETTES A THEME SPECIFIQUE

Un grand nombre de devinettes demeurent toutefois opaques à qui n'appartient pas à la culture d'où proviennent celles-ci et cela, quand bien même l'énoncé est traduit dans la langue de cet étranger. La première raison, c'est qu'elles évoquent des *realia* inconnus de ce dernier. Ainsi, un Créole ne pourra ni répondre à la devinette berbère suivante (même si elle est traduite en français ou en créole) ni même en comprendre la réponse :

- *berbère :* axdul bla sawl ? *(galette sans farine ?)*
  dar ulym. *(la patte du chameau)*

Le chameau étant un animal inconnu, du moins peu familier, aux gens de culture créole, ils seront incapables de faire le rapport entre le type de gâteau évoqué dans la question et la patte de l'animal qui apparaît dans la réponse. F. Bentolila (1986 : 87) en donne ainsi l'explication :

> « **Axdul** désigne une galette de pain cuite, non sur le **buyrum** (plat en terre cuite) mais directement sur les cendres, ce qui lui donne une consistance plus molle et un aspect bosselé comme le dessous de la patte d'un chameau ; **sawl** désigne la farine dont on saupoudre la galette avant de la cuire. »

La liste des principaux thèmes 1 spécifiques est, par ordre d'importance, le suivant :

- Le moulin (à manioc, à canne etc.)
- Le bâtiment (canot, barque etc.), creusé dans le tronc d'un arbre appelé « gommier ».
- Le « kannari » ou « fait-tout en terre cuite ».

- Le tafia ou « rhum de mauvaise qualité » etc.

Les thèmes II spécifiques (c'est-à-dire contenus dans les questions des devinettes) sont :

- Le Nègre (pti nwar, mozanbik, ti nèg etc.)
- Le tanbour.
- Le « carreau» de terre (sorte de jardin créole) etc.

Il est intéressant de remarquer que les devinettes à thèmes spécifiques sont, dans la culture créole, nettement moins nombreux que les devinettes à thèmes universels.

7. « TITIM » ET « SIRANDANE » DANS LA LITTERATURE CREOLE D'EXPRESSION FRANCAISE ET LA LITTERATURE CREOLE D'EXPRESSION CREOLE

Nous avons déjà récusé[35] ailleurs les différentes désignations attribuées à notre littérature : « négro-africaine », « afro-antillaise », « franco-antillaise », « antillaise de langue française » etc. Pour nous, la civilisation créole a produit une littérature créole comme elle a produit une architecture créole ou un costume créole. Cette littérature créole s'écrit en deux langues : une langue dominante, le français, et une langue longtemps marginalisée, le créole. Nous parlerons donc de littérature créole d'expression française dans le premier cas et de littérature créole d'expression créole dans le second, exactement comme d'autres parlent, s'agissant du Maghreb, de littérature arabe d'expression française et de littérature arabe d'expression arabe.

7. 1 LES DEVINETTES DANS LA LITTERATURE CREOLE D'EXPRESSION FRANCAISE

La littérature antillaise et mascarine de langue française n'a pas fait grand cas de l'oraliture créole (pas avant les années 60 du XXè siècle en tout cas) suivant en cela la voie du modèle qu'elle s'était donné ou qui lui était imposé à savoir la littérature française. Comme on sait, cette dernière a considérablement distendu ses relations, à partir de la Renaissance, avec les genres oraux (fabliaux, contes, pastourelles), préférant se ressourcer dans l'Antiquité gréco-latine, puis, progressivement, en engageant un dia-

---

35 cf. Kréyôl palé, kréyôl matjé...Analyse des significations attachées aux aspects littéraires, linguistiques et socio-historiques de l'écrit créolophone de 1750 à 1995 aux Petites Antilles, en Guyane et en Haïti, 1997, Thèse de Doctorat, Université des Antilles et de la Guyane, 753 p.

logue permanent avec les autres grandes littératures européennes. Même les textes à vocation littéraire écrits en créole préféraient user de genres européens, le plus prisé étant celui de la fable sur le modèle de La Fontaine.

Si les romans haïtiens et martiniquais surtout (Frédéric Marcellin, Joseph Zobel) de la première moitié du XXè siècle montrent une pénétration conséquente de l'*oralité créole* dans le texte français, notamment au niveau des dialogues, aucun d'eux ne s'inspire de l'*oraliture* proprement dite, ni du modèle narratif développé à travers le conte créole. Dans le théâtre césairien lui-même, la présence d'une certaine oralité créole n'est pas négligeable mais là non plus, il n'y a pas de recours direct à la « littérature orale ». Il a fallu attendre le milieu des années 60 et l'apparition d'Edouard Glissant pour que cette dernière soit revendiquée comme source de ce que l'auteur de ***La Lézarde*** (1965) appelle une *poétique du créole*. Dans le discontinu du texte glissantien, dans son ressassement, dans sa volonté de subvertir le français en profondeur (et non de le « négrifier » artificiellement selon le programme que s'étaient donnés les auteurs de la Négritude), on voit poindre un premier bouturage à la fois de l'oralité et de l'oraliture créoles[36] sur la littérature antillaise en langue française, bouturage qui sera poursuivi par Simone Schwarz-Bart dans ***Pluie et vent sur Télumée Miracle*** (1972), puis approfondi et diversifié à travers les romans d'un Patrick Chamoiseau ou d'un Ernest Pépin une vingtaine d'années plus tard. Mais Aimé Césaire, à la fin de sa vie littéraire, dans ***Moi, laminaire*** (1982) nous réserva une surprise de taille. Lilian Pestre de Almeida l'explique ainsi :

> « En effet, Césaire l'Africain s'« américanise » au soir de sa vie : les hommes/créateurs qu'il chante (Fanon, Damas, Asturias, Lam) sont tous des Antillais ; la plupart des divinités qu'il invoque sortent des cultes syncrétiques du Nouveau Monde et non pas de l'Afrique, mère ancestrale ; ses héros, populaires, sont ceux des contes créoles (l'oiseau magique, Ti-Jean l'Horizon) ; le paysage qu'il décrit (mangrove, volcan, mornes, cayes, récifs de corail) appartiennent à l'Amérique tropicale en général, aux Caraïbes en particulier, avec sa faune (piranha, couresse, pacarana, malfini, ravet) et sa flore

---

36 La dernière trouvaille des détracteurs du mouvement littéraire de la Créolité est de proclamer que l'écriture antillaise a toujours été métissée et que dès le père Labat, on trouve des énoncés créoles dans le français. Bien entendu, il s'agit là d'une confusion (volontairement entretenue ou pas) entre un français standard qui s'ouvre par obligation à deux ou trois énoncés créoles, notamment pour la dénomination de la flore et de la faune, et un français, celui de la Créolité, qui est mû par un véritable projet de greffer, au sens quasi-botanique du terme, l'oralité créole sur la littérarité française.

> (mangle, drago, mancenillier) ; c'est enfin dans **moi, laminaire...**que l'on trouve les poèmes les plus « oraux» de Césaire, non pas uniquement grâce au travail souterrain de la syntaxe créole, mais encore grâce à l'emploi des formes traditionnelles (conte, comptine, devinette, oriki etc.). (souligné par nous)

Dans son testament littéraire, l'inventeur de la Négritude (avec L. S. Senghor et L-G. Damas) annonce, en fait, l'arrivée de la Créolité, non pas comme dépassement de la première mais comme réalisation du programme qu'elle s'était donné et qui est resté, près d'un quart de siècle durant, lettre morte. La Négritude, en effet, ne pouvait et ne peut se réaliser qu'à travers des cultures concrètes- la wolof, la peule, la kongo ou la créole- et non à travers le fantasme d'un « homme noir universel» qui n'a jamais existé nulle part, sauf dans l'imagination de certains ethnologues européens, sans doute bien intentionnés mais qui auraient rejeté, dans le même temps avec horreur, l'idée d'un « homme blanc universel» si jamais on la leur avait proposée. La Négritude antillaise c'est donc purement et simplement la Créolité assumée au jour le jour, à travers tous les éléments et toutes les pratiques culturelles créoles. Et c'est de la difficulté de cette assomption qu'évoque ce poème-devinette de ***moi, laminaire...*** :

« **ça, le creux**
ça ne se meuble pas
    c'est creux
ça ne s'arrache pas
    ce n'est pas une fleur
ça s'effilocherait plutòt
    étoupe pour étouffer les cris
    (s'avachissant ferme)
ça se traverse
    - pas forcément à toute vitesse-
    tunnel
ça se gravit aussi en montagne
    glu
    le plus souvent ça se rampe»

Titim ? semble nous lancer au visage Césaire, même s'il n'emploie pas ce vocable. Qui est (ou quel est) ce « ça» ressassé tout au long du poème, comme dédaigneusement nommé mais qui est, en fait, le masque d'une affection furieuse. Bwa-sèk ! *La Créolité !* Au soir de sa vie, le vieux lion la nomme enfin, sous la forme d'une énigme certes, se montrant encore réticent à l'assumer pleinement, exhibant une fois de plus combien il mal à elle mais enfin, il la nomme ! Césaire est d'une génération qui ne pouvait endosser l'identité-mangrove, meuble, imprévisible, chaotique, maëlstromique, bâtarde qu'est la Créolité mais il sait reconnaître que c'est là le passage obligé vers ce qu'il nomme lui-même à la fois le *tunnel* et la *montagne*. Assumer en chaque Créole le bas et le haut, l'obscur et le clair, le Nègre et le Blanc. Tel est ce *ça* que, par delà Freud, par delà le Bien et le Mal, la Créolité s'efforce, difficultueusement, d'offrir comme alternative à un monde menacé par un nouveau et plus terrifiant règne de l'Un, celui de la mondialisation.

En Haïti, toute l'œuvre de Jacques Roumain est baignée par la culture orale de son peuple. S'agissant des devinettes, on trouve dans ***Gouverneurs de la rosée*** (1948) un très beau passage dans lequel nous est présentée une séance de devinettes : il s'agit de la veillée mortuaire du héros du roman, Manuel :

> « Il faut faire passer le temps dans les veillées. Les cartes, les cantiques, et le clairin ne suffisent pas. La nuit est longue. Près de la cuisine, Antoine, une tasse de café en main, pose des devinettes.Ce sont surtout les jeunes qui l'entourent...Antoine commence :
>
> - En entrant dans la maison, toutes les femmes enlèvent leurs robes ?
>
> Les autres cherchent. Ils se creusent l'imagination. Ah, bah, ils ne trouvent pas.
>
> - Qu'est-ce que c'est, demande Anselme.
>
> - Les goélettes carguent leurs voiles en entrant au port, explique Antoine.»

Quant à Edouard Glissant, qui a fait de toute son œuvre une vaste quête d'une « écriture créole », on peut trouver dans ***La case du commandeur*** (1981) une manière de *titim* non résolu par les protagonistes de l'œuvre à cause du gommage de la mémoire antillaise :

> « Et peut-être que nous portons en nous ce cataclysme du premier jour et que nous crions sans savoir : Odono ! Odono ! - jusqu'à ce qu'un seul (ou tous portés en pointe dans la cervelle dilatée d'un seul) arrête de crier, se concentre sur son corps et commence d'épeler la lettre de ce premier jour et de son cri ravagé. Alors viennent ceux qui veulent tout compter sur leurs doigts, qui n'acceptent pas cet épellement et qui même concluent que le mot déchiffré là ne peut rien avoir à faire avec leur tourment (si même ils savent ou devinent qu'ils sont debout dans un tourment). (P. 28-29)

Ce terme mystérieux d'*Odono ! Odono !* devient comme le lancinement d'une l'Afrique volontairement oubliée mais qui se perpétue de génération en génération comme pour maintenir vivante la question non résolue des origines qui agite les sociétés créoles.

7. 2 LES DEVINETTES DANS LA LITTERATURE CREOLE D'EXPRESSION CREOLE

Il est somme toute naturel que notre littérature créolophone se soit davantage branchée sur l'oraliture- et singulièrement les devinettes- que sa consœur francophone. En effet, en utilisant la même langue que celle de l'oraliture, notre littérature créolophone commence à combler ce fossé, cette béance qu'E. Glissant (1981) diagnostiquait entre notre littérature écrite en français et notre « littérature orale» proférée en créole. Mieux, le recours à l'oralité et à l'oraliture est plus facile pour la branche créolophone de notre littérature que pour sa branche francophone à cause de cette continuité linguistique que nous venons d'évoquer. Pourtant, il faut remarquer que les tout premiers littérateurs créolophones, tous Blancs créoles ou assimilés (De la Mahautière à Saint-Domingue en 1754, Marbot en Martinique en 1844 ou Baudot en Guadeloupe en 1860) ont, tout comme ceux qui écrivaient en français, totalement ignoré notre oraliture. Ils rédigeaient de laborieux sonnets ronsardiens ou « travestissaient» des fables de La Fontaine en créole car leurs modèles d'écriture se trouvaient dans la littérature française et nulle part ailleurs. Le tout premier à tenter une rupture avec un tel positionnement scriptural sera le Guyanais Alfred Parépou, auteur du premier roman en créole, ***Atipa***, en 1885. Non seulement il s'efforcera de revaloriser l'image de la langue et de la culture créoles de son pays mais aura, en maints endroits de son texte, recours à des chansons populaires, à des *dolo* (proverbes), à des contes et, ce qui nous intéresse ici, à des devinettes. En voici un extrait significatif, dans la graphie de Parépou :

- Massac-massac ? Cam !

Pitit coulant, enbas pont ? **Langue.**

Mo ici, mo là-bas ? **Lai.**

Guiòle en guiòle ? **Chen ké chougyè** etc...

Toutefois, le recours à l'oraliture créole s'effectue uniquement dans le cadre de la citation chez Parépou. Jamais, il ne s'en inspire pour tenter de modeler sa propre écriture ou pour en créer une qui soit propre à cette culture qu'il vénère tant. Son « roman », qui n'en est pas vraiment un au sens occidental du terme, est une suite de dialogues entre le héros, Atipa, et divers amis qu'il entraîne à tour de rôle dans des bars de Cayenne. Il a fallu donc attendre la deuxième moitié du XXè siècle, à la suite de ce qu'on peut appeler une véritable révolution créolisante, pour que les auteurs créolophones fassent un usage vraiment littéraire de l'oraliture. Les précurseurs en seront les poètes guadeloupéens Sony Rupaire dans

Gran parad ti kou baton (1971) et Hector Poullet dans ***Pawòl an bouch*** (1982). Sony Rupaire intitule d'ailleurs l'un des textes de son recueil *Timtim Bwasèk* et il nous livre six devinettes sans que le lecteur moyen d'aujourd'hui, peu familier de ce genre oral, sache très bien si le poète reprend une partie du corpus oral réellement existant ou si, au contraire, il nous livre des créations personnelles. Il est vrai que l'illusion est complète tant Rupaire réutilise à merveille les procédés de chiffrage de l'énigme comme le montre l'exemple suivant :

- Dépi jou wouvè
lanm a janbèt sansès ka rantré é sòti ?
Réponse : Zanndoli.

Ce *lanm a janbèt* ou « lame de couteau» représente de manière analogique la langue effilée du lézard antillais sans cesse à l'affût d'insectes et faisant jaillir celle-ci à tout instant pour tenter de s'emparer d'eux. L'illusion est complétée par les référents auxquels renvoient les réponses à ces neuf *timtim* : l'anolis, le pou de bois, le lambi, le mensfenil, le crabe, le galet, le mancenillier, l'herbe-Guinée et l'herbe-à-marie-honte. Dans les devinettes traditionnelles également, le référent naturel (notamment la faune), est abondamment sollicité. Mais là où intervient la manipulation proprement artistique du *titim*, c'est lorsque Rupaire fait suivre la réponse à chacun d'eux d'une sorte de déclamation imprimée en lettres capitales italiques

- JOU NOU KE METE AJOUNOU POKO VWE JOU !
(Le jour où nous agenouillerons n'est pas encore venu !)

Ce slogan moderne (créé par les mouvements nationalistes guadeloupéens au début des années 70), directement branché sur le politique, a pour effet de « dés-archaiser » la devinette, de la réinsérer dans la quotidienneté d'un « peuple en lutte pour son émancipation» comme disaient à l'époque ces mêmes mouvements. Le passé créole et le présent se trouvent donc reliés par l'interaction entre le *timtim* et le slogan politique, d'autant que l'illusion passée, on se rend compte que ces devinettes ne sont pas une simple reprise de l'oraliture mais des inventions fort poétiques de Sony Rupaire. Le texte oral est donc chez lui repris, remodelé par le texte écrit, chose qui donne au *timtim* une nouvelle vigueur. Par exemple :

- Dè siren a genbo a siren a pipirit
san pèd tan i ka fouyé trap ?
Réponse : krab.

L'expression *dè siren a genbo a siren a pipirit* (de la rosée du crépuscule à la rosée de l'aube), expression inédite, non idiomatique, née de l'imagination poétique de Rupaire, greffe, et cela pour la première fois peut-être dans l'histoire de l'écrit créolophone, l'oralité sur l'écriture. Empruntèrent la même voie, les poètes Hector Poullet de la Guadeloupe et Monchoachi de la Martinique. Ce dernier, dans son recueil ***Bèl Bèl Zobèl*** (1980), a deux textes intitulés, l'un *Titim*, l'autre *Bwa-sèk*, qui s'inspirent étroitement des devinettes traditionnelles en les poétisant :

- Chabin pitjant ren maré, tèt kalanndé ?

Djèp.

Mais une fois de plus, le *titim* est habilement détourné pour faire passer un message politique révolutionnaire. L'illusion est parfaite tellement le poète parvient à couler son dire dans le moule stylistique de la tradition :

- Dépi jou wouvè jik tan solèy kouché
kouto a dé lanm ka raché kò travayè ?
(Du lever du jour au coucher du soleil
des traîtres exploitent férocement les travailleurs ?)
Fèy kann. *(feuilles de canne)*

En Haïti, on trouve dans le recueil ***Konbèlann*** (1976) de Georges Castéra-fils des textes qui s'inspirent de la devinette et à propos desquels Georges-Henri Léotin (1994 : 29) écrit :

> « La forme originale (faisant songer aux haïku japonais, courts poèmes concis mais précis), le contenu philosophique et politique souvent, rappelle certains poèmes-tim-tim de Bèl Bèl Zobèl.»

L'originalité de Castéra réside dans le fait que le *titim* est inversé. La réponse est le titre du poème tandis que la question est le poème lui-même comme dans le cas suivant :

- LALIN
Oun michan kout zong
solèy kité lan do lannuit ?
(LA LUNE
Un méchant coup d'ongle
que le soleil a infligé au dos de la lune)

En Martinique, Térèz Léotin, dans son recueil ***An ti zyédou kozé*** (1986), intitule un de ses poèmes *Titim* et là, nous avons droit à une longue et énigmatique question sans réponse ou plutôt dont la réponse est laissée à la perspicacité du lecteur :

- TITIM
Titim...
I ka ralé kalpat
I ka tété manman
Lonbrik poko koupé

Lèspwa'y sé latjé krapolad
...Brasèk
Chèché sizo
Lèspwa'y ké latjé zanndoli

(Titim...Il marche à quatre pattes, il tête sa mère, son cordon ombical n'est pas encore coupé, son espoir est de la taille d'une queue de crapaud...Bois sec, chercher des ciseaux, son espoir sera aussi longue que la queue du lézard)

Enfin, le poète guadeloupéen Max Rippon dans ***Agouba*** (1993) s'exerce à un talentueux (et presqu'intraduisible) *jédmo* :

- JEDMO
Frè ou ja pran fè
ou pran fè
jistan fè
félé fèlè a'w
fwè ou ja pwan fè...

Il est impossible, du fait de la véritable explosion de l'écrit en langue créole depuis vingt ans, d'établir un panorama exhaustif de tous les textes qui, en Haïti en particulier, prennent en charge l'oraliture et s'inspirent en particulier de la devinette créole : ***La ronde des fourmis folles*** (1985) d'Elyse Telchid pour la Guadeloupe ; ***Papyé kréyòl*** (1990) de Dominique Batraville et ***Zile nou*** (1995) de Michel-Ange Hyppolite pour Haïti ; ***An tjè ka palé...Kouté!*** (1991) de Jala, ***Chiktay pawòl*** (1994) de Daniel Boukman et ***Kapistrèl*** de Serge Restog (1995) pour la Martinique ; ***Solèy do fé*** 1990 de Jean-François Sam-Long, ***Kot sa parole là ? Ròde parole*** (1995) de Khal et ***Romans pou la tèr ek la mer*** (1995) de Carpanin Marimoutou pour la Réunion, entre autres. Simplement, on peut prédire que si le *titim* n'a plus d'avenir à l'oral, il continuera à avoir de beaux jours devant lui grâce à l'écrit créolophone.

CONCLUSION

Qu'est-ce qui, en fin de compte, fait l'originalité des devinettes-énigmes créoles ? Deux phénomènes liés entre eux à notre avis :

1. Le fait qu'elles fonctionnent très souvent à l'intersection des deux langues (créole et français) et des quatre niveaux lectaux (créole basilectal/créole francisé *vs.* français standard/français créolisé) qui structurent la diglossie en pays créole. Le *titim* est un révélateur, au sens chimique du terme, de la diglossie. Nulle part, dans aucune autre culture au monde, ni dans les devinettes finnoises ni dans les devinettes bambaras (ou berbères ou encore françaises), on ne retrouve semblable phénomène de frottement linguistique. C'est pourquoi la question de nombreux *titim* est en créole tandis que la réponse est en français ou bien l'inverse comme dans :

- *Mwen ka manjé blan, déchè mwen nwè ?*

(Je mange blanc , mes déchets sont noirs ?)

Excrément de cochon. (M.)

- *Qu'est-ce qu'un homme donne à sa femme qui est très contente et que la vache ne voudrait jamais ?*

An chenn. (M.) *(Une chaîne)*

2. Le fait que les devinettes créoles soient littéralement obsédées par l'écrit et là, nous retrouvons une autre intuition d'Edouard Glissant (1981 : 240) quand il écrit que :

> « ...la langue créole ...comporte le français, c'est-à-dire le lancinement de l'écrit comme transcendance interne.»

Cette intuition est partiellement erronée dans la mesure où il ne nous semble pas que le rapport qu'établit Glissant entre *la transcendance interne* c'est-à-dire la présence constitutive du français à l'intérieur du créole d'une part, transcendance bien réelle, et le *lancinement de l'écrit* de l'autre, soit justifié. En effet, ce qui donne en partie naissance au créole (au contact du caraïbe et des langues africaines), dans la première moitié du XVIIè siècle, ce n'est pas le français standard (et donc écrit) que nous connaissons aujourd'hui mais un ensemble de parlures dialectales (normand, poitevin, picard etc.) qui étaient des parlers essentiellement populaires (et donc oraux), parlures parmi lesquelles le francien ou dialecte de l'Ile-de-France commençait à peine à se positionner comme idiome dominant. Jacques Coursil (1996 : pré-publication) note à cet égard :

> « Un siècle à peine sépare la naissance du créole de celle du français comme langue de pensée, ce qui est peu à l'échelle des langues. A cette époque de chocs des mondes, les Français patoisent beaucoup et partout, néanmoins leur langue est là désormais.»

Il existe pourtant bel et bien un « lancinement de l'écrit», une obsession de la référence à l'écrit à l'intérieur des devinettes créoles que l'on ne retrouve évidemment pas dans les devinettes des pays à culture essentiellement orale (Afrique, Océanie etc.) mais, chose étonnante, pas non plus dans celles des pays de vieille culture écrite. Citons entre autres :

- An kriyé lé 26 lèt dè lalfabé é i nis sis ki pa vini. Poukwa ?

  (J'ai appelé les 26 lettres de l'alphabet et il y en a six qui ne sont pas venues. Pourquoi ?)

  I té okipé (I-T-E-O-K-P). (Gwd.)

- Ki gwo lèt ki nan lalfabé ya fi yo pa renmen n ?

  (Quelle est la grosse lettre de l'alphabet que les filles n'aiment pas ?)

  Lagwosès. (H.) *(La grosse « S»)*

- Quelles sont les trois lettres de l'alphabet qui rend l'oiseau très malheureux ?

  L. K. C. (M.). *(Aile cassée)*

- Quelles sont les trois lettres que la femme emploie en faisant sa toilette ?

  Q. B. C. (M.) *(Cul baissé)*

L'erreur de Glissant est de penser que ce « lancinement de l'écrit» qu'il repère est constitutif de la formation de la langue créole (1625-1670-80). A notre sens, ce lancinement apparaît bien plus tard, et non pas tant dans la langue proprement dite que dans l'oraliture créole laquelle se forme au XVIIIè siècle, au moment où la cohabitation Blanc/Noir des premiers temps a disparu depuis des lustres et où les *Béké* se réinvestissent dans une langue française en voie de normalisation en France. L'esclave noir va désirer l'écriture qu'il perçoit comme un instrument de domination de la part des maîtres mais en même temps comme un instrument potentiel de libération pour lui. L'exemple le plus magnifique de ce désir est la fameuse harangue de Jean-Jacques Dessalines, chef de la révolution des Noirs de Saint-Domingue, créolophone unilingue et donc illettré :

> « Pour dresser l'acte d'indépendance, il nous faut la peau d'un Blanc pour parchemin, son crâne pour écritoire, son sang pour encre et une baïonnette pour plume.»

On signalera pour mémoire l'existence de devinettes « graphiées», relevées uniquement par Elsie Clews Parsons, dont nous donnons deux exemples dans notre recueil. La question est constituée d'une combinaison de mots et de graphismes et ne peut être, de ce fait, complètement orale. On peut penser, que tout comme les devinettes faisant appel à la connaissance de l'alphabet, elles furent l'œuvre, récente (fin XIXè-début XXè siècle), à notre avis, de personnes appartenant à cette petite fraction de la population noire qui commençait à accéder à l'école.

Enfin, ce bref parcours de la devinette créole aurait pu aussi s'intituler « De l'énigme du Sphinx au *titim-bwa-sèk*» tant les liens multiples, tantôt étroits tantôt distendus, tantôt carrément brisés, qui unissent celle-ci aux plus anciennes traditions africaines- et donc à l'Egypte pharaonique- sautent aux yeux de l'observateur le moins averti. La culture créole ne surgit pas *ex nihilo*, comme par miracle, du grand trou noir de la Traite et de l'Esclavage. Les Africains, qui vinrent de l'autre côté de la Mer des Ténèbres, étaient certes des « migrants nus» qui ne purent emporter avec eux ni statuette ni instrument aratoire ou culinaire ni objet de culte mais ils surent les ré-inventer, se réinventant du même coup, en faisant appel à la mémoire, cette faculté de l'esprit que nul n'a jamais réussi à enchaîner. Obscurément, il y a dans la culture créole, à côté/avec/dans les traditions amérindiennes et européennes qui l'ont constituée, le formidable pouvoir du Verbe négro-africain.

Devenant créole, l'Antillais ou l'Océanindien a été longtemps sommé d'oublier la part d'Afrique qu'il porte en lui mais, ineffaçable, celle-ci resurgit partout, dans les bœufs rouges du Mardi-gras, dans le cordon ombilical du nouveau-né que l'on enterre au pied de l'arbre vénérable, dans le respect quasi filial voué au frère de la mère (l'oncle maternel), dans la croyance aux *soukougnan*, dans le jeu de *wari*, dans le lancinement du tambour *bèlè* ou *gwo-ka*, dans les feintes de ce combat dansé qu'est le *ladja*.

Dans le *titim bwa-sèk...*

Alain Anselin (1992 : 51), anthropologue antillais, pose, retrouvant la malice du conteur créole, la devinette suivante :

- ***Il y a cinq cent ans, j'ai découvert Christophe Colomb.***

Nous y étions avant Colomb.

Nous nous serions bien passés d'y venir après.

Qui sommes nous ?

« Vous l'aurez compris » y répond l'auteur, « les Deux Mondes qui se rencontrent dans ma devinette ne sont pas tout à fait les mêmes que ceux qui se rencontrent dans la commémoration[37] et vous aurez répondu sans hésiter :

- L'Amérique.

  Les Africains.

  Les Caribéens modernes. »

37 Commémoration, en 1992, du cincentenaire de la « découverte » de l'Amérique par Christophe Colomb.

BIBLIOGRAPHIE

ANSELIN, Alain, 1992, -*Samba,* Editions de l'Unirag, 200 p.

1992, - Le Discours caboclo-L'Amérique et l'Afrique sans Christophe Colomb, in revue « Tyénaba» N° 2, pp. 51-70.

ARMAND, Alain et CHOPINET, Gérard, 1983 - *La littérature réunionnaise d'expression créole ((1828-1982),* L'Harmattan, 439 p.

ARON, Thomas, 1970 - Une seconde révolution saussurienne ?, in revue « Langue française», N° 7 Larrousse, pp. 56-62.

BAKER, Philip, 1988 - On the origins of the Mauritian Creole Riddles in Baissac, in « Journal of Mauritian Studies», A 91, Vol. 2 N° 2, pp. 41-85.

BERNABÉ, Jean, 1983, - *Fondal-Natal, Grammaire basilectale approchée des créoles guadeloupéen et martiniquais,* Editions L'Harmattan, 1559 p.

1989 - *Eloge de la Créolité,* en collaboration avec Patrick Chamoiseau et Raphaël Confiant, Gallimard, 70 p.

1996, - De l'oralité à la littérature antillaise-Figures de l'Un et de l'Autre, in « Littérature et dialogue interculturel», Françoise Têtu de Labsade (sous la direction de), Editions CEFAN, Les Presses de l'Université Laval, 250 p.

CALAME-GRIAULE, Geneviève, 1970 - Pour une étude ethnolinguistique des littératures orales africaines, in « Langages», N° 18, pp. 22-47.

CASTÉRA-FILS, Georges, 1976, - *Konbèlann,* Nouvelle Optique, 194 p.

CHAMOISEAU, Patrick, 1997, - *Ecrire en pays dominé*, Gallimard, 316 p.

CONFIANT, Raphaël, 1995, - *Les maîtres de la parole créole,* 1995, 201 p.

1997, - *Kréyòl palé, kréyòl matjé...Analyse des significations attachées aux aspects littéraires, linguistiques et socio-historiques de l'écrit créolophone de 1750 à 1995 aux Petites Antilles, en Guyane et en Haïti,* Thèse de Doctorat, Université des Antilles et de la Guyane, 753 p.

Contout, Auxence, 1987 - *Langues et cultures guyanaises*, Cayenne, édité par l'auteur à l'imprimerie Trimarg.

Coursil, Jacques, 1996 - Eloge de la muette, pré-publication.

D'Ans, André-Marcel, 1997, - Créoles sans langue créole : les « Criollos» d'Hispano-Amérique, in « Contacts de langues-Contacts de cultures-Créolisation» sous la direction de Marie-Christine Hazaël-Massieux et Didier de Robillard, pp. 29-50.

Devinettes berbères, 1986, sous la direction de Fernand Bentolila, Tomes I, II, III, CILF, Fleuve et Flamme, Paris, 595 p.

Francius, Sonia, 1989 - *La mort en Guyane-Analyse de l'évolution des rites funéraires créoles,* Mémoire de DULCC, Université des Antilles et de la Guyane, 122 p.

Girod de Chantrans, Justin, rééd. 1980 - *Voyage d'un Suisse dans différentes colonies d'Amérique*, Tallandier, 278 p.

Glissant, Edouard, 1981, - *Le Discours antillais,* Le Seuil, 503 p.

Greimas, A. J., 1970 - *Du sens,* Le Seuil, 313 p.

Hazaël-Massieux, Guy, 1996, - *Les Créoles-Problèmes de genèse et de description*, Publications de l'Université de Provence, 374 p.

Hazaël-Massieux, Marie-Christine, 1987, -*Chansons des Antilles, comptines, formulettes,* Editions du CNRS, 278 p.

Honorien-Rostal, Rolande, 1987, - Aux sources des genres au Lamentin (Guadeloupe), in Cahiers de Littérature orale N° 5, pp. 37-60.

Jolles, André, 1972, - *Formes simples,* Editions du Seuil, 213 p.

Le Clézio, J. M. G. et J., 1990, - *Sirandanes*, Editions Seghers, Paris, 192 p.

Léotin, Georges-Henri, 1994, - *Monchoachi*, L'Harmattan / Presses Universitaires Créoles, 104 p.

Léotin, Térèz, 1986 - *An ti zyédou kozé,* Editions Bannzil Kréyòl, 47 p.

Lung-Fou, Marie-Thérèse, 1979, - *Contes et proverbes créoles,* Editions Désormeaux, 413 p.

Manessy, Gabriel, 1995, - *Créoles, pidgins, variétés véhiculaires-Procès et genèse,* Editions du CNRS, 276 p.

Maranda, Elli Kongas, 1969, - Structure des énigmes, in revue « L'Homme », revue française d'Anthropologie, Tome IX, N° 3, pp. 6-47.

Mars, Jean Price, rééd. 1973, - *Ainsi parle l'oncle, Lemeac, Québec, 316 p.*

Marti, Paula, 1960, - *Essai sur la notion de roi chez les Yorouba et les Aja-Fon,* Université de Paris, Faculté des Lettres et de Sciences humaines, 259 p.

Meyer, Gérard, 1978 - *Devinettes bambara,* L'Harmattan, 68 p.

Parsons, Elsie Clews, 1943 (Rééd. 1969) - *Folk-lore of the Antilles, French and English,* Part III, New-York, Kraus Reprint Co., 487 p.

Price, Richard, et Price, Sally, 1997, - Shadowboxing in the mangrove, in revue « Cultural Anthropology » 12(1) 3-36, American Anthropological Association, pp. 3-36.

Relouzat, Raymond, 1989, - *Le référent ethno-culturel dans le conte créole,* L'Harmattan/Presses Universitaires Créoles, 163 p.

Rémion, Nicole, 1987, - *Titim Bwa Sek : origine, évolution, structure d'un genre oraliturel original,* Mémoire de DULCC, GEREC/Formation Continue, Faculté des Lettres, Université des Antilles et de la Guyane, 150 p.

Rey-Hulman, Diana, 1993 - Dire, maudire, écrire en Guadeloupe, in « Jeux d'identité-Etudes comparatives à partir de la Caraïbe » sous la direction de Marie-José Jolivet et Diana Rey-Hulman, pp. 23-53.

Rippon, Max, 1993, - *Agouba,* Editions Jasor, 1993,

Rosemain, Jacqueline, 1987, - Comment parler à Dieu-L'instruction des esclaves à la Guadeloupe pendant l'Ancien Régime, in Cahiers de Littérature orale, N° 21, pp. 15-35.

Roumain, Jacques, rééd. 1979 - *Gouverneurs de la Rosée*, Editions Désormeaux, 264 p.

Tessonneau, Alex-Louise, 1983, - *La devinette-énigme, technique et moyen d'apprentissage de la parole dans la société traditionnelle haïtienne,*thèse de 3è cycle, Université de Paris III, 400 p.

Tourneux, Henri, 1983,-*106 devinettes d'Haïti,* in Espace créole N° 5, pp.

Treuthardt, Patrice, 1991 - *Korbèy dor*, Editions UDIR, 95 p.

Vadé, Yves, 1978 - Le Sphinx et la chimère, in revue « Romantisme » N° 15, pp. 3-17.

Verrier, A. J. et R. Ornillon, rééd. 1970, - *Glossaire étymologique des patois et des parlers de l'Anjou,* Slatkine Reprints, Genève, 587 p.

Vintila-Radulescu Ioana, 1975, - *Le créole français,* Mouton Publishers, 211 p.

ZAHAN, Dominique, 1963, - *La dialectique du verbe chez les Bambara*, Faculté des Lettres et Sciences Humaines de l'Université de Paris, Dijon, Imprimerie Darantière, 207 p.

ZISTWAR EK ZEDMO Sesel, *Contes, devinettes et jeux de mots des Seychelles,* 1983, Editions Akpagnon/A.C.C.T., 157 p.

ABREVIATIONS

K.:	Cariacou	**M. :**	Martinique
Dom. :	Dominique	**Ma. :**	Maurice
Gr. :	Grenade	**R. :**	Réunion
Gwd. :	Guadeloupe	**Sl. :**	Sainte-Lucie
Guy. :	Guyane	**Sm. :**	Saint-Martin
H. :	Haïti	**Sey. :**	Seychelles
L-s. :	Les Saintes	**T. :**	Trinidad
M-g. :	Marie-Galante		

CLASSEMENT DES « TITIM »

Nous avons retenu comme critère de classement des « titim » et des jeux de mots la mise en relief (à l'aide de caractères gras dans le texte) du premier mot principal de l'énoncé.

Celui-ci peut être soit un « nom » soit un « verbe » soit un « adjectif ».

Exemple : *Man ni an* ***kay*** *tou an pèsyenn ?*

(Ce « titim » sera donc classé à la lettre « K »).

A l'intérieur de chaque lettre, les mots principaux sont classés par ordre alphabétique.

A

1. Ki diférans ki ni antrè « **A** » dè lalfabé é kloché a on légliz ?

« A » c'est la voyelle.

« Kloché », c'est là qu'on sonne (c'est la consonne). (Gwd.)

2. **Un *abbé* plein d'appétit a traversé Paris ?**

$$A\ B\ \frac{P}{100}.$$ *(Ls.)*

3. Kon mwen mété **abi** vè mwen, tout moun ka palé di mwen. Lè mwen mété abi blan mwen, tout moun ka gadé mwen. Lè mwen mété abi vè mwen, tout moun ka ripalé di mwen ankò. Kan mwen mété abi wouj mwen, tout moun ka ba mwen lanmen. Kan mwen mété abi nwè mwen, tout moun ka sèvi di mwen. Sé ki sa ?

An pyé kafé. (M.)

4. Mwen byen **abiyé** san yon bwanch fil ?

Mi. (T.)

5. **Abiyé** san sòti ?

Kabann. (H.)

6. **Adèlin** bèl fanm, domaj li toutouni ?

Boutèy. (H.)

7. **Adèlin** bèl fanm, domaj li gravé vérèt ?

Kowosòl. (H.)

8. Ki sa ou ka **admiré** twa jou épi dèmen ou bliyé'y ?

An flè. (M.)

9. **Akatya** mouri san pouri ?

Ravin sèk men i la. (M.)

10. **Akoupi** m-senyen'w ?

Lam. (H.)

11. **Albè** ni douz bèf. I menné yo brè. Men, anlè douz la, ni yenki kat ki brè ?

Sèptanm brè.

Oktòb brè.

Novanm brè.

Désanm brè. (Gwd.)

12. Sa ki ka **alé** toulitan san rété ?

Chimen. (M.)

13. Kote mo **ale,** li sivre mo ?

Mo lonb. (Ma.)

14. **Alman** a tèt wouj ?

Alimèt. (L-s.)

15. Mo **alonz** li, li alonz mwa ?

Nat. (Ma.)

16. **Quel est l'animal qui ressemble le plus à l'homme ?**

Le nègre. (M.)

17. **Tous les années, je porte un chapeau blanc ?**

Flêche de canne. (M.)

18. Toultan i **anvlope** ou pa konn son kont. Ler i devlope ki ou konn son kont ?

Rezim bannann : la kantite bannann dan en rezim. (Sey.)

19. Mo **anvoy** mo pti nwar komisyon, zame li tourne ?

Koudròs. (Ma.)

20. **Apolin** si visyèz, i ka palé anba wòb ?

Laklòch. (M.)

21. **Je ne suis pas arbe, je porte les feuilles ; les feuilles fait parler les hommes ?**

C'est un livre. (M.)

22. Mon **asize** mon plere ?

Boulwar. (Sey.)

23. **Aswar**, mo trouv en bann lagren dan mo laplen ; ler mo leve, mo napli trouv zòt ?

Zétwal. (Ma.)

24. **Atrap** li, mo al sas lòt ?

Sa mem lamen dir av labous ler apre manze. (Ma.)

25. Ki diférans ki ni antrè on **avoka** é on wou ?

Avoka la, ou ka grésé'y pou'y fè dézòd. Wou la, ou ka grésé'y pou'y pa fè dézòd. (Gwd.)

26. Ni 100 moun adan on **avyon** é mil désann. Konmen ka rété ?

999 davwa sé Emil, on jenn ti boug, ki désann. (Gwd.)

(« E mil » dans la question peut être compris comme le prénom « Emil »)

27. **Azimbololo** pa vann nan maché ?

Sèkèy. (H.)

B

28. M **ba**'w ; pouki ou gadé-m kon sa a ?

Chen. (H.)

29. **Bab** papa'w anba lapòt ?

Klèté. (M.)

30. Ti **badin** kat fas ?

Savon. (H.)

31. Ki **bagaj** Bondyé mété tèt li ka chanté, milyé kò'y myèt, latjé'y ka pléré ?

Lantèman. (M.)

32. Ni an **bagaj** Bondyé mété asou latè. Tout bagaj ka rantré adan ?

An lèt. (M.)

33. Man ni an **bagay** lakay mwen, si man pa krévé zyé'y, i pa ka travay ?

An sizo. (M., Sl.)

34. Mwen ni an **bagay**, si mwen pa fésé'y atè, i pa ka maché ?

An koutla. (M.)

35. Ou ni **bagay** kay ou, ou pa sa gadé'y, ou pa sa touché'y ?

Difé. (M., Sl.)

36. Mwen ni an **bagay** kay mwen, si mwen pa pousé'y, i pa ka kité mwen pasé ?

Lapòt. (M.)

37. I ni an **bagay** ki tini plen dra épi i ka alé kouché atè ?

Jiwomon. (M.)

38. Yon piti **bagay**, i plenn a kaz, i ka mètba an bwa ?

Fizi. (H.)

39. Sa **banàn** la, mo bo manze, zame mo kapab fini li ?

Gran simen. (Ma.)

40. **Bankal** bordaz kanal ?

Gronouy. (R.)

41. Lo **barb** mon granper i géri amwen ?

Mayi. (R.)

42. **Barik** diven de kouler ?

Dizef (I annan blan ek zonn). (Sey.)

43. An ti **barik** san fon ?

An bag. (M.)

44. An ti **barik** san sèk ?
An zé. (M.)

45. Mo ena en **barik** av dé kalité dilo ?
En dizef. (Ma.)

46. Mo **basen** li sek, met en lapay, li borde ?
Lizyé. (Ma.)
Mon **basen** lé sek, met en pay li débord ?
Lo zyé. (R.)

47. Mon ena en **basen**, tout zozo ki vin bwar ladan nwayé ?
Lalamp av papion. (Ma.)

48. M gen on **basen** ; sé on sèl pwason ki najé ladan n ?
Lang ou. (H.)

49. Mo **bat** li, li ba mwa, mo ba li, li bat mwa ?
Mo fanm. (Ma.)

50. **Batjé** fè dis nèg ?
Koton. (M.)

51. Mon sarz mon **bato** ek lorz. Apre kektan, mon trouv dipwav dan plas lorz ?
Papay, ler i tann son langrenn i blan (lorz), ler i mir son langrenn i nwar (dipwav.) (Sey.)

52. Mon annan en **bato** ki kapab anmenn zis san liv. Mon manman, mon papa, mon frer ek mwan, nou anvi al lo en zil. Be mon manman i pez san liv, mon papa osi parey, mwan ek mon frer, nou pez sakenn senkant liv. Ki manyer nou a fer pou ariv lo sa zil ?

Mwan ek mon frer nou pran bato nou al premye. Mon les li laba, mon retournen mon donn bato mon manman. Ler i ariv laba, mon frer i pran bato i vin pran mwan. Apre mon retourn ek bato, mon donn mon papa. I ariv lo zil i donn bato mon frer pou vin sers mwan. (Sey.)

53. Kan **bato** i sava, bann maren lé an blan. Kan bato i artourn, bann maren lé an nwar ?

Papay. (R.)

54. An ti **baton** vèrni, mwen pa sa pran'y ?

Sèpan. (M.)

55. **Baton** dan deryer, kouronn lo latet ?

Zannannan. (Sey.)

56. Yon piti **bawi** san fon ?

Bag. (Sl.)

57. **Bayonèt** par deryer ?

Mous jòn. (Ma.)

58. **Bèf** zoutiyé mastoké ?

Ba kout tjòk. (M.)

59. Man vréyé an twoupo **bèf**, yo séché ma a ?

An kannari diri. (M.)

60. Mon **bef** i plenn, son piti anndan i koze, me li i pa koze ?

Mon dan lakaz mon koze. Pa lakaz ki koze, mwan sa. (Sey.)

61. Mon annan mon **bef**, mon ferm li dan son park. Mon bous partou me touzour son lake i sorti deor ?

Lafimen ki sorti dan lakwizin. (Sey.)

62. **Bef** dormi lasenn trennen ?

Zironmon ek son lalyann. (Sey.)

63. Mon annan mon **bef**, i kit zerb, i manz glasi ?

Lipou i kit seve, i sis lapo tèt. (Sey.)

Bef dann kàn, i manz pa kàn, i manz la ter ?

Lo pou. (R.)

Enn bann **bef** anho montangn, zot kit manz, zot kit lerb ?

Lipou. (Ma.)

64. **Bef** krie dan milie de montagn ?

Sa touse en doumoun gro lazou. (Ma.)

65. **Bef** i res an plas, la kord i mars ?

Sitrouy. (R.)

66. En bann **bef** laho montagn, zot manz ros, zot kit lerb ?

Lipou. (Ma.)

67. Man vréyé an **bèf** bwè, chenn li rivé avan'y ?

An jiwomon. (M.)

68. Yon **bèf** wouj an dé fant kay ?

Lang. (Sl.)

69. Mwen tini senk **bèf** atlé dan chari an mwen. Chari la-sa labouré latè blan é nwar ?

Plim. (M-g.)

70. Kat **pat** bat lawouzé, dé pistolé vizé anlè **?**

Bèf. (H.)

71. Mon **berso** mon sapo, mon sapo mon tonbo ?

Leskargo. (R.)

72. Ki **bèt** ki ka palé an dé mo é ou pa ka bòdé'y ?

An chyen di gad. (M.)

73. Ki **bèt** ka désann anba tè é ka viré monté ?

Krab. (Gwd.)

74. **Bête à cornes, crêpe de chair, ami de carlate, crié si fort qu'il réveille le mort, qui entre dans le corps de sa mère, passe sur ses frères pour aller manger son père ?**

C'est un coq qui ête au basse-cour du presbytère. Alors, à deux heures du matin, il crié si fort qu'il réveille le prêtre pour aller à l'église communier. (M.)

75. **Bétjé** douvan, milat dèyè ?

Zédjui épi fil. (M.)

76. Mon annan mon **bitasyon**, i annan zis en siko dan milye ?

Lonbri. (Sey.)

77. Tou lé-zan, tini on **biten** ka travay tou lé jou san jenmen manké ?

Boulanjé (ouben Lanmè). (L-s.)

78. On ti **biten** Bondyé mété asi latè, i ka manjé Blan, i ka manjé Nwar ?

Moulen a koton. (M-g.)

79. **Blan** dan Gine ?

Douri dan marmit. (Ma.)

80. **Blan** ka touché, nèg ka planté fil ?

Zédui. (Gwd.)

81. Mo zet li **blan**, li tonb zòn ?

Dizef. (Ma.)

82. **Blan** napa kapab travay san nwar ?

Plim bizwen lank. (Ma.)

83. **Blan** dan blan ?

On chouval blan, on sèl blan, on misyé blan. (L-s.)

84. Mwen antré **blanch**, mwen sòti milat ?

Pen. (H.)

85. Le ciel est bleu et toi laid ?

Le ciel est bleu et étoîlé. (M.)

86. Blokoto douvan, blokoto dèyè ?

Bèrsèz (Gwd.)

87. Capitaine Boico qui est à son bord, il fait voir le feu de son cigare jisse à Toulouse ?

Lalin. (M-g.)

88. Manman mwen ni an ti **bolonm**, tout tan i pa tranglé'y, i pa ka maché ?

An karaf. (M.)

Madame a une servante chez lui pour la servir il faut qu'elle l'étrangle ?

Une potiche. (Sm.)

89. An ti **bolonm** ka plen an kay ?

Limyè. (M., Sl.)

90. An ti **bolonm** épi an ti fanm sali an dra ?

Pòtplim épi lank. (M.)

91. Tou piti **bolonm** mwen ka pwan pou fondé dan tout basen ?

An fouchèt. (M.)

92. Tout ti **bolonm** ki mwen ti bolonm, mwen ka abiyé misyé li-wa ?

An fè. (M.)

93. Mwen lé **bon** pou manzé, mé mwen lé térib dan la men solda ?

Grénad. (R.)

94. Ni an bagay **Bondyé** mété asou latè, i ka désann san jenmen rimonté ?

Larivyè. (M.)

95. Sa mwen touvé **Bondyé** pa touvé'y ?

Mwen touvé mèt mwen. Bondyé pa touvé ta'y. (M.)

96. Ni an bagay **Bondyé** mété asou latè, i ka bwè, i ka manjé ; san travay i ka tjenbé dé bra'y asou ren'y kon sa ?

Pòtchanm. (M.)

97. **Bondyé** fè-m vèt, men nati ya fè-m jòn ?

Piman. (H.)

98. Sa ki mo fin trouve, **Bondye** napa fin trouve ?

Mo fin trouv mo met, Bondye napa fin trouv pour li. (Ma.)

99. Ki sa ou ka wè **Bondyé** pa ka wè ?

An bondyé kon'y. (M.)

100. **Bondyé** ba mwen an lajan, mwen pa sa konté li ?
Zétwèl. (M.)

101. **Bondyé** ba mwen yon fwomaj, mwen pa sa koupé li ?
Solèy. (M.)

102. **Bondyé** mété on biten asou latè, lè i chanté, i chanté difé ?
Fizi. (Dom.)

103. **Bondyé** ba mwen on dra pou mwen pliyé, mwen pa ann'éta pliyé'y ?
Syèl. (L-s.)

104. **Bondyé** ba mwen on janbon pou mwen koupé, mwen pa ann'éta koupé'y ?
Lalin. (L-s.)

105. Tini on biten **Bondyé** mété, voyé li ho kon ou vlé, i toujou ba ?
On ba. (L-s.)

106. Tini on biten **Bondyé** mèt si latè, pandan i ka maché, i ka fè pitit a li ?
Jiwomon. (Gwd.)

107. Tini on biten **Bondyé** mété asou latè, lajòl défonsé, prizonyé déyò ?
Soulyé déchiré. (Dom.)

108. **Bondyé** mèt on biten si latè, i ka manjé, i ka manjé, vant a-y toujou plat ?

Ligorin. (M-g.)

109. **Bondyé** mèt on biten si latè, i endispansab. Tou sa ou ba'y, i ka pwan ?

Papyé. (M-g.)

110. Dépi **bonmaten**, mwen ka kouri dèyè an moun, mwen pa ka pwan'y ?

Lonbwaj ou. (M.)

111. Mo **bonnfanm**, a kote li pase lese so tras ?

Kouroupa. (Ma.)

112. En bann ti **bononm** i mars par dis, zot tout la tet lé blan ?

Lo zong. (R.)

113. **Bononm** gro vant, tet an fler ?

Zanana. (R.)

114. Pti **bonnonm** anba potis ?

Kazou. (Sey.)

115. Pti **bonnonm**, gran sapo ?

Sanpion. (Ma.)

Ti **bononm** gran sapo ?

Sanpignon. (R.)

116. Mo ena senk pti **bonnonm**, de bengne, twa gete ?
Mous nene av ledwa. (Ma.)

117. Ti **bonnonm** tou son bonnen i blan ?
Zong. (Sey.)
Mo ena dis pti **bonnonm**, tout zòt latet blan ?
Zong. (Ma.)

118. Mon annan mon bann pti **bonnonm** tou bonnen rouz ?
Bilenbi. (Sey.)

119. Pti **bonnonm** nwanr dan pti bonnen rouz ?
Lagrenn réglis. (Sey.)

120. Mo ena en bann pti **bonnonm** : zour zot fèt zot tout abiye an rouz ?
Piman. (Ma.)

121. Mo de pti **bonnonm** mars ansanm, saken so tour divan ?
Mo lipye. (Ma.)

122. **Bonnonm** nwar, latet rouz ?
Boutey diven. (Ma.)

123. Pou vwè **boté** a fanm blan, i fo lévé chimiz a yo?
Mayi. (Gwd.)

124. **Bouch** a bouch ?
An chyen ka manjé adan an chodyè. (M.)

125. An ti bout **bouden** ranpli an mézon ?

An bouji limen. (M.)

126. En **boug** dann son kaz, i fou en kou d'fizi, apré li ferm son port ?

Lo zyé. (R.)

127. Ki ti **bouir** premyer marmit dan pey Moris ?

Difé. (Ma.)

128. **Boutey** andan, diven dohor ?

Zanblong. (Ma.)

129. Kat **boutey** do lé, la tet anba i koul pa ?

Tété vas. (R.)

130. Mo landan mo **boutèy**, mo pou ka sasé to tren ; si to sasé mo, mo ka frapé to ?

Tafya. (Guy.)

131. An **bouti** asou trant arkboutan ?

Le mois (ou la journée). (M.)

132. Ti **bouwo** o kolé wouj ?

Piman. (M.)

133. An bout **boyo** plen anba 'y ?

An klèté. (M.)

134. Nana lo **bra**, na pwen la zanm, li mars ?

La rivyer. (R.)

135. Mwen pa ni **branch**, ni rasin men man ni fèy kon tout pyébwa ?

An liv. (M.)

136. **Brans** lo delo ?

Zourit. (Sey.)

Senk **brans** dan dilo ?

Zourit. (Ma.)

Senk **brans** dann lo ?

Zourit. (R.)

137. Kat **brans** ver, dé brans sek, en brans fol ?

Bef. (R.)

138. **Bred** dourmi ?

Ziromon. (Ma.)

139. **Bred** galpe ?

Yev. (Ma.)

140. Sen ti **brenzik** adan on ti brenzak ?

Soulyé. (Gwd.)

141. **Bwa** ni pik, bwa ni kay la ?

An nich zibyé. (M.)

142. Kloué mwen dan lé **bwa** ! Haché mwen dan lé bwa !
Apwé lanmò mwen, mwen gangné on bèl vwa !

Vyolon. (Dom.)

143. **Bwadébèn** dan dilo ?

Zangi. (Ma.)

Bwa débenn dann lo (badabeng dann lo) ?

Zangi. (R.)

144. **Bwadeben** laho ranpar ?

Moustas. (Ma.)

145. Ou la **bwar** do lo ki sort ni dann syel, ni dan la ter ?

Koko. (R.)

146. Si ou pa ka ba'y on **bwè**, i pa ka travay pou'w ?

On plim. (M-g.)

147. Sa ki ka fè **bwi** a fè'w kouri épi pè ?

Sé van. (M.)

CH

148. **Chanm**, chanm san finèt ?

Banbou. (M.)

149. **Je ne suis ni chair ni os et pourtant je fais l'os et la chair ?**

An zé. (M.)

150. Kan mwen mété **chapo** mwen, mwen pa ni valè. Kan mwen tiré'y, mwen vo lajan ?

Kann. (M.)

151. **Un chari conduit par les cinq bœufs. Celui qui cultive la terre est noire comme jais et la terre est blanc comme la terre ?**

C'est papier, plume, l'encre. (M.)

152. An ni on **chato**, adan chato la, ni tout sòt anplwayé é yo ka fè on rimèd ka soulajé sèrten maladi ?

Kò a on moun (sé anplwayé la sé òwgàn a moun la é rimèd la, sé sé anti-kòw la).(Gwd.)

153. **Quand est-ce que mes chaussettes me coûteront vingt-cinq francs ?**

Quand ils seront neufs très étroits. (M.)

154. **Combien de chemises faut-il passer pour passer un bon dimanche ?**

Dix chemises (qui ont donc dix manches). (M.)

155. M dwé fè senk **chémiz** men m-pa travay tou lé dimanch. Ki lè m-ap fini ?

M p-ap janm fini. (H.)

156. Ti **chen**, boul nan vant ?

Zaboka. (H.)

157. Mwen pasé dan an **chimen**, mouchwè pòch mwen tonbé ?

An jibyé plim li sòti. (M.)

158. Mwen ka lévé **chimiz** li, ni chivé, ni dan, mé sé mwen ki kay manjé'y ?

Mayi. (M.)

159. **Quel est le comble d'un chirurgien ?**

C'est d'opérer le cancer des Tropiques. (M.)

160. Lè m-**chita** m-pi wo ?

Chen. (H.)

161. O **chival** Lapoléyon Prèmyé chyé tala ?

Par la queue. (M.)

162. M gen dé ti **chodyè** ; dépi m-achté yo, sé kalalou m-kuit nan yo sèlman ?

Dé tou nen'w. (H.)

163. **Chouk** bwa nan mitan lanmè ?

Lonbrit ou. (H.)

164. Mwen ni an **chouval**, mwen abo fèmen'y andidan, latjé'y toujou déwò ?

Lafimen. (M.)

165. **Chouval** mwen andidan, latjé'y déwò ?

Lanp. (M.)

166. **Chouval** mwen maré bò chimen, tou sa ki pasé ka ba'y an bòt zèb ?

An salté. (M.)

167. An **chòz** san grenn ?

Zoranj gréfé. (M.)

168. M gen yon **chwal** ; mwen mouté-l anba vant li ?

Kay. (H.)

169. M gen on **chwal** ; li kouri anpil ; lè m-bézwen rété-l, mwen ba-l on kout fwèt ?

Dlo cho ak dlo frèt. (H.)

D

170. **Les dames me foulent au pied, les demoiselles me recherchent ?**

L'alliance. (M-g.)

171. Mo ka maché a **danbwa**. Tout bwa vé tonbé asou mo sòf roun sèl ?

Bwa mouben. (Guy.)

172. **Dégrésé**-m, m-a sèvi'w ?

Kalbas. (H.)

173. **Dèkwa** bwè, dèkwa manjé, dèkwa jété ?

Kokoyé. (H.)

174. **Delo** pandan ?

Koko. (Sey.)

175. **Delo** dormi ?

Moulon. (Sey.)

176. **Delo** debout ?

Kann. (Sey.)

177. Twa **dèmwazèl** ka valsé dan an sal, yonn ka valsé a dwèt, dé ka valsé a gòch ?

Twa wòl moulen. (M.)

178. Twa **dèmwazèl** adan yon sèl chanm, yonn pa ka wè lòt ?

An kòs grenn. (M.)

179. Toultan mon **désann**, zanmen mon monte ?

Larivyer. (Sey.)

180. **Il faut détui la mère pour avoir l'enfant ?**

Banane. (M.)

181. **Deven** deor, barik andan ?

Zanblon. (Ma.)

Do **ven** an déor, barik anndan ?

Zanblon. (R.)

182. **Dèyètèt** kaporal byen gra ?

Kouvèti chodyè. (H.)

183. **Di** kon pyè, vèt kon po, blan kon lanèj ?

Koko. (Sl.)

184. Mo **dibouté**, li alonze ; mo alonze, li dibouté ?

Lipye doumoun. (Ma.)

Mwen lé **dobout**, li alonz ; mi alonz, li dobout ?

Lo pyé. (R.)

185. **Dibwa** dan later, dibwa dan leren dibwa, dibwa dan milye dibwa, dibwa par lao dibwa ?

Moulen dibwa. (Sey.)

186. Ki **dibwa** ki port non en zannimo ki viv lo later e dan lanmer ?

Bwa torti. (Sey.)

187. **Difé** anlè ?

Lanp. (M.)

188. Ki **diférans** ou ka fè ant an moun sòt épi an larivyè ?

Larivyè a ka fè dé kontour, moun sòt la fè dé tour dè kon. (M.)

189. Ki **diférans** ou ka fè ant an vèston épi an sangliyé ?

Vèston an ni an doubli, sangliyé a ni an boudiné (an huir). (M.)

190. Ki **diférans** ou ka fè ant an klòch épi an Y ?

Y sé an vwayèl, klòch la sé lakonsòn. (M.)

191. Ki **diférans** ou ka fè ant an mason épi an moun ka fè kòwsè ?

Mason an ka fè tonm pou mété kò sen an, moun ka fè kòwsè pou mété sen kò a. (M.)

192. Ki **diférans** i ni ant an klèté épi an lalin ?
Lalin la ka kléré toupatou, klèté a ka kléré an sèl koté. (M.)

193. Ki **diférans** ki ni ant an fanm épi an loto ?
Fanm lan ka fè lésans o mwa, loto a ka fè lésans tou lé jou. (M.)

194. Ki **diférans** i ni ant an lizin épi an li di mò ?
Lizin la ka kònen pou fè moun travay ; lè moun mò, yo ka kònen pou fè kòtèj lévé. (M.)

195. Ki **diférans** ki ni ant an lèskalyé épi an jij ?
Lèskalyé a ka fè lévé pyé, jij la ka fè lévé lanmen. (M.)

196. Al tir **dile**, pa tir ek bef me tir ek park ?
Tir dimyèl dan bonbard me pa ek mous. (Sey.)

197. **Dilo** dibout ?
Kann. (Ma.)

198. **Dilo** anpandan ?
Koko. (Ma.)

199. Mo bwar **dilo** akòz napa dilo ?
Navir tonbe o sek. (Ma.)

200. Mon envit bokou **dimoun** pou danse, me tou blan i danse, en gro nwanr i debout gete ?

Diri ki pe bwi dan marmit. (Sey.)

201. Mon pa en **dimoun** me selman mon kapab atrap tou dimoun dan lavil Viktorya ?

Solèy. (Sey.)

(Victoria est le nom de la capitale de la République des Seychelles.)

202. Ki mannyè ou ka tiré **dis** nan dis pou fè ven pou rès ?

Dé lanmen ganté. (M.)

203. **Djab** anwo, djab anba, Makintòch an mitan ?

Zyé. (T.)

204. **Dlo** désann mòn ?

Kann. (M.)

205. **Dlo** doubout ?

Kann. (Gwd.)

Dlo kanpé ?

Kann. (H.)

Do lo dobout ?

Do lo montan ?

Kàn. (R.)

206. **Dlo** monté mòn ?

An koko. (M.)

207. **Dlo** pann ?

Koko. (Gwd.)

Do lo pandan ?

Koko. (R.)

208. **Dlo** kouché ?

Moulondo. (Guy.)

Mèlon. (H.)

209. I plis son **dodan**, i manz son déor ?

Zézyé poul. (R.)

210. **Dòktè** anba dlo ?

Sansi. (Gwd.)

211. Twa **dòktè** ay wè an madanm, yonn antré, dé rèsté déwò ?

Lolo an nonm adan koukoun an fanm. (M.)

212. Yè oswè mwen **dòmi** isi, mwen lévé laho ?

Jowomou. (T.)

213. Kan mon **donn** twa, ki ton get mwan ?

Ros. (Sey.)

214. **Dormé** ki dormé, pandé ki pandé, vené ki vené. Si té pa pandé ki pandé, dormé ki dormé na té fouti ?

Boug i dor, grap koko i pann, lyon i vyen, grap koko i tonm i révey lo boug. (R.)

215. **Doudou** anba tè ?

Patat. (Gwd.)

216. **Doudou**, mwen enmé'w, mwen pa enmé li ?

Piman. (Dom.)

217. En **dra** mi gengn pa liyé, rézen mi gengn pa konté, pom mi gingn pa manzé ?

Lo syel. (R.)

218. Manz **dra mortir**, kas serkey pou manz lo mor ?

Badamyé. (R.)

219. **Qu'est-ce qui est dur et long et quand ça rentre, ça ressort mou avec une goutte d'eau au bout ?**

An bisui chanpay. (M.)

E

220. Mwen lé pa **eg**, mwen lé pa dou, mwen lé pa blan, mwen lé pa nwar, mi san pa ryen, tout domoun i rod amwen ?

Do lo. (R.)

221. **Je vous demande quelque chose en emprunt, si vous l'avez pas, ne l'empruntez pas, si vous ne l'avez pas, empruntez le moi ?**

An savon. (M.)

222. **Qu'est-ce qu'on peut emprunter en cadeau ?**

An manto. (M.)

223. **Endyen** laro bwa ?

Wara.(Guy.)

224. **L'enfant qui est au berceau est celui de mon père et de ma mère et n'est ni mon frère ni ma sœur ?**

C'est moi. (M.)

225. Yo **envité** mwen a diné, mwen mété pli bèl abiyman. Lè mwen antré a tab, mwen tiré tout lenj mwen ?

An batiman ki antré an rad. (M.)

226. Ka ki **envizib** é ki ka santi kawòt ?

On pété a lapen. (Gwd.)

227. **Eskoupyon** ka manjé pyé a-y ?
Zédui é fil. (M-g.)

228. **L'esprit d'un homme fait trembler vingt hommes ?**
C'est tafia. (M.)

229. **Qu'est-ce que l'essentiel ?**
Lapli (lésans syèl). (M.)

F

230. Kan mwen **faché**, sé la mwen kay chayé bwa kay mwen ?
Lawivyè lè i gwo. (Dom.)

231. **Celui qui fait ne s'en sert pas, celui qui ne fait pas s'en sert ?**
An sèrtjèz. (M.)

232. **Fanm** ansent dèyè do ?
Gratjanm. (M.)

233. En vyé **fanm** i déroul en dra, zamé i fini ?
Lo syel. (R.)

234. On **fanm** blan ka kaka tou doubout ?
On bouji. (Gwd.)

235. On gwo **fanm** blan ansent ka akouché on kantité ti nègrès ?
Koton. (M-g.)

236. **Fè**-m, w-a pasé sou mwen ?
Pon. (H.)

237. Ki sa ki ni an **fè chival** an tèt li ?
Un fruit-à-pain. (M.)

238. Quelle différence y a-t-il entre une femme et une station d'essence ?

La femme :

du pied à la taille : c'est du super.

de la taille à la nuque : c'est de l'ordinaire.

de la nuque à la tête : c'est du sans plomb.

Conclusion, il n'y a donc aucune différence. (Gwd.)

239. Quelle est la femme la plus « pitaine » du monde ?

Lalin (i ka plenn tou lé mwa). (M.)

240. M-pral nan on **fèsten** ; m-byen bwòdè men lè m-rivé pi dèvan, m-jwenn on moun ki pi bwòdè pasé-m ?

Lapli. (H.)

241. Kan mwen ni **fèy**, mwen pa ni rasin ; kan mwen ni rasin, mwen pa ka ni fèy ?

Sé an bato mouyé dan larad. Kan i ni lank an dlo, i pa ni vwèl, é lè i ni vwèl, i pa ni lank an dlo. (M.)

242. **Fèzè** nat fè nat, li kouché atè ?

Joumou. (H.)

243. Enn zoli **fi**, el i san bon, el lé admirab, el lé byen roz, mé el na en bwa ?

Zanana. (R.)

244. M-konnen on bèl **fi** ki toujou abiyé avèk on rad vèt, bouton nwa, rikrak wouj ?

Mèlon. (H.)

245. M genyen on **fi** ; pou jan m renmen-n, mwen ba li do ?
Chèy. (H.)

246. M genyen on **fi** ; chak kou m pral bo-l, li ba-m on souflèt ?
Djèp. (H.)

247. **Figir** en zanfan kasyet anba labarb en bonnonm ?
Koko. (Ma.)

248. Konmen **fimèl** ki ka viv ansanm nan an kay ?
Twa (lapòt, laklé, séri). (M.)

249. **Fizi** kout tiré lwen ?
Grenn jé'w. (H.)

250. Lekel **fler** ki port non en bon demwazel ?
Roz-Edwar. (Sey.)

251. Lekel **fler** ki pa mor ?
Imortel. (Sey.)

252. En **fler** ki port non trwa fir ?
Roz-Mari-Antwanet. (Sey.)

253. Man né an **forè** san mèt kay la ?
An poto. (M.)

254. **Foré** san zwazo, syel san niaz, mer san pwason ?
Koko. (R.)

255. En **fou**, de sek, de mou, kat roul dan labou ?
En vas (so lake fou, so korn sek, so zorey mou, so lipye dan labou). (Ma)

256. Dé **four** kanpagn dan milye laplen ?
Tourou nene. (Ma.)

257. An ka tjouyé on **fouyapen** dèmen, an ka manjé'y jòd la. Ki jan sa pé fèt ?
Sa pé fèt pas sé « dèmen » avè dé men an mwen, an ka tjouyé'y. (Gwd.)

258. **Je sors dans la fraîcheur, je rentre dans la chaleur pour faire plaisir les uns les autres ?**
C'est poisson. (M.)

259. Mon sorti la ek mon **frer** pou al en landrwa. Mon frer i kapab taye si i oule. Mwan menm, mwan mon kapab asize. Be nou ariv dan sa landrwa ansanm ?
Zonm ek son lonbraz. (Sey.)

260. Mon annan mon **frer**, i travay lizour, lannuit, san arete ?
Leker. (Sey.)

261. Ena kat **frer**, de gran de piti ; zòt tout galpe ansanm ; piti divan, zame gran kapab gagn zòt ?
So kat larou en kales. (Ma.)

262. **Quoique frère et sœur, elle meurt quand je nais et je meurs quand elle naît ?**

Le jour et la nuit. (M.)

263. Lekel **fri** ki pa manz kri ?

Friapen. (Sey.)

264. Lekel bout dan **frisiter** ki sousouri i komans manje ?

Sousouri pa manz frisiter. (Sey.)

265. **Si mon front est crevé, vous êtes foutu ?**

An kannari. (M.)

266. **Pourquoi le frotteur aimait-il la musique ?**

C'est parce qu'il trouve un do mi si la sol si la si ré. (Gwd.)

(Selon Diana Rey-Hulman (1993 : 45) : *« Fwotè » désigne actuellement, en créole, le violoniste ; le mot « frotteur » figure dans le dictionnaire de Robert avec la mention : « ...Spécialt. (XVIIIè) Celui qui frotte les planches, les parquets ». La réponse s'éclaire : « do mi si la sol sa si la si ré » peut aussi se comprendre comme « domicile à sol facile à cirer. »*)

267. Mwen an **Fwans**, mwen Bétjé ; mwen isi, mwen nèg ?

Kannari. (M.)

268. Mwen sòti an **Fwans**, dé pyé mwen rivé isi nèg ?

Sé an kannari, i sòti an Fwans blan, lè i rivé isi, yo mété asou nwè lafimen. (M.)

269. Ki **fwi** ki ka pòté non'y an tèt li ?

Fwiapen. (M.)

270. Kat ti **fyòl** chalviré san bouché, ayen pa ka tonbé ?
Manmèl an vach. (M.)

G

271. To ka **gadé** mo, a koté to menm mo ka vini ?
Lafinèt (/laport). (Guy.)

272. Dé **galé** anler en kap, zamé i déboul ?
Tété. (R.)

273. **Galta** Bondyé plen vyann ?
Simityè. (H.)

274. Lekel **garson** ki port non en fri ?
Zak. (Sey.)

275. Mwen lé en **garson**, kan mi vyenn net mwen nana sové si mon tet, mwen nana asi linz, mé firamézir mi grandi, mi vyen touni. Kisa mi lé ?
Mayi. (R.)

276. Ou ni an ti **gason**, ou mété'y kouché prèmyé vini koté ; s'ou pa vwé lévé, i pa sa doubout ?
Mòso bwa. (Sl.)

277. Lè on moun fò, yo ka di'y ni **gaz**. Tout moun sav an Gwadloup, nou ka kriyé pétwòl gaz. Toutankalkilan si sa pou rézoud on afè, kilès antrè kolonmbo é dérik ki ni plis gaz ?
Dérik pas dérik sé on sòt dè biten ki ka tyenn on pui a pétwòl. (Gwd.)

278. **Gel** dan gel ?

Lagel lisyen dan marmit. (Sey.)

279. **Gel** dan gel, set lapat, kat zorèy ?

Lisyen manz dan marmit. (Ma.)

280. Ki diférans ki ni antrè on **genmbo** é on vwati ki pa ka fè démarè ?

Pou yo tou lé dé fè démarè, yo ka mèt tèt anba. (Gwd.)

281. **Get** mwan, mon a get ou ?

Laglas. (Sey.)

Mo **get** li, li get mwa ?

Laglas. (Ma.)

Mo **get** ali, li get amwen ?

Mon figir dan la glas. (R.)

282. Koko kodo nan **Ginen** tandé ?

Loraj. (H.)

283. Si sé pa-t panding pandang, mwen ta wè nan **Ginen ?**

Po vant ou. (H.)

284. Sekoup lo **glasi** ?

Tete. (Sey.)

285. **Glo** pann ?

Koko. (Sl.)

Glo kachté ?

Koko. (Dom.)

Glo sispann anlè ?

Koko. (Dom.)

286. **Glo** doubout ?

Kann. (Sl.)

287. **Glo** wèd ?

Laglas. (Dom.)

288. **Glouglwa** dan glaglè ?

Senk zotèy ou adan soulyé'w. (M.)

289. Senk **gola** nan gola ?

Soulyé. (H.)

290. Kasé **gouvènman** kasé, pa ni ranjman ?

An zé. (M.)

291. Mon al **Grand'Ans**, i ek mwan ; mon ariv dan lakour, i ek mwan. Lekel li ?

Soley. (Sey.)

292. **Granmanman** roul nat zanmen fini ?

Laroul.(Sey.)

293. Mon **granmanman** ler i zenn son seve i blan. Ler i vye son seve i nwanr ?

Labarb mai (avan i sek i blan, ler i sek i nwanr). (Sey.)

294. Mon annan mon **granmanman**, si i ti annan ledan, i ti a manz nou tou ?

Lakaz. (M.)

295. Nuit kon jou **granmanman** ka babiyé ?

Pwadangòl. (M.)

296. Mo **granmanman** zame oule dourmi laho so nat, li kit so nat li dourmi par ter ?

Ziromon. (Ma.)

297. Mo **granmman** fer en pon, li tou sel kapab pas laho la ?

Zergne. (Ma.)

Fé en **pon**, li tousel lé kapab mars dési ?

Zarnyé. (R.)

298. Mo **granmanman** li bo fer nat, tout so piti dourmi par ter ?

Ziromon. (Ma.)

299. **Granpapa** i senm son gren mai aswar, ler i leve bomaten i pa trouve ?

Zetwal. (Sey.)

300. Mon **granpapa**, i dormi dan lakaz, son labarb i sorti deor ?

Lafimen. (Sey.)

301. Mon **granpapa** i tres son nat tou lezour, me toultan i dormi ater ?

Zironmon. (Sey.)

302. **Griyé**-m épi mété-m nan dlo bouyi ?

Kafé. (H.)

303. Lo **gro** i tap lo pti ?

La mer ek bato. (R.)

304. Ki koté an **Gwadloup** moun pé pa pasé an vwati, ni a pyé ?

A Dodàn (Goubè). (Gwd.)

305. Ki koté an **Gwadloup**, moun pa ka tonbé malad. Espésyalis ki èspésyalis menm ja fè étid men yo pa ka konpwann ki biten ésa ?

A Géri (Ans Bètran). (Gwd.)

306. Ki komin an **Gwadloup** ki rènomé pou pen a-y ?

Goubè (I ni gou bè). (Gwd.)

307. Lè i vini **gwo**, i ka kouvè tout yich li ?

Lanmè ka kouvè tout wòch li. (M.)

H

308. **Un homme debout lit. Une femme assise coud. Un enfant assis joue. Qui suis-je ?**

Une famille. (Gwd.)

309. **Qu'est-ce qu'un homme donne à sa femme qui est très contente et que la vache ne voudrait jamais ?**

An chenn. (M.)

310. **Un homme sans armes et sans épaulettes va faire la guerre à des hommes sans famille. Quand la guerre était déclarée, il était obligé de prendre une de ses jambes pour vaincre ses ennemis ?**

C'est un homme qui était allé pêcher titiri. Il a pris tant et tant qu'il était obligé d'attacher les jambes de son pantalon et rempli la culotte de titiri. (M.)

311. **Trois hommes étaient partis pour mesurer la hauteur de Tour Effel. Après avoir parcouru une certaine distance, ils ont remarqué qu'ils n'avaient pas de mètre. A quelle distance ils étaient à ce moment-là ?**

Ils étaient à trois cent mètres. (M-g.)

I

312. Tout **ich** manman mwen sòsyé ?
Piman. (M.)

313. **Ich** bat manman ?
Pilon. (Sl.)

314. Ki **il** ou pé ay si'y a pyé ?
Il dè Frans. (Gwd.)

315. On **inosan** nan mitan dé asasen ?
Lang ou. (H.)

316. Mwen **isi**, mwen an Fwans ?
An lèt. (M.)

317. Mwen **isi**, mwen pwan yon bich an Giné ?
Lonvi. (M.)

J

318. M-al nan **jaden**, mwen fouyé yanm, mwen vin avèk tou a, mwen kiyé yanm nan ?

Tou dèyè. (H.)

319. Mwen voyé **Jak** ay jwenn valé. Valé rivé avan Jak ?

Koko. (Sl.)

320. An **jandam** blan adan an dra vè ?

An tinen. (M.)

321. **Jandamri** vini arété mwen kay mwen pas mwen pasé pa lapòt lajòl, mwen rété pri andidan'y ?

An kout senn. (M.)

322. Mwen sé prèmyé **jénéral** an Fwans. Mwen ka tiré né an mwen. Ki non an mwen ?

Jéral. (M-g.)

323. Sa ki ka fè twoté **jénès** ?

Mizik. (M.)

324. Ki diférans ki ni ant an **jenn fi** épi an jénis ?

Lè'w wè an jenn fi fè an timanmay, sa ka bésé valè'y ; jénis-la, sa ka wosé valè'y : ou ka vann li an vach swité. (M.)

325. Wil titi wal tjatja, **jenn fi** tounen ranyon ?
Pwa kongo vèt ak pwa-kongo chèch. (H.)

326. Ki **jès** ou ka fè, makak pa ka rivé fè ?
Démaré ren'w. (M.)

327. **Jou** m-mouri, m-abiyé tout an wouj ?
Krèvèt. (H.)

328. Ki **jou** nan sèmenn nan ki pa lendi, madi, mèkrédi, jédi ?
Jòdi ya, dèmen, aprédèmen. (H.)

329. **Joupa** sové, nèg mawon pri ?
An kout épèrvyé pwan an pwason. (M.)

K

330. **K** asou Ka ?

Kabouré asou kasi. (M.)

331. **Kabine**, kabine, ziskadan fétaz ?

Banbou. (Ma.)

332. Mon annan en **kabri**, en lyon ek en sou. I annan en larivyer ki mon bezwen traverse dan enn ti bato ki pran zis san liv. Mwan mon pez senkant liv. Kabri, lyon ek sou i pez sakenn senkant liv. Kabri i a manz sou e lyon i a manz kabri si mon a met zot ansanm. Ki mon a fer pou travers larivyer ?

Mon transport kabri avan. Apre mon vin pran lyon. Mon retourn avek kabri e mon transport sou. Apre mon retournen mon anbark kabri. (Sey.)

333. Ou ni an piti **kabwès** kay ou, s'ou pa tranglé'y, i pa ka travay ?

Goblèt (oben Karaf). (Sl.)

334. Dé pti **kaf** si lo bor ranpar, zamé i tonm ?

Tété. (R.)

335. Bann ti **kaf** pandiyé ?

Grap rézen. (R.)

336. Vip ! Pip ! **Kalé** ! Bouyi !

Lam. (H.)

337. Tout mo **kamrad** anbann av mwa, mo ale, zòt reste ?

Poson maye dan lamson. (Ma.)

338. **Kannari** bwa, vyann ki adan'y ka palé ?

An batiman. (Dom.)

339. Man ni an **kannari** bwa anlè dlo, tou sa ki adan'y kannalé ?

An kanno. (M.)

340. Mon annan en santenn **kannar-mile**, en ta lapay sek, en ta lapays ver, en basen delo. Kote sa bann kanar i a ponn ?

Kannar-mile pa ponn. (Sey.)

341. **Kanno** vè, lapo blan, boul nwè ?

An pyé koton. (M.)

342. Kosa i lé **kap** nana en trou ?

Lo ki. (R.)

343. Li lé **kapab** port mil tòn, mé enn ti klé lé pa kapab porté ?

La mèr. (R.)

344. **Kapitèn** anba tab ?

Soulyé. (Gwd.)

345. **Kapitèn** dèyè pòt ?

Balyé. (Gwd.)

Kaptèn dèyè pòt ?

Balé. (H.)

346. **Kaptèn** anba kabann ?

Vaz. (H.)

347. Lera, diri, dife i form non en **kaptenn.** Ki kaptenn ?

Kaptenn Ferari. (Sey.)

348. En **kaptenn** i ordonn son lekipaz pou debark sa de maron lo son bato. Lekipaz i fouy bato san ki zot war nanryen. Lekel sa de maron ?

Sa de ma ron lo bato. (Sey.)

349. En gran **karo** la ter vid, zis en ti siko dann milyé ?

Lonbri. (R.)

350. **Kas** bankal dan bor kanal ?

Gournouy. (Ma.)

351. Twa **kavalyé** ka valsé dé dam ?

An wòl moulen. (M.)

352. Kat **kavalyé** ka fè valsé on dam ?

Zèl moulen. (M-g.)

353. Twa **kavalyé** pasé, twa pòm pandant, chaken pwan yonn ?

C'est celui qu'on appelle Chacun. (M.)

354. Twa **kavalyè** ka kouwi an kous. Chapo yonn tonbé, i pa sa viré pou pwan'y ?

Twa jibyé ka volé ; plim yo tonbé, yo pa sa masé yo. (Sl.)

355. Kat **kavalyé** lwé kat chanm. Kan yo sòti adan, yo pa sa rantré ankò ?

Grenn karapat. (M-g.)

356. Kat **kavalyé** ovantatè, chapo a yonn tonbé, yo pa sa ranmasé'y ?

Moulen a van (i ni kat zèl). (M-g.)

357. Twa **kavalyé** yonn apré lòt, vitès si vitès, yonn pé pa kontré lòt ?

Twa lanm a lanmè. (M-g.)

358. Man ni an **kay** tou an pèsyenn ?

An nas. (M.)

359. Yon **kay** fèt tout an jalouzi ?

Nas. (Sl.)

360. An **kay** asou an sèl poto ?

Parapli. (M.)

361. Sa sé té an **kay** ki fèt tou an glou ?

Korasòl. (T.)

362. **Kay** plen, lakouzin plen, ou pa ka touvé yonndé plen ?

Fimé. (K.)

363. Nan yon **kay** sé mwen ki pi piti, é san mwen, tout moun pa-p kap dòmi ?

Klé. (H.)

364. Mwen mouté on **kay** tout an di santim ?

Kal pwason. (H.)

365. Ni on boug, i fè on **kaz** a étaj. Men, lè kaz la fin fèt, i trapé bab é gason a-y pou sav kilès adan yo ki ké rété anho. Avoka ki avoka pa té pé rivé a bout a biten la-sa. Sé on labé ki réglé pwoblèm la-sa. Ki jan ?

I di yo fè lèsign dè lakwa. Kòm lèpè anho é lèfis anba, sé kon sa yo rivé réglé pwoblèm la-sa. (Gwd.)

366. Mwen nana en **kaz**, zamé mwen la kapab vwar sak nana déryer ?

La tet. (R.)

367. Kan mwen lé dann mon **kaz**, mwen lé abiyé, kan mwen lé dann somen, mwen lé touni ?

Rézim fig. (R.)

368. En **kaz** na san létaz mé na pwen laport, na pwen fénet ?

Banbou. (R.)

369. Mon **kaz** lé tout an bardo, dodan enn bann ti nwar abiyé an blan ?

Zat. (R.)

370. Mon nana **kaz** kouverti ver, la chanm lé roz, na plen ti nwar i dor anndan ?

Mélon. (R.)

371. Kan la **kazern** lé an zòn, tout bann solda lé abiyé an nwar. Kan la kazern lé an ver, tout bann solda lé abiyé an blan ?

Papay. (R.)

372. Mwen ni yon **kéchòz** lakay mwen, si mwen pa pousé'y, i pa ka ba mwen lè pou pasé ?

Lapòt. (Sl.)

373. Mon annan mon **keksoz**. Tou lezour mon donn li manze. Olye vin pli gro i vin pli meg ?

Lasi. (Sey.)

374. En **keksoz** en kote dimoun, en kote dibwa ?

Portre en dimoun ki'n ankadre. (Sey.)

375. I annan en **keksoz**, anndan i blan, deor i ver. Ler i ariv en laz i rouz. Me tou son bann ti zonm ki anndan i nwanr ?

Papay. (Sey.)

376. An **ki** li ka la li ki la ?

An kayali ka manjé adan an kannari. (M.)

377. Ti **ki**, gro tet, sapo ratapé ?

Zanana. (R.)

378. Ti **ki**, gro tèt, sapo ratapé ?

Tétard. (R.)

379. Ki diférans ou ka touvé ant on **kiré** avè on volè ?

Kiré la toujou ka di lonnè a Dyé, volè la ka di adyé a lonnè. (M-g.)

380. Senk ti **klé** maché adan on séri ?

Men èvèk pwagné. (M-g.)

381. **Klémentin** bèl fanm, domaj do'y bosi ?

Sèrkèy. (H.)

382. Ki biten a **kò** a-w, ni yonn ka mò é yo pa ka téré'y ?

Kòk a on nonm. (Gwd.)

383. Senk **kòb** bè, senk kòb mantèg ?

Zé. (H.)

384. Kasé **koki**-m épi w-a bwè ?

Kokoyé. (H.)

385. **Koko** mon granper lé plen la gal ?

Jak. (R.)

386. Mo ena en kalite **komander** ki touzour mor sanm so fwèt laho so zepol ?

Lera touzour mor av so lake. (Ma.)

387. **Komander** i mor, son sabouk kit pa son zépol ?

Lo ra. (R.)

388. **Kondik** si, kondik madany?

Kaka poul. (H.)

389. Mon annan mon **koson** i annan en ta lagal lo li ?

Zak. (Sey.)

390. Ki **kouler** ki servi atab ?

Ver. (Sey.)

391. Ki biten ou pé **koupé** men ou pé pa fann ?

Chivé. (Gwd.)

392. **Kouròn** dan mo latèt, zépron dan mo lipyé, mo lerwa dans baskour mé mo napa lerwa ?

Kòk. (Ma.)

Kouròn si mon tet, zépron dan mon pyé, mwen menm lo rwa, mé mwen la pa lo rwa ?

Kòk. (R.)

393. Mi port en **kouròn**, mwen lé pa la renn, mwen la pa lo rwa ?

Grénad. (R.)

394. Mwen lé né ek en **kouròn**, mi port mil ti zanfan, ouv mon vant ou va trouv mon trézor ?

Grénad. (R.)

395. Ki pwen konmen i annan ant en **kourpa** ek en dizef ?

Tou le de zot annan en lakok. (Sey.)

396. Gani gani pwend **kouti** ?

An mayi. (M.)

397. Gran **kouto** mon papa i koup trwa koté ?

Vakwa. (R.)

398. **Kouto** pandiyé ?

Tamaren. (R.)

399. **Kouvert** roz, dra blan, li verni ?

Letsi. (R.)

400. Li **koz** kan li lé mor, li koz pa kan li lé pa mor ?

Fey. (R.)

401. En bann **kréol** i ral si en sel mans pyos ?

Rézim fig. (R.)

402. Dé ti **kwi** menm grandè ?

Syèl épi latè. (M., Sl.)

L

403. Long **labarb**, kourt lake ?

Sevret. (Ma.)

404. Ki diférans ki ni ant on **labé** épi on èskalyé ?

I pa tini diférans (labé la vlé vin kiré, èskalyé la vlé yo kiré'y). (M-g.)

405. Man ni an **labourè**, dé sirvéyans, dé ékout épi kat apiyé, an balansyé ?

An kochon, balansyé ya sé latjé'y. (M.)

406. Man ni an **labourè** men i ka fè yen ki tras nwè.

Plim épi lank. (M.)

407. **Labouyi** monté mòn ?

Panno kay. (H.)

408. Mwen pa ni **lachè** ni zo é man ka pòté zo épi lachè é lachè épi zo ka pòté mwen ?

Sèl chouval (M.)

409. **Ladjabès** ansent ?

Kalbas. (Dom.)

410. **Lafimé** a dé mòn ?

Lè ou pété. (Dom.)

411. **Lafimé** ka sòti an vant dé wòch ?

Lè ou pété. (Dom.)

412. Tout **lajounen** i ni an sèl konmès tiré-mété solèy nan bwa ?

Mèl. (M.)

413. Mon annan mon **lakaz** i annan zis en sel laport, plen lafnet. Ki li ?

Kazye. (Sey.)

414. Mon annan mon **lakaz**. Letan mon penn li ver, tou dimoun blan ki reste ladan. Letan mon penn li zonn, zis dimoun nwanr ki reste ?

Papay. (Sey.)

415. Mon annan mon **lakaz,** i annan en kantité letaz ?

Banbou. (Sey.)

416. Mon annan mon **lakaz** en sel laport. Mon bord li partou. Mon met dife, mon fermen, lafimen i sorti partou ?

Fourno sarbon. (Sey.)

417. I annan en **lakaz**. Ler pou antre ladan, zis bann zonm ki tir zot sapo. Ekel sa lakaz ?

Legliz. (Sey.)

418. Mo ena **lakaz**, aswar li vid, lazourne li plen ?

Soulye. (Ma.)

419. **Lakaz** enn fours ?

Parasol. (Sey.)

420. Mon fer mon **lakaz** tou sa ki pase i konnen mwan ki'n fer ?

Bib. (Sey.)

421. Mon annan mon **lakaz**, lapli i tonbe. Mon ariv devan laport mon pa kapab antre ?

Lalang ek nennen. (Sey.)

422. Mon fer mon **lakaz** dan milye semen. Mon manze i vin par lavolonte, i pa kapab sape. Ler mon pare, mon servi. Ekel mwan ?

Bib. (Sey.)

423. Ki keksoz ki pli devaster dan **lakaz**, pli neseser dan lakwizin ki form non en demwazel ?

Lera ek disel. (Rasel) (Sey.)

424. Mo **lakaz** andan pentire an zòn, an door pentire an blan ?

Dizef. (Ma.)

425. Mo **lakaz** pentire an zòn, andan mo ena en bann pti mozanbik ?

Papay mir. (Ma.)

426. Mo **lakaz** plen lafenet, en laport ?

Lede koud. (Ma.)

427. Mo **lakaz** tou an bardo, andan en bann pti mazanbik abiy an blan ?

Zat. (Ma.)

428. Zame mo te kapab trouve sa ki gagne deryer mo **lakaz** ?

Mo deryer latet. (Ma.)

429. Mo **lakaz** andan pentir an ròz, an dohor pentir an ver av en bann pti mazanbik ladan ?

Moulondo. (Ma.)

430. Mo **lakaz** ena belbel kouvertir, me en poto mem ki tini li ?

Parasol. (Ma.)

Mo monté mo **kaz** ké roun sèl poto ?

Parasol. (Guy.)

431. Mo **lakaz** long long, tout so lasanm ron e partaz an longer ?

Banbou. (Ma.)

432. Mo ena en **lakaz**, kan mo fin ouver li, zame mo kapav frem li ankor ?

Bigorno. (Ma.)

433. Dan tout **lakaz** so plas mo bonnfanm dibout dan kwen ?
Balye. (Ma.)

434. Ki sa ki **lakay** ou, ou ka mété tou sa ou lé adan'y ?
An lèt. (M.)

435. Lekel **lakle** ki pa ouver okenn serir ?
Kleman. (Sey.)

436. **Lakord** marse, bef dourmi ?
Ziromon. (Ma.)

437. Ki **lalang** ki zame te manti ?
Lalang zanimo. (Ma.)
La **lang** la zamé manti ?
La lang zanimo. (R.)

438. Kwa ki kler plis ki en **lalanp** ?
De lalanp. (Sey.)

439. An kriyé lé 26 lèt dè **lalfabé** é i ni sis ki pa vini. Poukwa ?
I té okipé (i-t-é-o-k-p). (Gwd.)

440. Konmen **lalin** ka pézé ?
On liv (i ni kat ka). (M-g.)

441. Fòk détwi **lamè** pou ou pé pran lanfan ?
Bannann. (M.)

442. **Lamen** seme, lizye rekolte ?

Krir av lir. (Ma.)

443. Lekel ki ganny en **landwra** kasyèt me toultan i mouye ?

Lalang. (Sey.)

444. Tout **lané** mwen lé mor, lo dernyé mwa mwen lé vivan ?

Flanbwayan. (R.)

445. **Langouti** mon granpapa lé plen lo trou ?

Zétwal. (R.)

446. Prèmyé an mwen, ou ka twouvé'y an **lanmè.** Dézyèm la, péchè ka sèvi èvè'y. Twazyèm la, sé on jenn ti fanm. Avè sé twa endis la-sa, ban mwen non a on plaj moun Gwadloup konnèt é enmé onlo ?

Ré-zen-klè. (Gwd.)

447. Anba **lanmè** tou blé ?

Digo. (H.)

448. Mwen ka rantré **lanmézon** épi tout kò mwen, tèt mwen déwò ?

An klou. (M.)

449. De **lanmor** dan enn menm tonbo ?

Pistas. (Sey.)

450. **Lantiray** ba, kabrit pa ka volé-l ?

Lanmè. (H.)

451. Lekel **laplenn** ki pli o ?

Plenn lin. (Sey.)

452. Lè **lapli** ka tonbé, manman mwen ka ba mwen rad ?

Lè larivyè gwo, i ka kouvè tout wòch li. (M.)

453. Ki **lapo** ki dimoun i pli per ?

Lapolis. (Sey.)

454. **Lapo** mor kondir vivan ?

Soulye. (Ma.)

455. Rant par **laport**, sourti par lafnet ?

Poson dan lasen. (Ma.)

456. Kan mo **laport** ouver, li ferme, kan li ferme, li ouver ?

So laport en simen ki pas laho leray. (Ma.)

457. Mwen ka pasé **lapòt** la, mwen ni an non ; lè mwen pasé lòt lapòt la, mwen pwan an lòt non ?

Sé kan dlo pasé an moulen, sé kann; lè i rivé lòt koté moulen, sé bagas. (M.)

458. Tout douvan **lapòt** manman mwen sé kaka poul ?

Zétwal an syèl. (Dom.)

459. **Lareg** anba ros ?

Angi. (Sey.)

460. Ler mo al bengn **larivyer**, mo les mo trip lakaz ?
Latwèl matla. (Ma.)

461. Ler mo al **larivyer**, mo sante, ler mo tourne mo plore ?
Barik galer. (Ma.)

462. Mo **lasal** tapis an rouz ; en bann pti fotey blan ladan ; domestik souy zot av sifon rouz ?
La bous, ledan av lalang. (Ma.)

463. Mo zet **lasen**, mo lev en gro poson, me mwa tou sel ki a manz li ?
Mo fanm. (Ma.)

464. Lekel ki napa **laser** ek lezo, me selman i annan kat ledwa ek en pous ?
Legan. (Sey.)

465. An ka pasé douvan **lasimityè**, an ka di lé vivan bonjou, sé lé mò ki ka réponn ?
Pwa sèk. (Sm.)

466. **Latab** lo delo ?
Lare. (Sey.)

467. **Later** blan, lagren nwar ?
Papye sanm lekritir. (Ma.)

468. Mon annan **latet** selman mon pa kapab met sapo ?
Klou. (Sey.)

469. Tilili tilili, long **latjé** ?

Zédjui épi fil. (T.)

470. Mo tjenbé **latjo** oun bèf, li rélé bè ?

Laklòch. (Guy.)

471. **Latwoté** twou sifi ras i mi ?

Rat la monté nan an kay, i fréyé an twou, i mèt ba. (M.)

472. Mo al **lavant**, mo aset plen nwar, mo tourn lakaz, mo servi zòt nek en en ?

En pake goui. (Ma.)

473. Mon annan mon **lavyann** napa lezo ?

Zourit. (Sey.)

474. Li ena **ledan**, li napa labous, li kapab manz lanouit, lezour san poze ?

Lasi. (Ma.)

475. Lontan mo **ledwa** té anba lonb, li komans bourle dan gran soley ?

Pous. (Ma.)

476. Lekel **legim** ki annan korn ?

Kornison. (Sey.)

477. Tèt **légliz** krazé ; nanpwen mason ki ka ranjé-l ?

Zé. (H.)

478. Ki diférans ou ka fè ant **légliz** épi lajòl ?
Lajòl sé on sakré lyé, légliz sé on lyé sakré. (M-g.)

479. **Lekel** ki touzour devan nou me nou pa war li ?
Lavenir. (Sey.)

480. Mon al **lekol** sek, mon retourn mouye ?
Peser. (Sey.)

481. Ki **lenj** ou pé ba on moun ou vé édé ?
On soutyen. (Gwd.)

482. Pez mon **leren** mon a donn ou bouyon ?
Fizi. (Sey.)

483. Mo **lèspri** par deryer ?
Navir (akoz so gouvernay). (Ma.)

484. So **lespri** mo pti nwar dan son nene ?
Lisyen. (Ma)

485. Mon anvoy en **let**, mo kòn ler dékasèt li ?
Lamson. (Ma.)

486. Kanmenm ou tir en **lèt**, de let, trwa let lo mwan, mon touzour reste parey ?
Fakter. (Sey.)

487. Ou pé pran kantité **lèt** an mwen ou vé men an ka rèsté toujou menm biten la ?

On faktè. (Gwd.)

488. Mon annan en **lèt**, mon anvoy li Langleter. Ler i lir laba mon konnen?

Pwason dan laliny. (Sey.)

Mon anvoy mon **let** Moris. Mon let pa ankor ni ariv laba, mon'n ganny répons ?

Pwason dan laliny. (Sey.)

489. Ki gwo **lèt** ki nan alfabè ya fi yo pa renmen n ?

Lagwosès. (H.)

490. Mon fin ekri mon **let**. Mon anvoy an Frans. Mon pa'nn siny mon let me tou sa ki gete i konnen ki mwan ki'n ekri sa let ?

Lakaz bib : ler ou pase ou get lakaz bib, ou konnen ki bib ki n fer sa. (Sey.)

491. Ou mété an **lèt** isi, i ka rivé an Fwans ?

An pyé jiwomon. (M.)

492. **Quelles sont les trois lettres de l'alphabet qui rend (sic) l'oiseau très malheureux ?**

L. K. C. (M.)

493. **Quelles sont les trois lettres que la femme emploie en faisant sa toilette ?**

Q. B. C. (M.)

494. **Les plus vieilles lettres de l'alphabet ?**

A G (âgé). (L-s.)

495. Kouronnen parey en **lewa** me pa en lewa ?

Kòk. (Sey.)

496. Laport **lewa** dsid lo ki i vire ?

I vir lo son gon. (Sey.)

497. Mon napa ni **lezo** ni laser. Mon sorti ant lezo ek laser e mon vin lezo ek laser ?

Dizef. (Sey.)

498. Nana son **li**, li dor pa anndan ?

La rivyer. (R.)

499. **Li** cha, li po ?

Chapo. (H.)

500. Ki **li** ki pa kon tout li, ki rèd é ki ka fè mal ?

On lisansiman. (Gwd.)

501. Lekel ki dans **lizour** ek lannuit zanmen i arete ?

Fey. (Sey.)

502. **Lizour** mon plen, aswar mon vid ?

Soulye. (Sey.)

503. **Lizour** ou pa twouv mwan, me aswar mon klate ?

Lalin. (Sey.)

504. Dann kel **lo** krapo i bengn pa ?

Koko. (R.)

505. Do **lo** kouchan ?

Konkonm. (R.)

506. Mwen **lonjé,** i doubout ; mwen doubout, i lonjé ?

Pyé. (M.)

507. Man planté an kawo **lonyon**, man wouzé'y yè oswè ; lè mwen lévé, man pa wè ayen. Man pa menm sav ki koté man té planté'y'la ?

Zétwèl nan syèl. (M.)

Lo swar, mi plant en gro paké mayi déo, landmen maten ; quand je me réveille, il n'y a plus un seul grain ?

Zétwal. (R.)

508. Ler mon **lwen** mon zoli, ler mon pre mon vilenn ?

Kannot. (Sey.)

M

509. Mwen ka **maché**, i ka maché ; mwen ka doubout, i ka maché ?

An mont. (M.)

510. Mwen té ka **maché** anlè an chimen. Yon ti nonm karé baré mwen ?

Kwab. (T.)

511. Sa ki ka **maché**, ki ka fimen é ki ni do'y alanvè ?

An bato. (M.)

512. Tout lo bann **Madam Debasen** i pandi si en mans grat ?

Rézim fig. (R.)

513. Ki il ka pòté non a on **madanm** janti é émab ?

Marigalant. (Gwd.)

514. Ni dé **madanm**, yo toujou ansanm men yo toujou adan on tjengon. Yo ka fè Sen-Fwanswa/Bastè men yo pa ka jen kontré pou fè dé tjòk. A ki yo ?

Dé wou a charèt. (Gwd.)

515. An **madanm** an vèw, tout yich li nwè ?

Kowosòl. (M., Sl.)

516. I ni dé vyé **madanm** ki ka palé tout lajouné, tout lannuit ?

Lanmè épi larivyè. (Sl.)

517. **Madanm** kouché, misyé ka fouyé ?

An fou pen. (Sl.)

518. **Madanm** rété asi balkon a-y, i voyé on zasyèt blan, i pa kasé ?

Kracha. (Sm.)

519. Mwen ka lésé **madanm** an mwen ansent, mwen ka alé an Fwans. Tan mwen pa rètouné, i pé pa akouché ?

On fizi chajé. (M-g.)

520. **Madanm** kouché, mouché ka kouri ?

Dipen. (Guy.)

521. An **madmwazèl** épi an misyé travay tout lannuit ?

Lanmè. (Sl.)

522. **Je suis dans ma maison, les ennemis passent m'attaquent. Je sors dans ma fenêtre et en voilà qui je suis prise ?**

Un poisson. On vienne avec les seines et ils l'ont prise. (M.)

523. **Il y a une maison qui a douze chambres, chaque chambre a trente arc boutants, il y a deux personnes qui se promènent alternativement sans se rencontrer ?**

Année, jour ; jour et nuit. (M.)

524. **Makintòch** anho, Makintòch anba, Djab an mitan ?

Dan, lang (oben Zannanna). (Gr.)

525. Ki jan ou ka fè rèkonnèt on **makonmè** lè'y ka mandé'w lè ?

I ka di'w : « Qu'elle heure est-elle ? ». (Gwd.)

526. Ni on **makonmè** 50 boug dòmi èvè'y. Yo tout pasé'y. Si'w vé tann nouvèl la-sa, ola ou kay pran'y ?

Adan lé-zanal (la'y péché la, sé la'w kay pran'y.) (Gwd.)

527. Kat **makoumè** asou an chèz, ki mannyè yo ka fè ?

Yo ka tounen chèz la. (Chèz la ni kat pat). (M.)

528. Trant **malbar** si en mans pyos ?

Grap rézen. (R.)

529. Mwen **malpwòp** pasé ayen é man ka bo liwa an mitan bouch ?

An mouch. (M.)

530. **Mama** mwen tini dé manmay. Yo alé larivyè pou bengné. Yonn pa sa fwoté do lòt ?

Boutèy. (Gr.)

531. **Mama** mwen tini yon pil yich, i pa ka touché yo pyès ?

Djèb. (Gr.)

532. **Mama** mwen malad, mwen alé chaché ki é dòktè. Avan mwen wivé, dòktè i wivé ?

Koko. (Gr.)

533. **Mama** mwen ka koud ba tout moun èvè kò'y tou ni ?

Zédjui. (K.)

534. Lè **mama** mwen jenn, i pa ka palé mé lè i vyé, i ka palé ?

Pwa. (K.)

535. **Mama** mwen fè yon kay, tou sa ki vini, sé kongo yon jé ?

Zédjui. (K.)

536. **Mama** mwen ni yon pyébwa, nou ki fwè, nou pa sa mouté ; yonn ka sòti jis laba vini mouté ?

Sésé mwen. (K.)

537. **Mama** mwen tini yon kay, i doubout lasou yon poto ?

Yon pawisòl. (K.)

538. **Mama** mwen tini yon kay, tou sa ou ké wè lasou'y sé klou ?

Kosòl. (K.)

539. **Mama** mwen, i té kay lanmès, i konyen pyé'y épi i viré ?

Dlo lanmè. (K.)

540. **Mama** mwen voyé moun o dòktè, dòktè wivé avan moun a ?

Koko. (K.)

Manman voyé-m chèché dòktè, dòktè rivé avan-m ?

Koko. (H.)

541. **Mama** mwen abiyé, ka alé lanmès. Anni i wivé nan légliz, i tiré tout had li ?

Batiman. (K.)

542. **Mama**'w wété Anglitè, i voyé yon mal ba'w ; ou ouvè'y, ou touvé nadriden flo ?

Banbou. (Sl.)

543. **Mama** mwen ni twa gason. Tout moun ki jwenn li ka mandé nouvèl prèmyé gason a. Yo pa ka mandé nouvèl, ni dézyèm la, ni twazyèm la ?

Prèmyé son lagran mès. (M.)

544. Mon kòn enn **mamzèl**, li manz so trip, li bwar so disan ?

Lalanp. (Ma.)

545. **Mamzèl** laho simen, tout doumoun ki pase enbras so labous ?

Laponp. (Ma.)

546. En bann **mamzel** dan bitasyon, tout zot enz disir disire ?

Pye banàn (touzour zot fey disire). (Ma.)

547. Ena en **mamzel**, li sivre mwa partou me zame mo kapab anbras li ?

Mo lonb. (Ma.)

548. **Mango**, zabriko, sitwon, ékri sa an dé lèt ?

Sa. (M-g.)

549. Mwen ka **manjé** blan, déché mwen nwè ?

Excrément de cochon. (M.)

550. Mo ka **manjé** asi, mo ka pisé dibout, mo ka vronmi tèt anba ?

Koulèv mannyòk. (Guy.)

551. **Manman** mwen ni yon dra. I ka kouvè tout lèmonn la. I pa sa fini pliyé ?

Syèl. (T.)

552. **Manman** mwen vréyé mwen chèché sitwon ba'y anlè pyé-sitwon an ?

Man ka vréyé wòch dèyè makak la é makak la ka vréyé sitwon dèyè mwen. (M.)

553. **Manman** mwen tini sitèlman ti manmay, i pa sa konté yo ?

Zétwèl. (T.)

Manman mwen ni tèlman zanfan, i pa sa konté yo ?

Zétwèl. (M.)

554. **Manman** mwen ni an chouval, i ka pòté brid tout koulè ?

An zédjui. (M.)

555. **Manman** mwen ba mwen an fanm, i di mwen épi an fwan pòté dlo, bwa épi manjé ba'y ?

An koko. (M.)

556. Mon **manman** i malad. I anvoy mwan apel per. Avan ki mwan mon'n arive, per li in fini arive ?

Mon al kas koko. Ler koko in ariv ater, mwan mon ankor anler. (Sey.)

557. **Manman** mwen ni an dra, i ka kouvè tout moun ?

Syèl. (M.)

558. Sa ki né di **manman**'y é ki pa ni ni non manman'y ni non papa'y ?

An milé. (M.)

559. **Manman** mwen ni an pla, i ka tonbé i pa ka kasé, i ka tonbé dan dlo i pa ka plonjé ?

Papyé (oben Fèy bwa). (M.)

560. An **manman** pandan i ka kouri, i ka manjé latjé'y ?

Zédjui épi fil. (M.)

561. An **manman** pou i viv oblijé manjé boyo'y épi bwè san'y ?

Lanp a pétwòl. (M.)

562. **Manman** mwen ni an ti fi, kouwòn li an pyé'y ?

Grinad. (M.)

563. Mon **manman** i anvoy mwan laboutik pou aste enn, sis, 0, nef...Ki mon a aste ?

En sizo nef. (Sey.)

564. **Manman** mwen tini yon pil ti yich. I mennen yo larivyè. Yo pa sa benyen kò yo, ni benyen yonn a lòt ?

Boutèy. (T.)

565. **Manman** giné zwé vyélon, tout pti blan dansé ?

Marmit douri laho difé. (Ma.)

566. Ki **manman** ki ka fè an ich èk yich la ka rifè'y menm mannyè a ?

Laglas. (M.)

567. **Manman** mwen tini yon kay ki fèt èvèk yon sèl lapòt épi yon finèt ?

Fou. (T.)

568. **Manman** mwen tini yon piti bwa douvan lapòt, i tini douz diféwan kalité flè ?

Mwa lanné a. (T.)

569. **Manman** fèmé twa fi blan adan an kay. Lè i viwé, i touvé yo touné milatwès ?

Pen. (T.)

570. **Manman** mwen tini yon bawi san syèk, long kon yon chimné, won kon yon boul ?

Bobin di fil. (T.)

571. **Manman** mwen ni yon yich, i ka fè bay tout moun, i pa sa fè pou kòy ?

Zédjui. (T.)

572. **Manman** mwen tini yon pil yich ?

Djèb. (T.)

573. **Manman** mwen fè yon kay, mété yon sèl lapòt, i pa mété pyès finèt. I fèmé lapòt la, i mété difé andidan'y, i kité'y dé jou. Lè i vini ouvè'y, i touvé'y byen bouyi ?

Chabon. (K.)

574. **Manman** mwen ni yon bèl dèmwazèl, i tèlman fenyan, si i pa fouyé dé dwèt li an zyé'y, i pa ka travay ?

Sizo. (Sl.)

575. **Manman** mwen ni yon dèmwazèl lakay li, si i pa fouwé yon dwèt li an zyé'y, i pa ka travay ?

Dé. (Sl.)

576. **Manman** mwen ni yon bèl dèmwazèl blan. Lè i ka antré légliz, i ni pou i tiwé tout had li ?

Batiman a vwèl ki ka antré an lawad la tiwé vwèl li. (Sl.)

577. **Manman** ganyen oun ti kay, si-l té blanchi andidan kòm andéyò, nèg nwa t-a touyé-l ?

Kòk. (H.)

578. **Manman** mwen ni yon kay. I ni an ti gason wotè sa. I plen tout kay la ?

An lanp. (Sl.)

579. Yon **manman** plen yich, i pa ni dra pou yo ?

Jomou. (Sl.)

580. **Manman** wèsté lòt péyi, i wi ba'w ?

Zéklè. (Sl.)

581. An **manman** ni an jenn fi lakay li, si i pa ba'y an gojèt, i pa sa travay ?

An karaf. (Sl.)

582. **Manman** mwen ni an chouval, sé bwid blan i ka pòté ?

An zéjui ou mété an ti bren fil blan adan. (Sl.)

583. **Manman** mwen ni an fi blan. Tou sa ki ni asou latè i ka pwan ?

Papyé ékrivil. (Sl.)

584. **Manman** mwen wété Langlitè. I voyé yon zasyèt blan pou mwen, i pa kasé ; mwen maté'y adan an bay dlo, i kasé ?

Yon papyé ki tonbé an dlo. (Sl.)

585. An **manman**, lè i faché, tout yich li chanjé ; lè i dè bòn imè, yich li tou ni ?

Larivyè. (M.)

586. **Manman** mwen plen rad kabann pou li mété yich li kouché. Sé atè i ka mété yo ?

An pyé jiwomon. (M.)

587. Ni an **manman** ki ka fè yich. Toupandan i ansent, i ka fè kabann, o moman pou i akouché, i ka akouché atè ?

Jiwomon. (M.)

588. Ni an **manman** ka voyé yich li toupatou ; lè i mò, tout yich li ka mò ?

An pyé fig. (M.)

589. **Manman** mwen ka bat mwen tout lannuit ?

Lanmè. (M.)

590. Ni an **manman** ka fè dé zanfan, yo tout sòsyé ?

Piman. (M.)

591. **Manman** mwen ni an chapo, i ka sèvi tout yich la ?

An jouk bèf. (M.)

592. **Manman** mwen ni an pyébwa an kay li yo ka kriyé f. m. g. ?

Fwomajé. (M.)

593. M-sé **manman** mil timoun ; m-pòté kouwòn mwen sou tèt mwen ?

Grènad. (H.)

594. **Manman** mwen genyen on pitit ; li pa janm sòti déyò ?

Kabann. (H.)

595. **Manman**-m gen twa piti ; si youn pa la, lòt dé yo pa ka sèvi ?

Wòch difé. (H.)

596. **Manman**-m gen twa pitit. On jandam vin pou-l arété yo. Youn fonn, youn antré nan tè, youn di : s'ou kapab, vini arété-m ?

Van, pipi, poupou. (H.)

597. **Manman**-m gen on jaden kann ; li raché youn ladan n ; pou m-wè koté-l té raché la, m pa ka wè-l ?

Chévé. (H.)

598. **Manman** touyé yon kochon, i sòti isi l-alé Nou-Yòk. Kan li tounen, i jwenn mak san menm koté ?

Sann difé. (H.)

599. **Manman**-m gen on jaden bannann mélé ansanm avèk masòk. Li voyé-m al pran on grenn bannann, m-pran on grenn masòk. Lè-m tounen, li di-m al mèt grenn masòk la nan plas li pou-m pran on grenn bannann. M alé. M pa jwenn koté m-té raché-l la ?

Chévé. (H.)

600. **Manman**-m voyé on ti malèt rad ban mwen. Tout tan m-ap rétiré rad, m-jwenn pi bèl rad ?

Chou. (H.)

601. **Manman**-m mouri lontan lontan ; kou m-parèt, m wè koté li té antéré ya ?

Fouyé difé. (H.)

602. **Manman**-m gen on vwati ; tout tan l-ap kouri, ki sa k-ap volé dèyè-l ?

Pousyè. (H.)

603. **Manman** mwen ni an kòk, lè i chanté difé ka sòti an bouch li ?

Fizi. (H.)

604. **Manman** mwen voyé mwen adan on mézon, mwen pasé douz mézon avan mwen rivé la. La mwen rivé, mwen jwenn twa twa ?

Twa wòch difé. (Dom.)

605. **Manman** mouri pa rapòt yon ti mouchwè blan. M-pa kapab alé antèman-l ?

Vwèl batiman. (H.)

606. **Manman** mwen tini on piti tou, sé papa tou sèl ki ka jwé adan ?

Séri. (L-s.)

607. **Manman** gangnen yon jaden pwa-d-chous. Volè pasé ladan. I raché twa-san-katrè-ven-dis pyé. Li fè yon an ponmné ladan, li pa janmen wè koté li raché ?
Chivé'w. (H.)

608. Yon **manmzèl** ki kalé lanmès. Kon i rivé an lapòt légliz, wòb li tonbé asou'y ?
Batiman a vwèl ki ka antré an lawad tiwé vwèl li. (Sl.)

609. I ni an **manmzèl**, tout kò'y an vè mé tout fidji'y an blan ?
Bwapen. (Sl.)

610. En **manmzel** i travers dann galaber, son rob zépin i désir pa ?
La briz. (R.)

611. Dé **manmzel** zamé i sépar, soman en mo la asé pou sépar azot ?
La lev. (R.)

612. Enn **manmzel** bordaz somen, tout domoun i pas, i tat son tété ?
Pyé papay. (R.)

613. Mwen lé en **manmzel** rouz, mwen lé asiz dann en fotey ver, nana en bononm bren i tyen amwen ?
Frez. (R.)

614. Enn pti **manmzel** bordaz somen, kan li lev son rob, d'sou lé roz ?
Pyé tomat. (R.)

615. **Manton** pann kò ?
Tuil. (M.)

616. An **manyòk** ka plen an barik ?
An dé dwèt. (M.)

617. An ti **manyòk** ka plen an bay ?
An dé dwèt. (M.)

618. On **manyòk** ka plen on bay ?
On chandèl ki limé dan on kaz. (M-g.)

619. **Manz** nwar, rann rouz ?
Fizi. (Ma.)

620. **Manz** par vant, rann par ledo ?
Rabo. (Ma.)

621. Touzour li **manze**, zame li avale ?
Moulen kàn. (Ma.)

622. Dé vyé **manzèl** ka babiyé nuit kon jou ?
Larivyè épi lanmè. (M.)

623. An **manzèl** ka suiv mwen toupatou é mwen pa pé rivé bò'y ?
Lonbwaj mwen. (M.)

624. En **maren** i ekri son paran toultan i an mars. Ler i ater i pa ekrir ?

Latras en bato i disparet de ki sa bato i aret marse. (Sey.)

625. **Pourquoi les marins-pêcheurs ont-ils beaucoup d'enfants ?**

Ils sont toujours sur la mer (sur la mère). (Gwd.)

626. Mo ena en gran bann **marmay** ; soley leve zot kasyet, soley kouse, zot sourti ?

Zetwal. (Ma.)

En bann **marmay** i get amwen soley kousé, tel soley i lev, zot i kasyet ?

Zétwal. (R.)

627. Mo **mars** dan en pti simen, zame mo va poze, zame mo va tourne ?

Larivyer. (Ma.)

628. Touzour li **mars** latet anba ?

Koulou soulye. (Ma.)

629. Mo **marse**, li marse, mo arete, li marse ?

Mo mont. (Ma.)

630. Mo chèf **mason**, a mizou mo ka maché, mo ka masonnen ?

Poulbwa. (Guy.)

631. **Un Maure dit à son cheval maure, si tu mords ton mors, tu seras mort ?**

Il s'agit d'un homme et d'un cheval du pays maure. (M.)

632. Mwen **mawon** dizui mwa. Lè yo pwan mwen, sé épi bab mwen yo maré mwen ?

Kann. (M.)

633. An **mèl** asou twa lilèt?

Twa wòch difé. (M.)

634. An **mèl** nwè asou twa montay ?

An kannari asou difé. (M.)

635. **Men** mwen ni on biten, sé pou menyen tèt pou'y bay lè ?

Laklé. (Dom.)

636. **Menas** doumoun, napa koze ?

Ledwa. (Ma.)

Mi **ménas**, mé mwen lé pa kapab kozé ?

Lo dwa. (R.)

637. **Mete**, leve, tape ?

Sey soulye nef. (Ma.)

638. **Combien de mètres pour avoir un enfant ?**

Deux sangs deux mètres (deux maîtres ?). (M.)

639. **Combien de mètres et de centimètres faut-il pour former un enfant ?**

Il faut s'y mettre à deux. (M.)

640. En **mézon** na plizyer zétaz, persòn i abit pa anndan ?

Banbou. (R.)

641. Tou piti man tou piti, man ka plen an **mézon** ?

An lanp. (M.)

642. Ni an gran **mézon**, tout bèf ki antré adan kasé kòn yo, tout jinis ka gadé ta yo ?

Légliz. (M.)

643. Man ni an **mézon** asou vennsenk échivo ?

An parapli. (M.)

644. Man ni an **mézon** plizyè étaj ki pa ni lapòt ni finèt ?

An banbou. (M.)

645. **Mézon** plen, tjuizin plen ?

Lafimen. (M.)

646. Tèt a **milat** asi janm a béké ka anpéché'w kasé janm a on nwè ?

Zalimèt. (M-g.)

647. Yo ka di fo pwotéjé lé **minè**. An ni senk gason, sé tala ki pa minè la an ka pwotéjé. Ki travay an mwen ?

Koutiryé. (Gwd.)

648. Si sé pa té **mini minèt**, pandi pandèt, vini vinèt, sé manjé domi dominèt ?

Kochon, nonm, mango. (M.)

649. An **misyé** ka pòté an mézon asou do'y ?

An tòti (oben an kalmasonn). (M.)

650. **Misyé** ka pisé anlè, madanm ka paré anba ?

An kafityè. (M.)

651. An **misyé** ka kouri dèyè madanm li pou tjébé'y, i pa ka pwan'y ?

Solèy épi lalin. (M.)

652. Mo **mizir** en latwèl, zame mo trouv so lafen ?

Mo mars dan gran simen. (Ma.)

653. **Mo** isi, mo laba ?

Wèy. (Guy.)

654. Yon **mò** fè yon vivan pasé larivyè. Fwi a té bon, rasin té ankò pli bon. Lapawòl dè Dyé ki tjuit manjé ?

Sé vivan ki vini pou pasé larivè ; larivyè té gwo, i wè an bèf ka pasé, i janbé anlè do bèf la, i fè tè. I jwenn an pyé kouwasòl, i manjé kouwasòl. Lè i désann, i jwenn lòt mòso dyaman anba pyé a. I pasé bò légliz, i jwenn an kochon épi dis piti'y. I tjwé yo. I antré an légliz la ; i jwenn fèy papyé ; i woti yo. (Sl.)

655. An **mò** ka fè dé vivan pasé an rivyè ?

Un mors de cheval. (M.)

656. **A quel moment peut-on mettre « la » ou « une » devant un genre masculin ?**

Quand il s'agit de la sentinelle. (M.)

657. Man ni an ti **mòn**, pèsonn pa ka rivé monté'y, an bèf monté'y ?

Lang bèf la ka rivé rantré an nen'y, ta'w pa ka rivé. (M.)

658. Dé **mòn** kontré, pentad volé ?

Pété. (H.)

659. Sa **Mondyé** mété nan monn ?

Tout chòz. (M.)

660. En **monmon** nana zanfan, le pagn lé fané partou, zanfan lé touni ?

Sitrouy. (R.)

661. Tous lo **monmon**, lo pti i kri ?

Zanbrovat. (R.)

662. **Pourquoi monsieur Cola ne peut-il avoir d'enfants ?**

Paskè man Kola mèt Kòk a Kola adan on boutèy. (Gwd.)

663. Mon annan en **mont** ki marse, selman zanmen i arete ?

Leker. (Sey.)

664. **Mont** ou sou kouch ou bouk ou tou ?

Ta montre est sur ta couche, ta boucle aussi. (Gwd.)

(Jeu de mots utilisé par les Guadeloupéens pour se moquer des Martiniquais et de leur créole)

665. Dé vann déryer la **montagn** ?

Zorèy. (R.)

666. Ant dé **montagn** enn pti bononm i balans ?

La pip. (R.)

667. Lekel **montanny** ki napa désant ?

Laz. (Sey.)

668. Mon **monte**, mon desann, personn pa kapab atrap mwan ?

Laroul. (Sey.)

669. Lekel ki **monte**, zanmen i désann ?

Nou laz. (Sey.)

670. **Mor** kondir vivan ?

So mor souval. (Ma.)

671. I **mor** pour son lekay me son lavyann pa servi ?

Kare. (Sey.)

672. **Mòr** ka pòté vivan ?

Kannon (to ka tjwé roun pyébwa pou fè roun kannon). (Guy.)

673. **J'ai vu le vivant porter le mort ou le mort porter le vivant ?**

Une rivière. (Gwd.)

674. **Moulen** marse kat fwa par zour ?

Labous. (Ma.)

675. An pasé on koté, an kontré dé **moun**. On bèl jenn ti zouti é on vyé fanm. An di bonjou. Men bèl ti fanm la pa réponn. Poukwa ?

Sé on pyé pwa-di-bwa. Lè'w soukwé'y, pwa vèt pa ka fè ayen, sé pwa sèk ki ka réponn. (Gwd.)

676. Dé **moun** anler, dann fon lé malad i vyen dòn koud'men, i vyen soulaz aou. Dé anler lé malad, dé anba i gengn pa soulazé ?

Out men ek out pyé. (R.)

677. En **moun** na set zanfan. Kat i mars, dé lé mor, enn lé fou ?

Bef. (R.)

678. Poukwa **moun** lontan té ka fè onlo timoun ?

Davwa, an tan la-sa, pa té ni dòt distraksyon. Pa té ni kouran alò yo té kay dòmi bonnè. (Gwd.)

679. Ki **moun** ki ka gadé kòy nan an glas épi ki pa ka wè adan'y ?

An avèg. (M.)

680. Ki biten on **moun** ka mandé'w pou di'w ba'y tibwen é, an menm tan, sé non a on komin ?

Pèti-bou. (Gwd.)

681. A ki moman on **moun** ka vrè grenn a papa'y ?

Lè'y ka manjé papay. (Gwd.)

682. Dé **moun** ka benyen anba an douch, an sèl ka mouyé ?

An fanm ansent. (M.)

683. Mo zet mo **mouswar** dan dilo, zame mo kapav mouy li ?

Fey sonz. (Ma.)

Mon **mouswar** dann lo, zamé lé mouyé ?

Fey sonz. (R.)

684. Ki sa **mousyé** la ki amen so lakaz laho so ledo ?

Kouroupa. (Ma.)

685. Ki **msye** ki port pli gro sapo ?

Sa ki annan pli gro latet. (Sey.)

686. Lekel **mwan** ki pli vye ?

Zanvye. (Sey.)

(En créole seychellois, **zan** signifie « gens »)

687. Lekel **mwan** ki port non en fir ?

Me. (Sey.)

N

688. **Nabi**, napa kilòt ?

Kankarla. (Ma.)

Na palto, na pwen kilot ?

Kankrola. (R.)

689. **Pourquoi ne faut-il jamais nourrir un nain ?**

Parce qu'il vevient un nain gras (un ingrat). (Gwd.)

690. **Le jour de ma naissance est le jour de mon emprisonnement, le jour de ma mort celui de ma liberté ?**

An bwa zalimèt. (M.)

691. Seval blan **Napoleon,** ki kouler ti ete ?

I ti blan. (Sey.)

692. **Pourquoi Napoléon ne mangeait-il pas de biscuits ?**

Parce qu'il avait perdu la bataille de Sedan (/de ses dents). (Sm.)

693. **Je suis né sans cervelle, pétri d'esprit, pour connaître mes savoirs, il faut lacher mon chien ?**

An fizi. (M.)

694. **Né vert, blanchi dans la grandeur, créolisé (nettoyé) dans la savann, domestique dans la maison ?**

Koton. (M.)

695. Mwen **né** vè, solèy blanchi zantray mwen é mwen ka sèvi jis asou lotèl ?

Koton. (M.)

696. Mwen **né** nwè, pwòp jou lanmò mwen, mwen ka touvé mwen blan ?

Kochon. (M.)

697. **Nèg** nwa fè bouyon blanch ?

Savon. (H.)

698. **Nègès** a Dèdin sèklé ak dé manch wou ?

Poul. (H.)

699. **Analyser le mot nègre ?**

Nom commun masculin singulier signifie « mauvaise race ». (M.)

700. **Nègrès** ka jwé vyolon, pandan tout ti bétjé ka dansé ?

Kannari diri asou difé. (M.)

701. Prèmyé an mwen sé on **nonb**. Dézyèm la, sé doub a prèmyé la. Tout an mwen sé on gran péyi a lazi.

End. (Gwd.)

702. Dé **nonm** malad kouché lopital, yo ka palé di an péyi, ki péyi ?

Litali (« Lit » à « lit »). (M.)

703. Yon ti **nonm** épi yon ti fanm sali yon dra ?

Plim èvèk papyé. (T.)

704. Piti **nonm** gran lèspri kondui pa an chyen ?

Fizi. (M.)

705. Ni an **nonm** ki ka alé o gran galo asou chouval li ?

Mèl nwè. (M.)

706. **Nonm** pa nonm. Nonm palé tankou nonm ?

Radyo. (H.)

707. Mwen sé youn **nonm** byen won. Mwen pòté chèmiz mwen byen kout, mwen pasé pa fènèt, é mwen tonbé vip !

Kokoyé. (H.)

708. Sa dé **nonm** ka fè, dé fanm pé pa fè ?

On labé ka konfésé'w. (M-g.)

709. On **nwa** détenn mil blan ?

Dyondyon. (H.)

710. Mo **nwar** dan mo boner, mo rouz dan mo maler ?

Sevret. (Ma.)

Mo lé **nwar** dan mon boner, mwen lé rouz dan mon maler ?

Sévret. (R.)

711. Piti **nwar** bat gran nwar ?

Piman. (Ma.)

712. Twa pti **nwar** get vant zot manman bourle ?

Lipye marmit. (Ma).

713. Kat **nwar** aport en gro nwar ; kat nwar napa transpire, gro nwar ki transpire ?

Bouden laho gri. (Ma.)

714. Tou so **nwar** mo papa zot lipye tort ?

Lisyen fizi. (Ma.)

715. Mo ena en pti **nwar** kana pa met li so langouti, li napa travay ?

Goui bizwen difil pour koud. (Ma.)

716. Tou **nwè** man nwè, man ka abiyé louwa.

An fè. (M.)

717. An **nwè**, ou ka mété dis chosèt nwè nan an bwèt épi dis chosèt blan nan menm bwèt la, konben chosèt pou pwan omwens pou abiyé ?

Twa. (M.)

718. Pli i **nwè**, pli fo'y bèl ?

Fè. (Sl.)

O

719. Kat **ofisyé** ka paré anba oun parasòl ?

Tété bèf. (Guy.)

720. **Quel est l'oiseau** ki pasé nan an koulé san lonbraj ?

Solèy. (M.)

721. Kel **onm** ki ankor an vi me ki fin trouv son lanterman ?

En zonm ki fin ganny koup an parti son lekor : par ekzanp son lipye. (Sey.)

722. **Oswè**, mwen ka mété an bay dlo douvan lapòt mwen, demen maten, man pa ka touvé'y ?

Zétwèl. (M.)

723. **Qui sont les ouvriers qui ont construit la femme et qui l'ont mal construite ?**

Bouché a ki mal senyen'y, tanè a ki kité an bouchon pwèl an mitan'y, chawpantyé a ki mété twou klosèt la two pré twou kabiné a. (M.)

724. **Qu'est-ce qui est ovale, entouré de poils, dès qu'on rentre dedans, ça jette quelques gouttes d'eau ?**

Les yeux. (M.)

P

725. **Pagani** sèk manjé oun poul sèk asou oun bwa sek ?

Zalimèt, tabak ké pip. (Guy.)

726. Mi fé **pagn**, mon zanfan i dor pa dan ?

Sitrouy. (R.)

727. Mwen ni an ti **pak** ki ni an bèf ki byen baré ?

Lang an bouch. (M.)

728. Dis **pandi** ka dégajé yon bouwo ?

Dis dwèt. (Gr.)

729. **Papa** isit mé i palé a Lonn ?

Yon lèt (oben lafimen èvèk difé). (T.)

730. **Papa** mwen ni an mézon tout'an finèt, i ni an sèl lapòt ?

An nas. (M.)

731. **Papa** mwen ni an magazen, tou sa ki andidan'y i brilé, tou sa ki an déwò'y i nèf ?

An pip. (M.)

Papa mwen tini yon magazen, tout adan'y brilé èvè tout déyò'y nèf ?

An pip. (K.)

732. **Papa** mwen andidan, bab li déwò ?
Lafimen. (M.)

733. **Papa** mwen tini yon kòk, chak fwa i chanté, difé ka sòti ?
Fizi. (T.)

734. **Papa** mwen jété yon bawi mi an lakou'y. Lannuit ou ka wè yo, lajouné pa tini yonn ?
Zétwal. (T.)

735. **Papa** mwen tini yon pyé piman. Jan kay li pa ka manjé mé jan déwò ka manjé ?
Fi li. (T.)

736. **Papa** mwen isit, bab li a Lonn ?
Lafimé. (Gr.)

737. **Papa** mwen gwondé, a Lonn tann ?
Tonnè. (Gr.)

738. **Papa** mwen ba mwen yon chouval pou mwen monté. Fòk sé asou latjé'y mwen monté ?
Pip. (M.)

739. **Papa** mwen gen san pen, san nonm manjé ladan'y ?
Piman. (K.)

740. **Papa** mwen ni an kochon douvan lapòt li. Lè i vini pou tjwé'y, li twapé kochon an vid andidan'y ?
Banbou. (Sl.)

741. **Papa** mwen rété lòt péyi, i griyé. Manman mwen sav tou sa i di ?

Zéklè. (Sl.)

742. **Papa** mwen ni an ti gason, tout anba kamizòl li sé bouton. S'ou pa lévé kamizòl li, ou pa sa wè'y ?

Mi. (Sl.)

743. **Papa** mwen wété adan an péyi, i voyé yon bawi ba mwen. Tou sa mwen fè pou mwen ouvè'y, mwen pa sa ouvè'y. Mwen pwan an touyè, mwen pa sa ouvè'y ?

An zé. (Sl.)

744. **Papa** mwen ni twa gason lijitim, sé mwen ki léné parmi. San mwen, i pa ka gen lavi yo ?

Twa wòl moulen. (M.)

745. **Papa** mwen gangnen dé timoun, yo fèmen adan yon sèl kalòj. Yonn pa janm wè avè lòt ?

Lajounen ak lannuit. (H.)

746. Mon **papa** pikpik, mon monmon kolkol, amwen zoli zanfan ?

Jak. (R.)

747. **Papa**-m gen on magazen plen vyann ?

Simityè. (H.)

748. **Papa**-m gen on magazen vyann ki pa janm gaté ?

Lanmè. (H.)

749. **Papa**-m gen on chwal ; li fèmen n anndan on kay, ké li parèt déyò ?

Lafimen difé. (H.)

750. **Papa**-m gen on jaden bannann ; lè m-al lajounen, m-pa jwenn anyen ; sé lè m-al lannuit m-jwenn ?

Zétwal. (H.)

751. **Papa** mwen té an Fwans, i voyé on ti bèf pou mwen pa ké a-y ?

Pip. (Gwd.)

752. **Papa**-m gen on kay ; li bati sou on sèl pyé ?

Dyondyon. (H.)

753. **Papa**-m gen diz-an dépi-l mouri épi l-ap fè lagè ?

Pikan. (H.)

754. **Papa**-m mouri ; pou tèt on ti mouchwa m-pa ka alé ?

Vwal batiman. (H.)

755. Yè bomaten, **papa** mwen tiwé yon koul fizi dan kaz li. Tout moun ki té an péyi la sourpwann ?

Lowaj. (Dom.)

756. **Quel est le paradis de la terre ?**

La femme. (M.)

757. Roun sèl **parasòl** ka paré sis moun ?

Bèf ké so tété. (Guy.)

758. Nou sorti **Pari** pou nou al Marsey. Ti annan de per, de fis. Konmyen personn ti annan ?

Twra personn : en papa, son piti e garson son piti. (Sey.)

759. **Sans moi, Paris sera pris ?**

Tiré « a » adan Pari, i ka fè pri. (M.)

760. **Paryaka** dan dilo ?

Madamsere. (Ma.)

761. Mon **pas** obor ou san ki ou trouv mwan ?

Divan. (Sey.)

762. M **pasé** on koté ; m wè tout moun ajènou ?

Pwa k-ap lévé. (H.)

763. **Pasé** isi, pasé pa la, n-a kontré ?

Sentiwon. (H.)

764. M **pasé** on koté, m wè tout moun anba kòd ?

Lantiray. (H.)

765. Mwen **pasé** on koté ; mwen wè on bann jenn fanm avèk on bann jenn fanm vyé ? Granmoun yo réponn, jenn fanm yo pa réponn ?

Pwa-kongo chèch ak pwa-kongo vèt. (H.)

766. M **pasé** on koté ; m mandé on ti gout dlo ; yo antré, yo pa sòti ?

Krab. (H.)

767. Kat **pat**, kat zorèy ?

Sat lo sez. (Sey.)

768. Kat **pat** ka monté asou kat pat ; kat pat ka pati, kat pat ka rété ?

An chyen asou an chèz. (M.)

Kat **pat** mont laho kat pat ; kat pat ale, kat pat reste ?

Lisyen laho sez. (Ma.)

769. Kat **pat** asou kat pat ka atann kat pat, kat pat pa vini, kat pat pati kité kat pat ?

An chèz asou an chèz ka atann an rat, rat la pa vini, chat la pati kité chèz la.

(M.)

Kat **pat** laho, kat pat asper kat pat ; kat pat napa vini, kat pat ale, kat pat reste ?

Sat laho ses asper lera ; lera napa vini, sat ale, ses reste. (Ma.)

770. Kat **pat**, dé défonn, an chasè ?

Bèf. (M.)

771. **Pave** anho, pave anba ?

Tourti. (Ma.)

Somen **pavé** d'si, somen pavé d'sou ?

Torti. (R.)

772. **Pawen** mwen ni an gran kay. Tout towo ki antré adan, kòn yo kasé ; jinis antwé, kòn yo pa kasé ?

An dèmwazèl ki antré an légliz ki pa tiwé chapo'y ; gantiyòm antwé, i tiwé chapo'y. (Sl.)

Ni an gwo savann, tout bèf ki antré, kòn yo té ka kasé ; tout vach ki antré kòn yo pa ka kasé ?

Une église. (M.)

773. Li grouy son **payas**, zamé li dor d'si ?

La mèr. (R.)

774. Dé **pè** dé fis ki antré nan an obèj, konben vè yo sèvi ?

Twa (pè, fis, tifis). (M.)

775. Ki sa ki ka fè'w **pè** a fè'w séré anba kabann épi ou pa pé wè'y ?

Loraj. (M.)

776. Si pa té pou **pen** panèt, vini vinèt té ké manjé dòmi donnèt ?

Si pa té pou yon kowosòl, tij la té ké manjé kochon. (T.)

777. **Mon père est noir, ma mère est brune, et moi je suis blanche ?**

Une chataigne. (L-s.)

778. **Rassure-toi que personne le voit ?**

Rat la asou an twa légliz, labé a ka monté sonnen, li sèl ka wè'y. (M.)

779. **Quelles sont les personnes qui demandent à être borgnes ?**

An avèg. (M.)

780. Man ni an kay tou an **pèsyenn** ?

An nas. (M.)

781. Mwen nan tout **péyi**, mwen nan tout ménaj, mwen nésésè pou tout moun ?

Zédui épi fil. (M.)

782. Ki **péyi** yo pòté sou tèt yo ?

Panama. (H.)

783. **Pez** mwan mon a donn ou dife ?

Fizi. (Sey.)

784. **Deux pigeons, un mâle, une femelle, sont sur un toît, que font-ils ?**

La paire. (M.)

785. Kat **pile**, en vane ?

Souval pous mous (so lipyé pile, so lake vane). (Ma.)

786. Ti **pip**, gwo pans, sapo ratapé ?

Zanana. (R.)

787. I annan en **pirog** ek en pagay. Brize koman i oule i antre ?

Kwiyer dan marmit delo bwi. (Sey.)

788. Tou **piti** mo tou piti, mo ka fè tranblé latè ?
Moustik. (Guy.)

789. Tou **piti** mwen piti, mwen ka abiyé an wa ?
Zédjui. (M.)

790. Mon annan mon bann **piti**, tout zòt seve i gri ?
Mai. (Sey.)

791. **Piti** pil manman ?
Baton pilon. (Ma.)

792. Zot fer en **piti** tourn laho, so manman ziska li vomi ; son vomi nou manze ?
Moulen may. (Ma.)

793. Mo bo **piti**, mo for ?
Roten. (Ma.)

794. **Piti** tjuit dé tèt ?
Zowèy. (Gr.)

795. Ti **piti** plen kay ?
Lanp. (H.)

796. **Piti** ka bat gwo ?
On ti hach ka bat gwo bwa. (Dom.)

797. **Piti** piti lévé prézidan sou palé ?

Pinèz. (H.)

798. **Pitit** ka bat manman ?

Pilon an klòch. (M.)

799. **Pitit** bat manman ?

Laklòs. (Ma.)

800. **Pitit** ka gouvèné manman ?

Gouvènay. (M.)

801. Man **planté** an kawo lonyon, man wouzé'y yè oswè ; lè man lévé, man pa wè ayen, man pa menm sav ki koté man té planté'y la ?

Zétwal an syèl. (M.)

802. **Plonze**, leve, sek ?

Fey sonz. (Ma.)

803. Mo tir la **po**, nana la pwal ; mi tir la pwal, nana lo gren ; mi tir lo gren, nana baton ?

Mayi. (R.)

804. Mon **po** lé ver kouver zépin, mon ser lé blan, tout mon zanfan lé nwar ?

Sapoti. (R.)

805. **Po**, zo, vyann, dlo ?

Kokoyé. (H.)

806. **Poil contre poil, lève ta jambe que je te fourre cela ?**

Chaussette. (M.)

807. Si'w mèt sé chyen la a koté, ki bèt on **polisyé** vé ni pou'y idantifyé on moun ?

On sign alman. (Gwd.)

808. **Trois pommes pendantes, trois hommes passantes, chacun prend un, combien qu'il en reste ?**

Il en reste monsieur Chacun.

809. Mwen ni pli piti **pon** ki ni asou latè ?

Nen mwen. (Sl.)

810. I annan en **pon** en kok i gardyen. Fodre sa kok i sante pou dimoun i kapab traverse. Normalman, sa kok i sant trwa fwa par zour : sizer bomaten, midi, sizer diswar. Be i annan en barbyé ki bezwen travers sa pon dizer bomaten pou li al koupé seve son kliyan. Ki manyer i fer ?

I a pran son laglas, i a met devan kok. Ler i a war li dan laglas, i pou kwar en lòt kòk i devan li e i pou sante pou fer per son lenmi. (Sey.)

811. I rant par la **port**, i sort par la fénet ?

Pwason dann filet. (R.)

812. En sel **poto** pou dé kaz ?

Lo né. (R.)

813. **Poto** ba ka monté poto wo ?
On nom ka monté on chouval. (M-g.)

814. **Pòtplim** asi pòtfèy ?
Sé an zozyo asi on branch. (Gwd.)

815. **Poul** ponn dan rakèt ?
Lalang. (Ma.)
Poul ponn dan pikan ?
Lalang. (Sey.)

816. An **poul** nwè ponn an zé blan ?
An koko sèk. (M.)

817. Gen on **poul**, li ponn sou dé ran pikan ?
Dé ran dan'w. (H.)

818. Mon annan trann de **poul** blan ek en kòk rouz ?
Lalang ek ledan. (Sey.)

819. Man ni an **poul**, i ka ponn yen ki zé nwè ?
Koton. (M.)

820. **Poulayé** madanm plen kaka poul ?
Zétwal an syèl. (Dom.)

821. Mwen nana enn ti **poul baset**, i kakay dann en karo raket ?
La lang. (R.)

822. Lekel ki **pouse**, me i pa plant ?

Seve. (Sey.)

823. Men-m la a, **pran-m** !

Lonbray ou. (H.)

824. **Mon premier est une lettre de l'alphabet.**

Mon second, je dois en prendre soin.

Mon troisième a six faces.

Mon quatrième est le verbe avoir à la troisième personne du pluriel

Mon tout est un instrument de musique.

Qui suis-je ?

Accordéon. (Gwd.)

825. Ki **prénon** ki ka ba'w 4 an chif women lè ou ka mété'y an kréyòl ?

Iv (IV). (Gwd.)

826. **Prézidan** ap pasé. Minis yo pasé anlè, prézidan pasé anba ?

Patat. (H.)

827. Yo ka mété mwen an **prizon**, sé pa pou sa mwen fè, sé pou sa mwen ni lidé fè ?

An bal fizi. (M.)

828. **Le professeur est blanc, les élèves sont noirs, le tableau est vert ?**

Un corrossol. (M.)

829. **Tu as profité de mon absence pour semer ton eau malsaine, demain, à mon éveil, je baisserai ton orgueil ?**
Seren (c'est le soleil qui parle à la nuit). (M.)

830. Aswar li **promne** partou ; granzour so latet, so lipye anler ?
Soursouri. (Ma.)

831. Ki sa **promyé** la fé bouy marmit do ri dann péi ?
Do fé. (R.)

832. Lo **promyé** lé dann mon kor, lo dézyèm lé d'si mon li, lo trwazyèm lé d'si mon port ?
Sandragon. (R.)

833. Lekel ki ne **pti** e ki mor pti ?
Fourmi. (Sey.)

834. **Pti** ki mon pti mon fer taye grannwanr ?
Mous zonn. (Sey.)

835. Mon **pti**, mon nwanr me mon touzour dan bann gran sosyete ?
Mous. (M.)

836. **Pti** bat manman ?
Baba laklos. (Sey.)

837. Le **pti** i tap le gro ?
Laklòs. (R.)

838. Lo **pti** i fé sézi, lo monmon i dor d'si ?
(Mi fé sézi, mi dor pa d'si ?)
Sitrouy. (R.)

839. Enn **pti** rouz i moung en gran blan ?
Piman. (R.)

840. Mwen lé **pti**, mé mi fer pler sak lé gran ?
Piman. (R.)

841. Li ankor **pti** pti, deza lagal av li ?
Margoz. (Ma.)

842. **Pwèl** anwo, pwèl anba, koko an mitan ?
Zyé. (M., T.)

843. Ki **pwenti** a men a on moun ?
12345. (Gwd.)

844. Kat **pyé** monté sou kat pyé pou pwan dé pyé dan twa pyé ?
Yon chyen kat pyé monté sou yon tab kat pyé pou pwan yon poul dé pyé adan yon chodyè twa pyé. (H.)

845. M-renmen **pyé**-m mouyé nan dlo ?
Diri. (H.)

846. I ni yon **pyébwa**, lè ni fèy i pa ni rasin ; lè ni rasin, i pa ni fèy ?

Batiman. (T., Dom.)

Mwen éna en **zarb**, kan li éna fèy, li napa rasin ; kan li éna rasin, li napa ena fèy ?

Navir. (Ma.)

Mon annan mon **pyé dibwa** : kan i annan fey, i napa rasin ?

En kannòt : kan i annan son lavwal, i napa lank. (Sey.)

Ler mon annan rasin, mon napa fèy ; ler mon annan fey, mon napa rasin ?

Ler en kannot in mouye, lavwal in desann ; ler in ise, lank in leve. (Sey.)

847. Mwen pa an **pyébwa**, mwen ni fèy é fèy mwen ka fè lézòm palé ?

An liv. (M.)

848. Ni dé **pyébwa** ou senten touvé menm si'w rantré adan nenpòt ki simityè ?

Kò o sòl. (Koosòl).

Zoranjé (zo ranjé). (Gwd.)

849. En gran **pyé d'bwa** i sarz riyenk la nuit ?

Lo syel. (R.)

850. Kan mwen lé d'si en **pyé d'bwa**, mon rob lé ver. Kan mwen lé ater, mon rob i vyen nwar ?

Zavoka. (R.)

851. Lekel **pye dibwa** ki port non en zwazo ?

Bwa kato. (Sey.)

852. Mwen monté adan **pyé fwiyapen**. Mwen tjuiyi an fwiyapen. I rivé atè avan mwen ?

Koko. (M.)

853. Mon annan en **pye mang**, i annan zis en sel mang. Mon annan ven grenper, senk kaser, dis pliser, trannde manzer ek en gouter ?

Ler mon mont sa pye mang, mon servi mon dis ledwa lanmen ek mon dis ledwa lipye (ven grenper) ; mon kas ek zis senk ledwa (senk kaser) ; mon plis li ek zis senk ledwa (senk kaser) ; mon plis li ek mon dis ledwa lanmen (dis pliser) ; mon manz li ek mon trannde ledan (trannde manzer) e mon gout li ek mon lalang (en gouter). (Sey.)

R

854. Oun **ramyé** asou twa zilé ?

Chodyè. (Guy.)

855. **Rap**, tap, dizwèl ?

Zépon kòk. (H.)

856. **Rat vit rot, rot tenta rat, rat mi pat a rot, rot brûla pat a rat, secoua la patte, il quitte rot ?**

C'est un rat qui a vu un ròti, il a mis son patte sur le ròti, le ròti a brûlé son patte, il est parti et il a quitté le ròti. (M.)

857. **Rata** pasa monta kraza divès sita ?

Rat ki monté an planchèt, i pasé i krazé dis vè sis tas. (M.)

858. **Reine dans les bois, reste dans la pwison, servante dans la chanme ?**

Lawoman. (Dom.)

859. Lo **ren** séré, bayonet déryer, tout solda i antour a la kazern ?

Gep. (R.)

860. Ou ka **révé** ou adan an pyé koko, an sèpan ka désann anlè'w, an bèf ka baré'w anba, ki sa ou ka fè ?

Ou ka sòti nan rèv la. (M.)

861. So **rob** mo granmanman azout azoute bout an bout ?

Letwa bardo. (Ma.)

862. **Rob** gromonmon lé toultan farlangé ?

Fey fig. (R.)

863. **Il faut lever la robe pour voir la beauté ?**

An mayi. (M.)

864. **Levez ma robe pour voir si ma fesse pouelle ?**

Mi. (Dom.)

865. **Je ne suis ni roi ni reine ; je fais tembler les hommes ?**

Rhum. (Gwd.)

866. **Qu'est-ce qui est rond, sans fond, que les dames portent et que les demoiselles désirent ?**

Une alliance. (M.)

867. Mon **rouz**. Mon kapab anval san dipen alafwa. Lekel mwan ?

Four. (Sey.)

868. Lekel ki **rouz** parey dife, blan parey disab, ver parey zerb ?

Paviyon seselwa. (Sey.)

869. Mo **rouz** dan mon boner, mo nwar dan mo maler ?

Lagren kafe. (Ma.)

Mwen lé **rouz** dan mon boner, mwen lé nwar dan mon maler ?

Kafé. (R.)

870. **Rouz** pikan, blan despagn, soulyé verni ?

Letsi. (R.)

Rouz pikan, la ser glisan, bouton verni ?

Letsi. (R.)

S

871. Sa ki ka fè **sa** pa ka fè sa, sa ki pa ka fè sa sa fè sa ?
Poul ka bwè dlo : i pa ka pisé ; lapen pa ka bwè dlo : i ka pisé. (Gwd.)

872. Mwen nana en **sab** i koup trwa koté ?
(La si mon granper, i koup trwa koté ?)
Vakwa. (R.)

873. **Quel est le comble d'une sage-femme ?**
C'est d'accoucher la lune ou d'accoucher sa chambre à coucher. (M.)

874. **Quel saint qui a été suspendu ?**
Ta fanm la. (M.)

875. **Quel est le saint le plus près de Jésus ?**
Saint Barbe. (M.)

876. **Quel est le saint le plus fort ?**
Saint Pierre. (M.)

877. **Quel saint qui entre à l'église par la tête ?**
Saint-Cloud. (Sm.)

878. En bann **sal**, en bann prop ?

Later av lesyel. (Ma.)

879. Mon **salon** na tapi rouz, dodan lé plen ti fotèy blan, i esui ek sifon rouz ?

La bous, lo dan ek la lang. (R.)

880. **Je bois mon sang, je mange ma chair et je rougis de colère ?**

Une lampe. (M.)

881. Lekel ki **sante** me selman i pa en santer ?

Zwazo. (Sey.)

882. Ni an **savann** éti tout moun ka pasé, poutan moun pa ka wè tras ?

Lanmè. (M.)

883. Ni an **savann** ou ka razé tou lé tjenz jou. Ni dé pyébwa ou pa ka touché ?

Dé zorèy ou. (M.)

884. Dé **sè**, yonn blan, yonn nwè ?

Lajounen épi lannuit. (M.)

885. Mon mars partou dan **semen**, lo lans, me personn pa trouv mon lepa ?

Fourmi. (Sey.)

886. Lekel **sen** ki anvole ?

Sen Maten. (Sey.)

887. Lekel **sen** ki pa zanmen bennyen ?

Sen Benzanmen. (Sey.)

888. Ki **sen** ki pa al legliz ?

Senbou. (Sey.)

(Le « senbou » est le nom d'un vêtement traditionnel seychellois porté par les agriculteurs.)

889. **Senk** ka pòté kat a la machin tranndé ?

Senk dwèt ka pòté an fouchèt dan bouch . (M.)

890. **Senk** pwan kat, kat fè tranndé maché ?

Lanmen pwan fouchèt é fè dan'w maché. (M.)

891. **Senk** tjenbé kat, kat tjenbé yonn ?

Fouchèt ki tjenbé mòso manjé. (Sl.)

892. **Sentir** mon granpapa i fé tour d'lil ?

La mèr. (R.)

893. **Sentiron** mon granper i koup trwa koté ?

Vakwa. (R.)

894. Ka ki ka **séparé** é ki ka réini an menm tan ?

On pon. (Gwd.)

895. Nou lé riyenk dé **ser**, pou en wi pou en non, i sépar ?
La lev. (R.)

896. Kas **serkey** pou manz lo mor ?
Pistas. (R.)

897. **Serpan** marsé, les so dize ?
Ziromon. (Ma.)

898. Tir lo **sévé** i trouv lo zo ; tir lo zo i trouv la vyann ; tir la vyann i trouv lo san ?
Koko. (R.)

899. Lekel **sif** ki pa iz ditou ?
Nef. (Sey.)

900. Mon annan en kantité **sif**, mon marse selman mon napa lipye ?
Revey. (Sey.)

901. **Siko** dan milye laplen ?
Lonbri. (Ma.)
En **siko** dan la plenn ?
Lonbri. (R.)

902. **Sikoup** dan dilo ?
Lalin. (Ma.)
Soukoup dann lo ?
La lin o plen. (R.)

903. Mo leve so **simiz**, mo trouv so sive ; mo lev so sive, mo trouv so ledan ; me napa so ledan ki pour manz mwa, mwa ki pour manz so ledan ?

En mai. (Ma.)

Tir **somiz**, mi trouv sové ; tir sové, mi trouv lo dan. Lo dan i manz pa mwen, amwen i manz lo dan ?

Mayi. (R.)

904. Labèl **Sisin** travèsé loséan san mouyé pyé'y ?

An kout klòch (oben an kout kòn). (M.)

905. **Siyen** tonbé sou siyé ; siyé rélé : ay siyen !

Zaboka ki tonbé sou kochon. (H.)

906. Pli mon **so**, pli mon fre ?

Frizider. (Sey.)

907. Kamèm fer **so**, mo touzour fre ?

Lezar. (Ma.)

908. Mo **so**, mo napa transpire ; mo fre, mo transpire ?

Gargoulet. (Ma.)

909. Tout **sòlda** mo réziman nabi ver, bone rouz ?

Franbwaz. (Ma.)

910. Mi mars dann mo **somin**, zamé mi ropoz, zamé mi artourn déryer ?

La rivyer. (R.)

911. Brèd **sonz** dan dilo ?

Gouramyé. (Ma.)

912. Fidji **sòsyé-gajé** séré nan razyé, lè i frapé sé gratéjouwé ?

Zòti. (M.)

913. A ki moman on pè **soulyé** ka pòté non a dé gran ékriven fransé ?

Lè'y chiré (Vòltè é Bwalo). (Gwd.)

914. Si'w ni dé pè **soulyé** menm biten la, ka'w pé fè si ou vé sav kilès ki ta on madanm, kilès ki ta on misyé ?

Ou ni ka santi yo. Kòm fanm la ka pisé bésé alò, pè soulyé a fanm la pou santi pisa dèyè. Ta nonm la ké santi pisa douvan davwa nonm ka pisé doubout. (Gwd.)

915. **Soulyé** verni dann marmit ?

Kari brenzel. (R.)

916. **J'ai couché cabaret sans souper ?**

G P . (L-s.)
100

917. Mo gagn en **souval**, mo bo frem li dan lékiri, so laké touzour door ?

Lafimé. (Ma.)

918. Lo **swar** mwen nana en troupo mouton, granmaten mi trouv en bef la plas ?

Zétwal ek soley. (R.)

T

919. Si-l pa-t **ta**, m-tal al nan bak ?

Tabak. (H.)

920. Ki sa ou ka mété asou **tab**, ou ka koupé'y, ou pa ka manjé'y ?

Kat. (M.)

921. **Tabakyer** mo granppa touzour krie ?

Mont. (Ma.)

922. **Quelle différence y a-t-il entre l'eau du tabernacle, un jeune homme mal élevé, un cailloutis et un jeune homme prêt à la communion ?**

Elle est sacrée.

C'est un sacré con.

Il est concassé.

Il est consacré. (Gwd.)

923. **Tabilé** lawèn dèyè do'y ?

Zong. (Gr.)

Tabilyé djab dèyè do'y ?

Zong lanmen'w. (K.)

Tabliyé madanm dèyè do ?

Zong. (M., Sl.)

924. **Je suis de tout petit taille, je sers aux morts comme aux vivants ?**

Une épingue. (M.)

925. **Tala** ki fè'y la, sé pa li ki ka sèvi'y ?

Sèrtjèz. (M.)

926. **Tan** alé tan vini ?

Latjo bèf. (Guy.)

927. **Tanbour** lor anba later ?

Safran. (Ma.)

928. **Tanbour** lor sou la tet ?

Safran. (R.)

929. **Tanbour** devan, paviyon deryer ?

Lisyen ki pe zape. (Sey.)

Tanbour dovan, paviyon déryer ?

Lo syen i abway. (R.)

Tanbour divan, paviyon deryer ?

Lisyen (so labous zape, so lake dibout). (Ma.)

Tanbour devan, pavyon deryer ?

Syen ansanm son ke. (R.)

930. **Tanbour** danse dan milye so lakour ?

Dend. (Ma.)

931. **Tanbour** larzan anba later ?
Zenzanb. (Ma.)

932. Mwen na en **tant** klou, tir enn dodan mi rokoné ?
Jak. (lo klou sé lo gous). (R.)

933. Pli ou **tap** mwan, pli mon travay ?
« Typewriter ». (Sey.)

934. Lekel ki fer **tapaz** letan i sorti, me ou pa war li ?
Divan. (Sey.)

935. **Tapi** laren touzour ouver, zame pliye ?
Gran simen. (Ma.)

936. **Tapi** mo granppa plein pinez ?
Lesyel av zetwal. (Ma.)

937. **Pourquoi les taureaux sont toujours furieux ?**
Parce que leurs femmes sont vaches. (M.)

938. Ti ki gro **tet**, sapo ratapé ?
Tétar (ti gronouy). (R.)

939. **Tikiling** isi, tikiling a Lonn ?
Téléfòn. (Dom.)

940. Man ni an **timanmay**, tout tan man pa pran'y pa kou, i pa ka obéyi ?

An karaf. (M.)

941. **Timoun** radi mouté chwal wa ?

Yon foumi ki mouté yon bouyèy siwo. (H.)

942. An pa ni pon **tit**, pon valè. Ni adan zòt ka kraché si mwen, ka méprizé mwen. Men, kanmenm sa, pou jan an ka kraché difé, ni sa an ka fè kaka si yo.

Wonm. (Gwd.)

943. Ouvè **tjè** mwen pou touvé trézò mwen ?

An grinad. (M.)

944. Ki sa ou ka **tjenbé** pa léchin pou fè'y travay ?

An fè. (M.)

945. Si ou konn bout ti **tonton**, ba-l nan tèt ?

Klou. (H.)

946. Vyé **tonton** mouri nan kalson li ?

Mayi chèch. (H.)

947. **Tou** won san fon ?

Bag. (H.)

Tourou san fon ?

Bag. (Ma.)

948. Mo **touf** li, li touf mwa ?

Ladouler. (Ma.)

949. **Toupatou** mwen pasé, mwen ka wè twa twa ?

Twa wòch difé . (M.)

Toupatou, twa twa ?

Twa wòch difé. (Sm.)

950. Mil **tourou** dan en tourou ?

Lede koud. (Ma.)

951. Mon **travay** gran, mon mor pti ?

Labouzi. (Sey.)

952. **Travayer** msye Nikola, travayer msye Zan Mari, zot bwar delo dan menm larivyer. Zot tou zot travay ansanm ?

Tout sevron i port lo menm bar anler. (Sey.)

953. **Travers** isi, mon a travers laba, nou a zwenn ansanm ?

Sa de bout kordon lanmores. (Sey.)

954. Ki diférans ki ni antrè on **tren** é on fanm ansent ?

Tren la ka pasé anlè fè la.

Fanm ansent la pasé anba fè la. (Gwd.)

955. **Trezor** dan later ?

Safran. (Sey.)

956. **Tripied de l'eau, canari bois, viande cuit adan ka palé ?**

C'est un bateau qui est sur la mer avec des personnes qui parlent. (M.)

957. Aswar mon reste dan **trou**, lizour mon reste anpandan ?

Krose laport. (Sey.)

958. **Twa** twa toupatou ?

Twa wòch difé. (M.)

959. **Twa** é twa fon konben ?

Dé. (M.)

960. San **twou** anlè an gran twou ?

An kaz farin an lébiché anlè'y. (M.)

961. Mwen ni an **twoupo** bèf, mwen pa sa konté li ?

Zétwèl. (M.)

962. Mon annan **twra**, si enn pa la, lede pa travay ?

Twrapye. (Sey.)

963. Man vréyé an **twoupo** bèf bwè, yo séché ma a ?

An kannari diri. (M.)

V

964. Man vréyé **valé** pwan pen, pen rivé avan valé.

Penbwa tonbé atè avan moun ki ka tjuiyi'y. (M.)

965. ***<u>Pir van venir</u>***

un vient d'un

J'ai  *a* 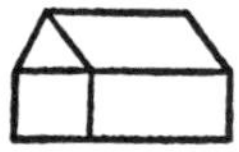  *. (M.)*

couché *case* *navir*

966. Dé **vann** deryer montagn ?

Zorèy. (Ma.)

967. Sa ki fer i **vann** ; sa ki aste pa servi ; sa ki servi pa konnen ?

Serkey. (M.)

968. Ouver mon **vant** ou a war mon trezor ?

Grenad. (Sey.)

Koup mo **vant**, ou a gagn mo trézor ?

En grenad. (Ma.)

969. Mon dan **vant** mon manman. Mwan mon koze, mon manman pa kapab koze ?

En dimoun dan lakaz. (Sey.)

970. Ki bagay ki ka manjé asou **vant**, ki ka kaka anlè do ?

An rabo (oben an varlòp, an galè). (M.)

971. **Il faudra ouvè ma vant pou touvé ma boyo ?**

Jiwomon. (M.)

972. **Ventre contre ventre, un petit bout dans la fente, ça fait du bien au ventre ?**

La mère qui allaite son enfant. (M.)

973. **Je viens sans qu'on y pense, celui qui vient après moi, fait plus de bruit que moi ?**

L'éclair et puis un coup de tonnerre. (M.)

974. Si zòt **vini**, zòt napa va vini, me si zòt napa vini, zòt va vini ?

Doumoun plant piti pwa (li per pizon vin manzé). (Ma.)

975. Lekel ki kapab pas atraver en **vit** san kas li ?

Lalimyer. (Sey.)

976. Sa ki ka pasé épi **vivan** pou ay pran vivan pou fè viv vivan ?

An kanno. (M.)

977. **Vivan** napa koze, mor koze ?

Barvad. (Ma.)

978. **Vivan** i koz pa, lé mor i koz ?

Zanbrovat. (R.)

979. Lé **vivan** ka pòté mor ?

Krobo. (Lò oun bèf mouri, krobo ka pòté li). (Guy.)

980. **Quand j'étais vivant, j'ai fait les vivants, maintenant je traverse la vie avec des vivants pour aller prendre des vivants pour faire vivre les vivants ?**

An bwa (oben an bato). (M.)

981. Ki sa ki en **voler** i pran dernyen ?

I pran lakours. (Sey.)

982. Ler mo ankoler, mo **vomi** dife ?

Kanon. (Ma.)

983. **Je t'ai vu où jamais tu ne fus, où jamais tu ne seras, où tu ne peux pas être ?**

Un miroir. (M.)

984. Sa ki ti **vwar** li, napa li ki ti pran li ; sa ki ti pran li, napa li ki ti manz li ; sa ki ti manz li, napa li ki ti gagn bate ; sa ki ti gagne bate, napa li ki ti kriye ; sa ki ti kriye, napa li ki ti plore ?

Ptit nwar fèk koken mang (so lizye ki te vwar, napa so lizye ki te pran ; so lamen ki te pran, napa so lamen ki te manze ; so labous ki te manze, napa so labous ki te gagn bate ; so leren ki te gagn bate, napa so leren ki te kriye ; so labous ki te kriye, napa so labous ki te plere. (Ma.)

985. Toultan li manz la **vyann**, mé zamé li lé gra ?

Lo dan. (R.)

986. **Vyann** nan vyann ?

Zozo nan koko. (H.)

987. Mwen pa **vyann**, mwen pa zo, men métyé-m sé transpòté kò moun ?

Sèkèy. (H.)

988. Sa ki ka fè twoté lé **vyé** ?

Baton yo. (M.)

989. Bon **vyé fanm**, tout lannuit, tout lajouné, i ka babiyé ?

Lanmè (oben larivyè). (Sl.)

990. **Vyé fanm** ka kaka blan ?

Bouji. (L-s.)

W

991. An pa ni **wa** ni rèn, an ka pòté on kouwòn ?
Grinad. (Gwd.)

992. Man pa ni **wa** ni rèn, man ka pòté lakouwòn kòm wa ?
Kòk. (M.)

993. Man pa ni **wa** ni rèn, lè yo bizwen mwen, yo ka liché dèyè mwen ?
An tenm. (M.)

994. On **wa** ki rivé nan on pò, sa ki kapitèn nan ?
Sa. (H.)

995. Lekel ki fer nou **war** sa ki li i pa war ?
Laglas ou linet. (Sey.)

996. Sa ki pli **wo** ki Bondyé ?
Sé pwen asou « i ». (M.)

997. Fòk lévé **wòb** mwen pou wè boté mwen ?
Mayi. (M.)

998. An ni on **wòch**, adan wòch la ni 9 tou. Chak tou la ni 9 manman rat. Chak manman rat ni 9 pitit. Konmen rat ni an wòch la ?

810 rat. (Gwd.)

999. Ti **wou** dèyè mòn ?

Zorèy ou. (H.)

1000. Li-**wouj** di la-nwè : « Tjenbé fò, si bouden'w krévé, mwen mò » ?

Difé épi chodyè. (M.)

1001. **Wouj** ka chofé nwè, nwè ka chofé blan apré, tout moun ka manjé a gran bouché ?

Farin manyòk. (M.)

1002. Ti **wouj** kanpé ?

Krich. (H.)

1003. **Wowo**, baba, yenyen ?

Un fruit sort en haut, tombe par terre, ça pourrit et puis la vermine mis là dedans. (M.)

Y

1004. Mwen alé fouyé **yanm**, mwen pòté twou a alé, mwen kité yanm la atè ?

Chik. (M.)

1005. Tout **yich** mwen sòsyé ?

Piman. (M.)

Z

1006. Tout **zanfan** manman mwen sé anbwoulé ?
Pwa sèk. (M.)

1007. En **zanfan** an nésan li mont son pwen son papa ?
Fouzer. (R.)

1008. Sa **zanndoli** ka pòté ?
Fokòl. (M.)

1009. Dé **zasyèt** plat kolé ?
Dé fanm zanmi (oben Zanmiyèz). (M.)

1010. Mon bann **zasyèt** anler bifé, i tonm ater zamé i kas pa ?
Fey si pyé d'bwa. (R.)

1011. Ekri mwen **zatrap** rat an kat lèt ?
Chat. (M.)

1012. Avè on **zépeng** ou mèt on nonm déhò à kaz a-y ?
Bougo ou ka tiré zékal a-y. (M-g.)

1013. **Zépeng** lò lévé Wa nan chato ?
Yon pis ki mòdé'w. (H.)

1014. On **zékal** zé asi on pil fimyé ?

On nèg anba on kas. (M-g.)

1015. La **zenn-fi** lé an blé, la sentir lé an blan ?

La mèr. (R.)

1016. Mo **zet** li anler, li tonm anba ; mo zet li anba, li mont anler ?

Boul lastik. (Ma.)

1017. **Zig** zag anwo, zig zag anba, grenn an mitan.

Kokozyé'w. (M.)

1018. Lekel **zil** ki port non en demwazel ?

Sent Ann. (Sey.)

1019. Nonm mwan en **zil** ki port non de demwazel ?

Il Mari-Lwiz. (Sey.)

1020. Man alé fouyé an **ziyanm**, man monté épi twou yanm lan, man kité yanm lan ?

Kaka. (M.)

1021. La'w ka touvé plis **zo** ranjé ?

An simityè. (M.)

1022. Adan sé sign a **zodyak** la, konbyen sign ki pa vyèrj ?

11 davwa adan sé sign la, sé yenki vyèrj la ki vyèrj. (Gwd.)

1023. Lekel ki ankor pli **zoli** ki en roz rouz ?
De roz rouz. (Sey.)

1024. Mon annan mon bann **zonm** ki travay avèk en sel pyos ?
Bannann ek zot rezim. (Sey.)

1025. Gran **zorey**, pti lizye, lapo verni ?
Soursouri. (Ma.)

1026. Nou'n ne menm **zour** dan menm famiy, me nou pa menm grander ?
Ledwa. (Sey.)

1027. Mwen lé né venndé **zour** apré mon nésans ?
Ti poul. (R.)

1028. Mo **zozo** ena nek en lizye, e so lizye dan so lake ?
Pwelon. (Ma.)

1029. Mon pa en **zwazo**, selman mon pe anvole zanmen arete ?
Divan. (Sey.)

1030. Lekel **zwazo** ki form non en bon kapitenn ?
Marten : kaptenn Marten. (Sey.)

1031. An **zwazo** ki ka ponn an zé nwè ?
Koton blan ki ni grenn nwè. (M.)

1032. Ti **zwazo** volé, trip li pandyé ?
Fil a égwi. (H.)

LEXIQUE

A

Akatya (M.) : accacia.

Anlè (M.) : sur.

Asou (M.) : sur ; au-dessus de.

B

Bab (Gwd.) : dispute, querelle.

Badamyé (R.) : arbre au bois rouge servant à la construction.

Bagay (M.) : chose ; affaire.

Bay (Sl.) : baquet.

Biten (Gwd.) : chose ; affaire.

Blokoto (Gwd.) : bruit sec.

Bourle (Ma.) : brûler.

Bous (Sey.) : boucher.

Brenzel (R.) : aubergine.

Bwapen (Sl.) : fruit-à-pain.

Bwòdè (H.) : élégant.

CH

Chèy (H.) : chaise.

D

Dile (Sey.) : lait.

Difé (M., Gwd., Gy., H.) : feu.

Digo (H.) : indigo.

Djèb (T.) : guêpe.

Dimoun (Sey.) : personne.

Dipen (Guy./Sey.) : pain.

Divan (Sey.) : vent.

Dizef (Sey.) : œuf.

Dra mortir (R.) : drap mortuaire.

F

Fanm zanmi (M.) : lesbienne.

Farlangé (R.) : déchirer, lacérer.

Fig (M.) : banane-dessert.

Fondé (M.) : entrer/pénétrer.

Fou (T., M.) : four.

Fouyé difé (H.) : foyer.

G

Ganny (Sey.) : avoir

Genmbo (Gwd.) : chauve-souris fructivore et donc comestible pour l'homme contrairement à la **sòlsouri** (chauve-souris omnivore) qui ne l'est pas.

Get (Sey.) : regarder.

Glo (Sl.) : eau.

Glou (T.) : clou.

Gojèt (Sl.) : coup porté à la gorge.

Gola (H.) : pas de sens particulier.

Goui (Ma.) : aiguille.

Gri (Ma.) : gril.

Griyé (Sl.) : sourire.

J

Jé (K., H.) : œil.

Jomou (Sl.) : giraumon.

K

Kal (H.) : écaille.

Kalé (H.) : éplucher.

Kalen (M.) : nasse servant à pêcher en rivière.

Kales (Ma.) : calèche.

Kannon (Guy.) : canot.

Kato (Sey.) : perroquet.

Kay (M.) : maison.

Kòb (Gwd.) : centime.

Koko (H.) : vagin.

Kokoyé (H.) : noix de coco.

Kòs (M.) : gousse.

Koulèv mannyòk (Guy.) : instrument en vannerie servant à presser le manioc.

Koulou (Ma.) : clou.

Kouroupa (Ma.) : colimaçon.

Krir (Ma.) : écrire.

L

Labous (Ma.) : bouche.

Lagel lisyen (Sey.) : viande de cochon salé.

Lagrenn (Sey.) : pépin.

Lam (H.) : fruit-à-pain.

Lantiray (H.) : clòture.

Laponp (Ma.) : fontaine.

Lasanm (Ma.) : chambre.

Lawad (Sl.) : rade.

Lawoman (Dom.) : aroman (arbuste avec lequel on tresse des paniers.

Laz (Sey.) : âge.

Lé : 1. (R.) lait.
2. (R.) être.
3. (M., Sl.) vouloir.

Lébiché (M.) : instrument servent à tamiser la farine de manioc.

Lekor (Sey.) : corps.

Liwa (M.) : roi.

Lizour (Sey.) : jour.

Lonb (Ma.) : ombre.

Lonn (T., Gr.) : Londres.

M

Mantèg (H.) : saindoux.

Masé (Sl.) : ramasser.

Masòk (H.) : variété de bananes.

Mi (T.) : maïs.

Moung (R.) : donner une volée.

Mous (Sey.) : mouche.

Mous jòn (Ma.) : guêpe.

Mouté (K.) : monter.

O

Ou (M., Gwd., H.) : tu ; te ; toi.

N

Nana (R.) : avoir.

Nek (Ma.) seulement, rien que.

Nene (Ma.) : nez.

P

Paryaka (Ma.) : mouchoir à carreaux.

Pawisòl (K.) : parasol.

Penbwa (M.) : fruit-à-pain.

Plis : 1. (R.) éplucher.
2. (Antilles-Guyane) plus.

Poupou (H.) : caca.

Pous (Ma.) : chasser.

Prélen (M.) :

R

Rikrak (H.) : liseré.

S

Sante (Sey.) : chanter.

Sapo (Sey.) : chapeau.

Sasé (Guy.) : chercher.

Sat (Ma.) : chat.

Senm (Sey.) : semer.

Seve (Sey.) : cheveu.

Sézi (R.) : sorte de natte.

Sif (Sey.) : chiffre.

Siko (Ma.) : chicot.

So (Sey.) : chaud.

Somen (R.) : chemin.

T

Tabilé (Gr.) : tablier.

Tant (R.) : sorte de panier.

Taye (Sey.) : chasser, faire s'enfuir.

Tini (Gwd., T.) : avoir.

Tjengon (Gwd.) : bisbille, querelle.

Tjouyé (Gwd.) : cueillir.

Tort (Ma.) : tordu.

Tou dèyè (H.) : anus.

Tourou (Ma.) : trou.

Touyè (Sl.) : cuiller.

V

Vakwa (R.) : arbre dont les feuilles tressées servent à confectionner des sacs.

Van (H.) : pet.

Vas (Ma., R.) : vache.

Viwé (T.) : retourner.

Volé (H.) : sauter.

Vwati (Gwd.) : voiture.

W

War (Sey.) : voir.

Wèd (Dom.) : dur.

Wèy (Guy.) : œil.

Wi (Sl.) : oui.

Wivé (Gr.) : arriver.

Wòch difé (M.) : pierre posée à même le sol servant de foyer pour cuire les repas (on en plaçait en général trois).

Wòl (M.) : roll.

Y

Yev (Ma.) : lièvre.

Z

Zanblon (Ma., R.) : fruit comestible de forme oblongue et de couleur noir violacé.

Zanbrovat (R.) : ambrovate (variété de graines comestibles).

Zanmiyèz (M.) : lesbienne.

Zat (R.) : anone (pomme-cannelle).

Zenn (Sey.) : jeune.

Zergne (Ma.) : araignée.

Zoli (Sey.) : joli.

Zourit (Ma., Sey., R.) : poulpe.

Zozo (Ma.) : oiseau.

(H.) : pénis.

BIBLIOGRAPHIE

ARMAND, Alain, 1987, — *Dictionnaire Kréol rénioné/Français*, Océan Editions, Saint-André (La Réunion), 399 p.

BAKER, Philip et HOOKOOMSING, Vinesh Y., 1987 — *Diksyoner Kreol morisyen—Dictionnary of Mauritian Creole—Dictionnaire du Créole mauricien*, L'Harmattan, 365 p.

BENTOLILA, Alain (sous la direction de), 1976 — *Ti Diksyonnè Kréyòl-Fransé—Dictionnaire élémentaire créole haïtien-français,* Editions CaraÏbes, Port-au-Prince (Haïti).

D'OFFAY, Danielle et LIONNET, Guy, 1982 — *Diksyonner kreol-franse/Dictionnaire créole seychellois-français*, Helmut Buske Verlag Hamburg, 422 p.

TRADUCTION

A

1. Quelle différence y a-t-il entre le « A » de l'alphabet et le clocher de l'église ?
« A » c'est la voyelle.
« Kloché » c'est là qu'on sonne (c'est la consonne). (Gwd.)

2. (Devinette en français)

3. Lorsque je porte mon habit vert, tout le monde parle de moi. Lorsque je mets mon habit blanc, tout le monde me regarde. Lorsque je porte mon habit vert, tout le monde reparle encore de moi. Lorsque je mets mon habit rouge, tout le monde me donne la main. Lorsque je mets mon habit noir, tout le monde se sert de moi. Qui suis-je ?
Un caféier. (M.)

4. Je suis habillé sans un seul brin de fil ?
Maïs. (T.)

5. Habillé mais pas pour sortir ?
Un lit. (H.)

6. Adeline est une belle femme, dommage qu'elle soit nue ?
Bouteille. (H.)

7. Adeline est une belle femme, dommage qu'elle soit marquée par la variole ?
Corossol. (H.)

8. Qu'est-ce que l'on admire trois jours et qu'on oublie le lendemain ?
Une fleur. (M.)

9. L'acacia meurt sans pourrir ?
Le ruisseau est asséché mais il existe toujours. (M.)

10. Accroupi, je te saigne ?
Le fruit-à-pain. (H.)

11. Albert possède douze bœufs. Il les emmène s'abreuver mais sur les douze, il n'y en a que quatre qui ont bu.
Septembre a bu
Octobre a bu
Novembre a bu
Désanm a bu. (M.)

12. Qu'est-ce qui va tout le temps de l'avant sans s'arrêter ?
Le chemin. (M.).

13. Partout où je vais, elle me suit ?
Mon ombre. (Ma.)

14. Allemand à tête rouge ?
Piment. (L-s.)

15. Je l'allonge, elle m'allonge ?
Une natte. (Ma.)

16. (Devinette en français).

17. (Devinette en français).

18. Tout le temps qu'il est recouvert, on ne connaît pas son nombre. C'est quand il est découvert qu'on connaît son nombre ?
Régime de bananes : le nombre de bananes d'un régime. (Sey.)

19. J'envoie mon petit domestique faire une commission, jamais il ne revient ?
Un coup de pierre. (Ma.)

20. Apoline est tellement vicieuse qu'elle parle cachée sous sa robe ?
La cloche. (M.)

21. (Devinette en français).

22. Je m'assieds, je pleure ?
Une bouilloire. (Sey.)

23. Le soir, je trouve des grains dans ma plantation ; à mon réveil, je ne les trouve plus ?
Etoiles. (Ma.)

24. Attrape-le, je vais en chercher d'autre ?
C'est là ce que la main dit à la bouche quand on mange. (Ma.)

25. Quelle différence y a-t-il entre un avocat et une roue ?
L'avocat, il faut le graisser (: lui graisser la patte) pour qu'il fasse du tapage. La roue, il faut la graisser pour qu'elle n'en fasse pas. (Gwd.)

26. Il y a cent personnes dans un avion et mille en descendent. Combien en reste-t-il ?
999 parce que c'est Emile, un jeune garçon, qui est descendu. (Gwd.)

27. « Azimbolo » ne se vend pas au marché. (H.)

B

28. Je t'ai donné (à manger), pourquoi me regardes-tu comme cela ?
Un chien. (H.)

29. La barbe de ton père sous la porte ?
Clarté. (M.)

30. Petite badine à quatre faces ?
Savon. (H.)

31. Quelle chose Dieu a-t-il créé dont la tête chante, le milieu est muet et la queue pleure ?
Un enterrement. (M.)

32. Dieu a créé quelque chose. Tout peut y entrer ?
Une lettre. (M.)

33. Je possède quelque chose chez moi, si je ne lui crève pas les yeux, elle ne travaille pas ?
Une paire de ciseaux. (M.)

34. Je possède quelque chose, si je ne le cogne pas par terre, il ne fonctionne pas ?
Un coutelas. (M.)

35. Vous possédez quelque chose chez vous, impossible de le conserver, impossible de le toucher ?
Le feu. (M., Sl.)

36. Je possède quelque chose chez moi, si je ne le pousse pas, elle ne me laisse pas passer ?
La porte. (M.)

37. Il y a quelque chose qui possède beaucoup de draps et qui pourtant se couche par terre ?
Le giraumon. (M.)

38. Une petite chose qui tombe enceinte à la maison et qui accouche dans les bois ?
Un fusil. (H.)

39. Cette banane, j'ai beau la manger, je suis incapable de l'avaler entièrement ?
Le grand chemin. (Ma.)

40. Bancal au bord du canal ?
Grenouille. (R.)

41. La barbe de mon grand-père me guérit ?
Maïs. (R.)

42. Une futaille contenant du vin de deux couleurs ?
U n œuf (il contient le blanc et le jaune). (Sey.)

43. Une petite barrique dépourvue de fond ?
Une bague. (M.)

44. Une petite barrique sans cerclage ?
Un œuf. (M.)

45. Je possède une barrique qui contient deux sortes d'eau ?
Un œuf. (Ma.)

46. Mon bassin est sec, je lui met de la paille, il déborde ?
L'œil. (Ma.)

47. Je possède un bassin, tous les oiseaux qui viennent y boire, s'y noient ?
La lampe et le papillon. (Ma.)

48. Je possède un bassin ; un seul poisson y nage ?
Votre langue. (H.)

49. Je bats, on m'embrasse, j'embrasse, on me bat ?
Ma femme. (Ma.)

50. Le baquet a fabriqué dix nègres ?
Coton. (M.)

51. Je charge mon bateau d'orge. Après quelque temps, je constate qu'il est chargé de grains de poivre à la place de l'orge ?
La papaye (lorsqu'elle est tendre ses graines sont blanches comme l'orge, lorsqu'elle est mûre ses graines sont noires comme des grains de poivre.) (Sey.)

52. J'ai un bateau qui peut porter seulement cent livres. Ma mère, mon père, mon frère et moi-même, nous avons envie d'aller sur une île. Mais ma mère pèse cent livres, mon père également, moi et mon frère nous pesons chacun cinquante livres. Comment allons-nous faire pour arriver sur cette île ?
Moi et mon frère nous prenons le bateau, nous allons les premiers. Je le laisse là-bas, je retourne donner le bateau à ma mère. A son

arrivée là-bas, mon frère prend le bateau et retourne me prendre. Ensuite, je reviens donner le à bateau mon père qui arrivé sur l'île, le remet à mon frère pour venir me chercher. (M.)

53. Quand le bateau s'en va, les marins sont en blanc. Quand le bateau retourne, les marins sont en noir ?
Une papaye. (R.)

54. Un petit bâton verni, impossible pour moi de le prendre ?
Un serpent. (M.)

55. Bâton dans le derrière, couronne sur la tête ?
L'ananas. (Sey.)

56. Une petite barrique sans fond ?
Une bague. (Sl.)

57. Baïonnette par derrière ?
La guêpe. (Ma.)

58. Bœuf outillé mastoqué ?
Donner des coups de poing. (M.)

59. J'ai envoyé un troupeau de bœufs, ils ont asséché la mare ?
Un fait-tout en terre cuite plein de riz. (M.)

60. Ma vache est pleine, son fœtus mugit mais elle ne mugit pas ?
Je suis dans la maison, je parle. Ce n'est pas la maison qui parle, c'est moi. (Sey.)

61. J'ai un bœuf, je l'enferme dans son étable. Je ferme partout. Mais sa queue sort toujours au dehors ?
La fumée qui sort de la cuisine. (Sey.)

62. Le bœuf dort, la chaîne traîne ?
Le giraumon (/la citrouille) et ses lianes. (Sey.)

63. J'ai mon bœuf, il laisse l'herbe pour manger la roche ?
Le pou qui quitte les cheveux pour sucer la peau du crâne. (Sey.)

64. Un bœuf crie entre deux montagnes ?
La toux d'une personne qui a de grosses joues. (Ma.)

65. Le bœuf reste sur place, sa corde marche ?
La citrouille. (R.)

66. Un troupeau de bœufs sur la montagne, ils mangent les roches, ils laissent l'herbe ?
Les poux. (Ma.)

67. J'ai envoyé un bœuf à l'abreuvoir, sa chaîne est arrivée avant lui ?
Un giraumon. (M.)

68. Un bœuf rouge entre deux maisons ?
La langue. (Sl.)

69. J'ai cinq bœufs attelés à ma charrue. Cette charrue laboure la terre blanche et noire ?
La plume. (M-g.)

70. Quatre pattes battent la rosée, deux pistolets visent le ciel ?
Le Bœuf. (H.)

71. Mon berceau est mon chapeau, mon chapeau est mon tombeau ?
L'escargot. (R.)

72. Quel est l'animal dont on parle en deux mots et qu'on ne peut approcher ?
Un chien de garde. (M.)

73. Quel est la bête qui descend sous terre et qui remonte ?
Le crabe (Gwd.)

74. (Devinette en français).

75. Blanc créole devant, mulâtre derrière ?
L'aiguille et le fil. (M.)

76. J'ai un champ qui contient seulement un chicot en son milieu ?
Le nombril. (Sey.)

77. Tous les ans, il y a quelque chose qui travaille toute la journée sans jamais manquer ?
Le boulanger (ou la mer). (L-s.)

78. Une petite chose que Dieu a mis sur la terre, il mange les Blancs, il mange les Noirs ?
Le moulin à coton. (M-G.)

79. Du blanc dans du très noir ?
Le riz dans la marmite. (Ma.)

80. Le Blanc touche, le Nègre plante du fil ?
Une aiguille. (Gwd.)

81. Je le jette blanc, il retombe jaune ?
Un œuf. (Ma.)

82. Le Blanc ne peut travailler sans le noir ?
La plume a besoin de l'encre. (Ma.)

83. Blanc dans du blanc ?
Un cheval blanc, une selle blanche, un homme blanc. (L-s.)

84. Je suis entré blanc, je suis ressorti mulâtre ?
Le pain. (H.)

85. (Devinette en français).

86. Blokoto devant, blokoto derrière ?
Berceuse. (Gwd.)
(« Blokoto » est une onomatopée exprimant un bruit sourd et en cascade)

87. (Devinette en français)

88. Ma mère a un petit garçon, tant qu'elle ne l'étrangle pas, il ne marche pas?
Une carafe. (M.)

89. Un petit garçon remplit une maison ?
La lumière. (M.)

90. Un petit garçon et une jeune fille salissent un drap ?
Le porte-plume et l'encre. (M.)

91. Un tout petit bonhomme que je fais pénétrer dans tous les bassins ?
Une fourchette. (M.)

92. Aussi petit que je sois, j'habille monsieur le Roi ?
Un fer à repasser (M.)
Une aiguille (Gwd.)

93. Je suis bon à manger mais je suis terrifiant entre les mains des soldats ?
Une grenade. (R.)

94. Dieu a mis quelque chose sur terre, celle-ci descend sans jamais remonter ?
La rivière. (M.)

95. Qu'est-ce que j'ai trouvé et que Dieu n'a pas trouvé ?
J'ai trouvé mon maître. Dieu n'a pas trouvé le sien. (M.)

96. Dieu a mis quelque chose sur terre qui boit, qui mange et qui, sans jamais travailler, se tient les poings sur les hanches ?
Pot de chambre. (M.)

97. Le Bon Dieu m'a fait vert mais la nature m'a fait jaune ?
Un piment. (H.)

98. Ce que j'ai trouvé, Dieu ne l'a pas trouvé ?
J'ai trouvé mon maître, Dieu n'a pas trouvé le sien. (Ma.)

99. Qu'est-ce que vous voyez que Dieu ne voit pas ?
Un dieu comme lui-même. (M.)

100. Dieu m'a donné une somme d'argent mais je suis incapable de la compter ?
Les étoiles. (M.)

101. Dieu m'a donné un fromage mais je suis incapable de le couper ?
Le Soleil. (M.)

102. Dieu a mis quelque chose sur terre, lorsqu'elle chante, c'est un chant de feu ?
Un fusil. (Dom.)

103. Dieu m'a donné un drap à plier, je ne suis pas capable de le faire ?
Le ciel. (L-s.)

104. Dieu m'a donné un jambon pour que je le coupe, je suis incapable de le faire ?
La lune. (L-s.)

105. Il y a quelque chose que Dieu a créé, lancez-le aussi haut que vous voulez, elle demeure toujours bas ?
Un bas. (L-s.)

106. Il y a quelque chose que Dieu a créé, pendant qu'elle marche, elle accouche ?
Le giraumon. (Gwd.)

107. Il y a quelque chose que Dieu a créé : une prison est défoncée, les prisonniers sont dehors ?
Des souliers déchirés. (Dom.)

108. Il y a quelque chose que Dieu a créé. Elle n'a de cesse de manger mais a le ventre toujours plat ?
Une égoïne. (M-g.)

109. Il y a quelque chose que Dieu a créé et qui est indispensable. Tout ce que tu lui donnes, il prend ?
Le papier. (M-g.)

110. Depuis ce matin, je cours derrière quelqu'un mais je n'arrive pas à l'attraper ?
Votre ombre. (M.)

111. Ma bonne femme où elle passe, elle laisse sa salive ?
Un colimaçon. (Ma.)

112. Des petits bonhommes marchent par dix, ils ont tous la tête blanche ?
Les ongles. (R.)

113. Un bonhomme à gros ventre et à la tête fleurie ?
Un ananas. (R.)

114. Des petits bonhommes sous des potiches ?
Les noix de cajou. (Sey.)

115. Petit bonhomme, grand chapeau ?
Un champignon. (Ma.)

116. J'ai cinq petits bonshommes, deux se baignent, trois regardent ?
Se moucher avec les doigts. (Ma.)

117. Un petit bonhomme dont le bonnet est tout blanc ?
Ongle. (Sey.)

118. J'ai mes petits bonhommes et tous leurs bonnets sont rouges ?
Les bilimbis. (Petits fruits comestibles). (Sey.)

119. Des petits bonhommes noirs dans un petit bonnet rouge ?
Des graines de réglisse. (Sey.)

120. J'ai des petits bonshommes : dès le jour de leur naissance, ils sont tous habillés en rouge ?
Des piments. (Ma.)

121. Mes deux petits bonhommes marchent ensemble, chacun à son tour se place devant ?
Mes pieds. (Ma.)

122. Bonhomme noir, tête rouge ?
Bouteille de vin. (Ma.)

123. Pour voir la beauté de la femme blanche, il faut soulever sa chemise ?
Maïs. (Gwd.)

124. Bouche à bouche ?
Un chien qui mange dans un fait-tout. (M.)

125. Un petit morceau de boudin remplit une maison ?
Une bougie allumée. (M.)

126. Un homme dans sa maison, il fout un coup de fusil et après il ferme sa porte ?
L'œil.

127. Qui a fait bouillir la première marmite à l'île Maurice ?
Le feu. (Ma.)

128. La bouteille en dedans, le vin en dehors ?
Un jamlong. (Ma.)

129. Quatre bouteilles de lait tête en bas. Elles ne coulent pas ?
Les pis d'une vache. (R.)

130. Je suis dans ma bouteille, je ne te cherche pas querelle ; si toi, tu m'en cherches, je te frappe ?
Le tafia. (Guy.)

131. Une bouture sur trente arc-boutants ?
Le mois (ou la journée). (M.)

132. Petit bourreau au col rouge ?
Piment. (M.)

133. Un petit bout de boyau dont le bas est rempli ?
Clarté. (M.)

134. Il a des bras mais point de jambes et il marche ?
La rivière. (R.)

135. Je ne possède ni branches ni racines mais je possède des feuilles comme tous les arbres ?
Un liv. (M.)

136. Une branche sur l'eau ?
Une pieuvre. (Sey.)
Cinq branches dans l'eau ?
Une pieuvre. (Ma., R.)

137. Quatre branches vertes, deux branches sèches, une branche folle ?
Un bœuf. (R.)

138. Brèdes couchées ?
Giraumon. (Ma.)

139. Brèdes qui courent ?
Lièvre. (Ma.)

140. Cinq petits « brinzik » dans un petit « brinzak » ?
Soulier. (Gwd.)

141. Bois qui a des piques, bois qui a une maison?
Un nid d'oiseau. (M.)

142. Clouez-moi dans les bois ! Hachez-moi dans les bois ! Après ma mort, j'aurai une belle voix !
Un violon. (Dom.)

143. Bois d'ébène dans l'eau ?
Anguille. (Ma.,R.)

144. Bois d'ébène sur le rempart ?
Moustache. (Ma.)

145. Vous buvez de l'eau qui sort ni du ciel ni de la terre ?
Noix de coco. (R.)

146. Si vous ne lui donnez pas à boire, il ne travaille pas pour vous ?
Une plume. (M-g.)

147. Qu'est-ce qui fait du bruit à vous faire prendre vos jambes à votre cou, apeuré ?
Le vent. (M.)

CH

148. Beaucoup de chambres sans fenêtres ?
Le Bambou (les chambres sont les intervalles entre les nœuds). (M.)

149. (Devinette en français).

150. Lorsque je mets mon chapeau, je n'ai pas de valeur. Quand je l'enlève, je vaux beaucoup d'argent ?
La canne à sucre. (M.)

151. (Devinette en français).

152. Je possède un château, dans ce château il y a toutes sortes d'employés et ils fabriquent des remèdes qui soulagent certaines maladies ?
Le corps de quelqu'un (les employés sont les organes et les remèdes sont les anticorps). (Gwd.)

153. (Devinette en français).

154. (Devinette en français).

155. Je dois fabriquer cinq chemises mais je ne dois pas travailler tous les dimanches. Quand les finirai-je ?
Jamais. (H.)
(Le jeu de mots est sur « dimanches/dix manches »)

156. Petit chien avec un ballon dans le ventre ?
Un avocat (fruit). (H.)
(Le noyau de l'avocat bouge à l'intérieur du fruit lorsque ce dernier est mûr.)

157. Je suis passé dans un chemin, mon mouchoir de poche est tombé ?
Un oiseau qui a perdu ses plumes. (M.)

158. Je lui soulève la chemise, il y a des cheveux et des dents mais c'est moi qui le mangerai ?
Maïs. (M.)

159. (Devinette en français).

160. Lorsque je m'assieds, ma taille est plus grande ?
Le chien. (H.)

161. Où le cheval de Napoléon Premier a-t-il chié celui-là ?
Par la queue. (M.)

162. Je possède deux petits fait-tout : depuis que je les ai achetés, je n'y fais cuire que du « calalou » ?
Les narines. (H.)

163. Souche au milieu de la mer ?
Le nombril. (H.)

164. Je possède un cheval, j'ai beau l'enfermer, sa queue est toujours dehors ?
La fumée. (M.)

165. Mon cheval est à l'intérieur, sa queue est à l'extérieur ?
Une lampe. (M.)

166. Mon cheval est attaché au bord du chemin, tout ce qui passe lui donne une botte d'herbes ?
Une saleté. (M.)

167. Une chose sans graines ?
Une orange greffée. (M.)

168. Je possède un cheval ; je le monte sous son ventre ?
Une maison. (H.)

169. Je possède un cheval ; il court beaucoup ; quand j'ai besoin de l'arrêter, je lui donne un coup de fouet ?
De l'eau chaude et de l'eau froide. (H.)

D

170. (Devinette en français)

171. Je marche dans la forêt. Tous les arbres veulent me tomber dessus sauf un seul ?
Le bois-mombin. (Guy.)

172. Dégraissez-moi, je vous servirai ?
Une calebasse. (H.)

173. De quoi boire, de quoi manger, de quoi jeter ?
Noix de coco. (H.)

174. De l'eau suspendue ?
La noix de coco. (Sey.)

175. De l'eau couchée ?
Le melon. (Sey.)

176. De l'eau sur pied ?
La canne à sucre. (Sey.)

177. Trois demoiselles sont en train de valser dans une grande salle, l'une valse à droite, deux valsent à gauche ?
Les trois rolles d'un moulin. (M.)

178. Trois demoiselles sont dans la même chambre, l'une ne voit pas l'autre ?
Une gousse remplie de graines. (M.)

179. Je descends sans arrêt, jamais je ne monte ?
La rivière. (Sey.)

180. (Devinette en français).

181. Du vin au dehors, une barrique en dedans ?
Un jamlong. (Ma., R.)

182. La nuque du caporal est bien grasse ?
Le couvercle du fait-tout. (H.)

183. Dur comme la pierre, vert comme la peau, blanc comme la neige ?
Une noix de coco. (Sl.)

184. Je suis debout, il s'allonge ; je m'allonge, il se met debout ?
Le pied. (Ma.,R.)

185. Du bois dans la terre, du bois dans les reins du bois, du bois au milieu du bois, du bois au-dessus du bois ?
Le moulin à manège servant à écraser la canne à sucre ou le coprah. (Sey.)

186. Quel bois qui porte le nom d'un animal qui vit à la fois sur la terre et dans la mer ?
Le bois-tortue. (Sey.)

187. Du feu suspendu ?
Lampe. (M.)

188. Quelle différence faites-vous entre un sot et une rivière ?
La rivière fait des contours, le sot fait des tours de con. (M.)

189. Quelle différence faites-vous entre un veston et un sanglier ?
Le veston a une doublure, le sanglier a un boudiné (un huir). (M.)

190. Quelle différence faites-vous entre une cloche et un Y ?
Y est une voyelle, la cloche c'est là qu'on sonne (/la consonne). (M.)

191. Quelle différence faites-vous entre un maçon et quelqu'un qui fait des corsets ?
Le maçon fabrique une tombe pour mettre le corps du saint, la personne qui fait des corsets, c'est pour y mettre le sein du corps. (M;)

192. Quelle différence y a-t-il entre une clarté et la lune ?
La lune éclaire partout, la clarté n'éclaire qu'en un seul endroit. (M.)

193. Quelle différence y a-t-il entre une femme et une voiture ?
La femme fait de l'essence au mois, la voiture fait de l'essence tous les jours. (M.)

194. Quelle différence y a-t-il entre une usine et un lit de mort ?
L'usine actionne sa sirène pour appeler les gens au travail ; quand quelqu'un meurt, on fait résonner la conque de lambi pour faire le cortège se mettre en branle. (M.)

195. Quelle différence y a-t-il entre un escalier et un juge ?
L'escalier oblige à lever le pied, le juge oblige à lever la main. (M.)

196. Va traire, ne trais pas les vaches mais trais l'étable ?
Retire le miel de la ruche mais pas les abeilles. (Sey.)

197. Eau debout ?
Canne à sucre. (Ma.)

198. Eau suspendue ?
Coco. (Ma.)

199. Je bois de l'eau parce qu'il n'y a pas d'eau ?
Un navire tombé au sec. (Ma.)

200. J'invite beaucoup de gens à danser mais tous les Blancs dansent et un gros Noir se tient debout et regarde ?
Le riz bouillant dans la marmite. (Sey.)

201. Je ne suis pas une personne mais je suis capable d'atteindre tout le monde dans la ville de Victoria ?
Le soleil. (Sey.)

202. Comment peut-on ôter dix de dix pour obtenir vingt ?
Avec deux mains gantées. (M.)

203. Diable en haut, diable en bas, Mackintosch au milieu ?
L'œil. (T.)

204. Eau qui descend les collines ?
Canne à sucre (M.)

205. Eau qui se tient debout ?
Canne à sucre. (Gwd., H., R.)

206. Eau qui grimpe les collines ?
Noix de coco. (M.)

207. Eau suspendue ?
Noix de coco. (Gwd., R.)

208. Eau couchée ?
Melon. (Guy., H.)

209. Il épluche son dedans, il mange son dehors ?
Le gésier de la poule. (R.)

210. Médecin qui se tient sous l'eau ?
Sangsue. (Gwd.)

211. Trois médecins sont allés voir une femme, l'un d'eux est entré chez elle, les deux autres sont restés dehors ?
Le sexe d'un homme dans celui d'une femme. (M.)

212. Hier soir, j'ai dormi ici et je me suis réveillé là-haut ?
Giraumon. (T.)

213. Lorsque tu butes contre moi, inutile de me regarder ?
Une pierre. (Sey.)

214. Dormez qui dormez, suspendez qui suspendez, venez qui venez. S'il n'y avait pas « suspendez qui suspendez » et « dormez qui dormez », ce serait fichu ?
Un homme dort, la grappe de noix de coco est suspendue, le lion vient, la grappe tombe et réveille l'homme. (R.)

215. Douceur sous la terre ?
Patate douce. (Gwd.)

216. Chérie, je t'aime, je ne l'aime pas ?
Le piment. (Dom.)

217. Le drap que j'ai, je ne le pluie pas, les raisins que j'ai je ne les compte pas, la pomme que j'ai, je ne la mange pas ?
Le ciel. (R.)

218. Mange le drap mortuaire, casse le cercueil pour manger le mort ?
Le badamier. (R.)

219. (Devinette en français)

E

220. Je ne suis ni aigre, ni sucré, ni blanc, ni noir, je n'ai pas d'odeur, pourtant tout le monde rôde autour de moi ?
Le dos. (R.)

221. (Devinette en français).

222. (Devinette en français).

223. Un Indien en haut d'un arbre ?
Le wara (fruit rouge d'une variété de palmier). (Guy.)

224. (Devinette en français).

225. On m'a invité à dîner et j'ai mis mes plus beaux habits. Quand je suis entré à table, je les ai tous enlevés ?
Un bâtiment entrant en rade. (M.)

226. Qu'est-ce qui est invisible et qui a une odeur de carotte ?
Un pet de lapin. (Gwd.)

227. Le scorpion lui mange les pieds ?
L'aiguille et le fil. (M-g.)

228. (Devinette en français).

229. (Devinette en français).

F

230. Lorsque je suis fâché, c'est à ce moment-là que je transporte du bois à la maison ?
La rivière lorsqu'elle est grosse. (Dom.)

231. (Devinette en français).

232. Femme enceinte dans le dos ?
Mollet. (Gwd.)

233. Une vieille femme déroule un drap sans fin ?
Le ciel. (R.)

234. Une femme blanche défèque debout ?
Une bougie. (Gwd.)

235. Une grosse femme blanche enceinte accouche d'une quantité de petites négresses ?
Le coton. (M-g.)

236. Fabrique-moi et tu passeras sur moi ?
Un pont. (H.)

237. Qu'est-ce qui a un fer-à-cheval sur la tête ?
Un fruit-à-pain. (M.)

238. (Devinette en français).

239. (Devinette en français).

240. Je vais dans un festin ; je suis très élégant mais sur la route, je rencontre quelqu'un de plus élégant que moi ?
La pluie. (H.)

241. Lorsque j'ai des feuilles, je n'ai pas de racines ; quand j'ai des racines, je n'ai pas de feuilles ?
Un bateau mouillé dans la rade. Lorsque son ancre est à l'eau, il n'a pas de voile et lorsqu'il a des voiles, son ancre n'est plus dans l'eau. (M.)

242. Le faiseur de nattes fait des nattes, couché par terre ?
Le giraumon. (H.)

243. Une jolie fille qui sent bon, qui est admirable, qui est bien rose mais elle n'a qu'un bras ?
L'ananas. (R.)

244. Je connais une belle fille qui est toujours habillée d'un vêtement vert avec des boutons noirs et un liseré rouge ?
Un melon. (H.)

245. J'ai une fille ; bien que je l'aime, je lui tourne le dos ?
La chaise. (H.)

246. J'ai une fille ; chaque fois que j'essaie de l'embrasser, elle me gifle ?
La guêpe. (H.)

247. Le visage d'un enfant caché dans la barbe d'un homme ?
Noix de coco. (Ma.)

248. Combien de femelles vivent ensemble dans la même maison ?
Trois : la porte, la clef et la serrure. (M.)

249. Le fusil court tire loin ?
Les yeux. (H.)

250. Quelle fleur porte le nom d'une demoiselle ?
Rose Edouard.

251. Quelle fleur ne meurt pas ?
L'immortelle. (Sey.)

252. Une fleur qui porte les noms de trois filles ?
Rose Marie-Antoinette. (Sey.)

253. Je suis né dans la forêt sans être le maître de maison ?
Un poteau. (M.)

254. Forêt sans oiseaux, ciel sans nuages, mer sans poissons ?
Noix de coco. (R.)

255. Un fou, deux secs, deux mous, quatre roues dans la boue ?
Une vache (sa queue est folle, ses cornes sont sèches, ses oreilles molles, ses quatre pattes sont dans la boue). (Ma.)

256. Deux fours de campagne au milieu d'une plaine ?
Les narines. (Ma.)

257. Je cueille un fruit-à-pain demain, je le mange aujourd'hui. Comment est-ce possible ?
Cela est possible parce que c'est à « demain », à deux mains, que je le cueille. (Gwd.)

258. (Devinette en français).

259. Je sors de là avec mon frère pour aller quelque part. Mon frère peut courir s'il veut. Moi aussi je peux m'asseoir si je veux. Mais nous arrivons ensemble à destination ?
L'homme et son ombre. (Sey.)

260. Mon frère travaille nuit et jour sans s'arrêter ?
Le cœur. (Sey.)

261. Il y a quatre frères, deux grands et deux petits ; ils courent tous ensemble ; les petits sont devant et jamais les grands n'arrivent à les rattraper ?
Les quatre roues d'une calèche. (Ma.)

262. (Devinette en français).

263. Quel est le fruit qui ne se mange pas cru ?
Le fruit-à-pain. (Sey.)

264. Par quel bout de la pomme de Cythère la chauve-souris commence à la manger ?
La chauve-souris ne mange pas la pomme de Cythère. (Sey.)

265. (Devinette en français).

266. (Devinette en français).

268. Je suis en France et je suis blanc ; je suis ici et je suis nègre ?
Fait-tout.. (M.)

269. Je reviens de France et mes deux pieds arrivent ici noirs ?
C'est un fait-tout. Il sort de France blanc, quand il arrive ici, on le met sur du noir de fumée. (M.)

270. Quel fruit porte son nom en son début ?
Le fruit-à-pain. (M.)

271. Quatre petites fioles non bouchées se renversent, rien ne tombe ?
Les mamelles de la vache. (M.)

G

271. Tu me regardes, je viens à côté de toi ?
La fenêtre (ou la porte). (Guy.)

272. Deux rochers en haut d'un promontoire, jamais ils ne déboulent ?
Les seins. (R.)

273. Le galetas de Dieu est rempli de viande ?
Le cimetière. (H.)

274. Quel garçon porte le nom d'un fruit ?
Jacques. (Sey.)

275. Je suis un garçon, lorsque j'apparais, j'ai des cheveux sur la tête, j'ai des vêtements aussi mais au fur et à mesure que je grandis, je me dénude. Qui suis-je ?
Un maïs. (R.)

276. Vous avez un garçon, vous le couchez dans le premier endroit venu ; si vous ne vous occupez pas de le redresser, il est incapable de le faire ?
Un morceau de bois. (Sl.)

277. Quand quelqu'un est fort, on dit de lui qu'il a du « gaz » (/de l'élan). Tout le monde sait en Guadeloupe que nous donnons au pétrole le nom de « gaz ». Tout en réfléchissant à cela afin de résoudre un problème, lequel de Colombo et de Derrick a le plus de « gaz » ?
Derrick parce que le derrick est un instrument qui sert d'armature aux puits à pétrole. (Gwd.)

278. Gueule dans gueule ?
Le museau d'un chien dans une marmite. (Sey.)

279. Gueule dans gueule, sept pattes, quatre oreilles ?
C'est un chien qui mange dans une marmite.(Ma.)

280. Quelle différence y a-t-il entre une chauve-souris et une voiture qui refuse de démarrer ?
Pour que tous les deux démarrent, ils leur faut mettre la tête en bas. (Gwd.)

281. Regarde-moi, je te regarderai ?
Le miroir. (Sey., Ma., R.)

282. On entend « Kodo ! Kodo ! » jusqu'en Guinée ?
Le tonnerre. (H.)

283. S'il ne s'agissait pas de « Panding pandang », je verrais jusqu'en Guinée ?
La peau du ventre. (H.)

284. Une soucoupe sur un gros rocher ?
Le mamelon d'un sein. (Sey.)

285. Eau suspendue ?
Noix de coco. (Sl.)

286. Eau debout ?
Canne. (Sl.)

287. Eau dure ?
Glace. (Dom.)

288. Glouglois dans glaguère ?
Les cinq orteils dans votre soulier. (M.)

289. Cinq « gola » dans un « gola » ?
Soulier. (H.)

290. Une fois le gouvernement cassé, pas d'arrangement possible ?
Un œuf. (M.)

291. Je vais à Grand'Anse, il est avec moi. J'arrive à la maison, il est avec moi ?
Le soleil. (Sey.)

292. Grand-maman roule ses nattes sans fin ?
La houle. (Sey.)

293. Ma grand-mère a des cheveux blancs quand elle est jeune et des cheveux noirs quand elle est vieille ?
La barbe de l'épi de maïs, qui est blanche avant de devenir noire.

294. J'ai ma grand-mère, si elle avait des dents, elle nous mangerait tous ?
La maison. (Sey.)

295. Grand-maman récrimine nuit et jour ?
Pois d'Angole. (M.)

296. Ma grand-mère ne veut jamais dormir sur sa natte ; elle quitte celle-ci pour dormir par terre ?
Le giraumon. (Ma.)

297. Ma grand-mère a fabriqué un pont, elle est seule à pouvoir passer dessus ?
L'araignée. (Ma.)

298. Ma grand-mère a beau fabriquer des nattes, tous ses enfants dorment par terre ?
Le giraumon. (Ma.)

299. Grand-père sème ses grains de maïs le soir, le matin, à son réveil, il ne les trouve pas ?
Les étoiles. (Sey.)

300. Mon grand-père dort dans la maison mais sa barbe sort au dehors ?
La fumée. (Sey.)

301. Mon grand-père tresse ses nattes tous les jours mais il dort tout le temps par terre ?
Le giraumon (/citrouille). (Sey.)

302. Grillez-moi et mettez-moi dans de l'eau bouillante ?
Café. (H.)

303. Le gros tape le petit ?
La mer et le bateau. (R.)

304. En quel endroit de la Guadeloupe ne peut-on passer ni en voiture ni à pied ?
A Dos d'Ane (Gourbeyre). (Gwd.)

305. En quel endroit de la Guadeloupe ne tombe-t-on jamais malade. Même les spécialistes qui ont étudié le phénomène n'y comprennent rien ?
A Guérit (Anse Bertrand). (Gwd.)

306. Quelle commune en Guadeloupe est renommée pour son pain ?
Gourbeyre (Elle a le goût du beurre). (Gwd.)

307. Quand elle devient grosse, elle recouvre tous ses enfants ?
La mer recouvre tous les rochers qui s'y trouvent. (M.)

H

308. (Devinette en français.)

309. (Devinette en français).

310. (Devinette en français).

311. (Devinette en français)

I

312. Tous les enfants de ma mère sont des sorciers ?
Piment. (M.)

313. L'enfant bat sa mère ?
Le pilon. (Sl.)

314. Sur quelle île peut-on aller à pied ?
L'Ile-de-france. (Gwd.)

315. Un innocent au milieu de deux assassins ?
La langue. (H.)

316. Je me trouve ici, je me trouve en France ?
Une lettre. (M.)

317. Je me trouve ici, j'attrape un morceau de la Guinée ?
Une longue-vue. (M.)

J

318. Je vais dans mon jardin récolter des ignames, je reviens avec le trou, je laisse les ignames ?
L'anus. (H.)

319. J'ai envoyé Jaques rejoindre un valet. Le valet est arrivé avant Jacques ?
Une noix de coco. (Sl.)

320. Un gendarme blanc dans un drap vert ?
Une banane-plantain. (M.)

321. La gendarmerie est venue m'arrêter chez moi parce que j'ai franchi la porte de la prison et j'y suis resté bloqué ?
Un coup de senne. (M.)

322. Je suis le premier général de la France. J'enlève mon nez. Quel est mon nom ?
Gérald. (M-g.)

323. Qu'est-ce qui fait trotter la jeunesse ?
La musique. (M.)

324. Quelle différence y a-t-il entre une jeune fille et une génisse ?
Lorsqu'une jeune fille a fait des enfants, cela diminue sa valeur, mais dans le cas de la génisse, cela la rehausse : on peut la vendre comme vache… (M.)

325. « Wil titi wal tchatcha », une jeune fille qui devient en haillons ?
Le pois-Congo vert et le pois-Congo sec. (H.)

326. Quel geste pouvez-vous faire que le singe ne peut pas faire ?
Se détacher les reins. (M.)

327. Le jour de ma mort, je m'habille tout en rouge ?
Une crevette. (H.)

328. Quel jour dans la semaine qui n'est ni lundi ni mardi ni mercredi ni jeudi ?
Aujourd'hui, demain, après-demain. (H.)

329. L'ajoupa est sauvé, le nègre marron est pris ?
Un coup d'épervier prend un poisson. (M.)
(L' »ajoupa » est une sorte de hutte de branchages)

K

330. K sur Ka ?
Un cabrouet (/tombereau) sur un cassis. (M.)

331. Des cabinets, des cabinets, jusqu'au faîtage ?
Un bambou. (Ma.)

332. Je possède un cabri, un lion et un chou. J'ai besoin de traverser une rivière dans un petit bateau qui ne peut transporter que cent livres. Moi, je pèse cinquante livres. Le cabri, le lion et le chou pèsent chacun cinquante livres. Le cabri mangera le chou et le lion mangera le cabri si je les mets ensemble. Comment puis-je faire pour traverser la rivière ?
Je transporte d'abord le cabri. Après, j'emmène le lion. Je ramène le cabri et je transporte le chou. Après, je reviens avec le cabri. (Sey.)

333. Vous avez une petite câbresse chez vous, si vous ne l'étranglez pas, elle ne travaille pas ?
Un gobelet (ou une carafe).(Sl.)
(La « câbresse » ou « câpresse » désigne la métisse de noir et de mulâtre)

334. Deux petits Noirs sur un rempart, jamais ils ne tombent ?
Les seins. (R.)

335. Des petits Noirs suspendus ?
Une grappe de raisins. (R.)

336. Flip ! Flap ! Epluché ! Bouilli !
Le fruit-à-pain. (H.)

337. Mes camarades et moi, nous sommes tous ensemble. Je pars, ils restent ?
Le poisson pris à l'hameçon. (Ma.)

338. Un fait-tout en bois, la viande qui s'y trouve parle ?
Un bâtiment (bateau). (Dom.)

339. J'ai un fait-tout en bois sur l'eau, tout ce qu'il contient file à grande vitesse ?
Un canot. (M.)

340. J'ai une centaine de canards-mulet, un tas de paille sèche, un tas de paille verte, un bassin d'eau. Où pondent ces canards ?
Les canards-mulet ne pondent pas (ils sont hybrides et stériles). (Sey.)

341. Canot vert, peau blanche, boule noire ?
Un cotonnier. (M.)

342. Quel est le rocher qui a un trou ?
Le cul. (R.)

343. Il est capable de porter mille tonnes mais est incapable de porter une petite clé ?
La mer. (R.)

344. Capitaine caché sous la table ?
Soulier. (Gwd.)

345. Capitaine caché derrière la porte ?
Balai. (Gwd.,H.)

346. Capitaine caché sous le lit ?
Vase (pot de chambre). (Gwd., H.)

347. Roi, riz et feu forment ensemble le nom d'un capitaine ?
Capitaine Ferari. (Sey.)

348. Un capitaine ordonne à son équipage de débarquer les deux marrons qui se trouvent à bord de son bateau. L'équipage fouille le bateau sans rien découvrir. Quels sont ces deux marrons ?
Les deux mâts ronds du bateau. (Sey.)

349. Un grand « carreau » de terre vide avec juste un petit chicot au milieu ?
Le nombril. (R.)

350. Des boiteux au bord d'un canal ?
Des grenouilles. (Ma.)

351. Trois cavaliers font valser des dames ?
Des grenouilles. (M.)

352. Quatre cavaliers font valser une dame ?
Les ailes d'un moulin. (M-g.)

353. Trois cavaliers passent. Trois pommes pendent. Chacun en prend une ?
C'est celui qu'on appelle « Chacun ». (M.)

354. Trois cavaliers font une course. Le chapeau de l'un tombe, il est incapable de revenir sur ses pas pour le reprendre ?
Trois oiseaux volent ; leurs plumes tombent, ils ne peuvent pas les ramasser. (Sl.)

355. Quatre cavaliers ont loué quatre chambres. Lorsqu'ils en sortent, ils ne peuvent plus y rentrer ?
La graine de carapate. (M-g.)

356. Quatre cavaliers au ventre-à-terre, le chapeau de l'un d'eux tombe, il ne peut le ramasser ?
Le moulin à vent (il a quatre ailes). (M-g.)

357. Trois cavaliers se suivent à toute allure, aucun ne peut rencontrer l'autre ?
Trois vagues dans la mer. (M-g.)

358. Je possède une maison toute en persiennes ?
Une nasse. (M.)

359. Une maison faite uniquement avec des « jalousies » ?
Nasse. (Sl.)

360. Une maison qui tient sur un seul poteau ?
Un parapluie. (M.)

361. Une maison faite tout en glu ?
Corrosol. (T.)

362. Maison pleine, cuisine pleine, on ne trouve pas ce qui les remplit ?
Fumée. (K.)

363. Dans une maison, je suis le plus petit mais sans moi, personne ne peut dormir ?
La clé. (H.)

364. J'ai fabriqué une maison entièrement avec des pièces de dix centimes ?
Les écailles du poisson. (H.)

365. Un homme a construit une maison à étages. Mais lorsque celle-ci vient d'être achevée, il se querelle avec son fils pour savoir lequel d'entre eux habitera en haut. Mêmes les avocats n'ont pas réussi à régler le différend. Seul un prêtre y est parvenu. Comment ?
Il leur a demandé de faire le signe de la croix. Comme le signe du père se fait en haut et celui du fils en bas, il a réussi à régler le problème de cette façon. (Gwd.)

366. J'ai une maison, jamais je n'arrive à voir ce qui se trouve derrière elle ?
La tête. (R.)

367. Quand je suis dans ma maison, je suis habillé, quand je suis sur la route, je suis nu ?
Un régime de bananes. (R.)

368. Une maison sans étages mais remplie de portes et sans fenêtres ?
Bambou. (R.)

369. Ma maison est faite tout en bardeaux, dedans il y a des petits Noirs habillés en blanc ?
Anone (pomme-cannelle). 'R.)

370. J'ai une maison avec un toit vert, une chambre rose dans laquelle dorment plein de petits Noirs ?
Melon. (R.)

371. Quand la caserne est en noir, tous les soldats sont habillés en noir. Quand la caserne est en vert, tous les soldats sont habillés en blanc ?
Papaye. (R.)

372. Je possède quelque chose chez moi, si je ne la pousse pas, elle ne me cède pas le passage ?
La porte. (Sl.)

373. Je possède une chose. Tous les jours, je lui donne à manger. Au lieu de devenir plus grosse, elle devient plus maigre ?
La scie. (Sey.)

374. Une chose dont une partie est homme et une partie bois ?
Le portrait d'une personne dans un cadre en bois. (Sey.)

375. Il existe quelque chose qui est blanc à l'intérieur et vert à l'extérieur. Quand elle atteint un certain âge, elle devient rouge. Mais les petits hommes qui sont à l'intérieur sont noirs ?
La papaye. (Sey.)

376. En quel "li » qui est « la » lui qui est « la »?
Un « cayali » qui mange dans un « canari ». (M.)
(Un « cayali » est un oiseau marin. Un « canari » est un fait-tout en terre cuite.)

377. Petit cul, grosse tête, chapeau rapiécé ?
Ananas. (R.)

378. Petit cul, grosse tête, chapeau rapiécé ?
Têtard. (R.)

379. Quelle différence y a-t-il entre un curé et un voleur ?
Le curé dit toujours « Honneur à Dieu ! », le voleur dit « Adieu à l'honneur !. (M-g.)

380. Cinq petites clés marchent dans une serrure ?
La main et le poignet. (M-g.)

381. Clémentine est une belle femme, quel dommage qu'elle soit bossue ?
Le cercueil. (H.)

382. Quelle partie de votre corps meurt et n'est pas enterrée ?
Le sexe de l'homme. (Gwd.)

383. Cinq centimes de beurre, cinq centimes de saindoux ?
Œuf. (H.)

384. Cassez ma coque et vous me boirez ?
Noix de coco. (H.)

385. Le sexe de mon grand-père est couvert de gale ?
Le jacque. (R.)

386. J'ai une espèce de commandeur qui meurt toujours avec son fouet sur l'épaule ?
Le rat meurt toujours avec sa queue. (Ma.)

387. Le commandeur meurt, son fouet ne quitte pas son épaule ?
Le rat. (R.)

388. « Kondik sur », « Kondik madagne » ?
La fiente de poule. (H.)

389. Je possède un cochon couvert de gale ?
Le jaque. (Sey.)

390. De quelle couleur se sert-on à table ?
Le verre (/vert). (Sey.)

391. Quelle chose peut-on couper mais qu'on ne peut pas fendre ?
Le cheveu. (Gwd.)

392. Couronne sur ma tête, éperons à mes pieds, je suis le roi de la basse-cour mais je ne suis pas un roi ?
Coq. (Ma.,R.)

393. Je porte une couronne, je ne suis ni reine ni roi ?
Une grenade. (R.)

394. Je suis né avec une couronne, je porte mille enfants, ouvrez mon ventre, vous trouverez mon trésor ?
La grenade. (R.)

395. Quel point commun y a-t-il entre un escargot et un œuf ?
Tous les deux ont une coquille. (Sey.)

396. Garni Garni, point de couture ?
Un épi de maïs. (M.)

397. Le grand couteau de mon papa coupe sur trois côtés ?
Le vacoi (arbuste dont les feuilles servent à tresser des sacs.) (R.)

398. Couteau suspendu ?
Tamarin. (R.)

399. Couvert rose, drap blanc, lit verni ?
Litchi. (R.)

400. Il parle lorsqu'il est mort, il ne parle pas lorsqu'il n'est pas mort ?
Feuille. (R.)

401. Des Créoles qui tirent sur le même manche de pioche ?
Un régime de bananes. (R.)

402. Deux demi-calebasses de même taille ?
Le ciel et la terre. (M.)

L

403. Longue barbe, courte queue ?
Crevette. (MA;)

404. Quelle différence y a-t-il entre un abbé et un escalier ?
Il n'y a pas de différence (l'abbé veut devenir curé, l'escalier veut qu'on le récure). (M-g.)

405. Je possède un laboureur, deux surveillants, deux écoutes et quatre appuis, un balancier ?
Un cochon (le balancier c'est sa queue). (M.)

406. Je possède un laboureur mais il ne trace que des sillons noirs ?
Une plume et de l'encre. (M.)

407. La bouillie grimpe la colline ?
Le panneau de la maison. (H.)

408. Je n'ai ni chair ni os. Pourtant je porte de la chair et des os et de la chair et des os me portent ?
Une selle de cheval. (M.)

409. La diablesse enceinte ?
Calebasse. (Dom.)

410. La fumée entre deux collines ?
Un pet. (Dom.)

411. La fumée qui sort du ventre de deux pierres ?
Un pet. (Dom.)

412. Toute la journée d'incessantes allées et venues du soleil à travers bois ?
Le merle. (M.)

413. Je possède une maison qui n'a qu'une seule porte et beaucoup de fenêtres. Qu'est-ce que c'est ?
La nasse. (Sey.)

414. Je possède une maison. Quand je la peins en vert, tous les Blancs l'habitent. Quand je la peins en jaune, seuls les Noirs l'habitent ?
La papaye. (Sey.)

415. Je possède une maison qui a beaucoup d'étages ?
Le bambou. (Sey.)

416. Je possède une maison qui n'a qu'une seule porte et qui est bordée tout autour. J'y mets du feu, je ferme la porte mais la fumée sort de partout ?
Le fourneau à charbon. (Sey.)

417. Il existe une maison où pour y entrer, seuls les hommes se décoiffent. Quelle est cette maison ?
L'église. (Sey.)

418. J'ai une maison, le soir, elle est vide, le jour, elle est remplie ?
Soulier. (Ma.)

419. Une maison à fourche ?
Le parasol. (Sey.)

420. Je construis ma maison et tous ceux qui passent savent que c'est moi qui l'ai construite ?
L'araignée. (Sey.)

421. J'ai ma maison. Il se met à pleuvoir. J'arrive devant la porte et je ne peux pas y entrer ?
La langue et les narines. (Sey.)

422. Je fais mas maison au milieu du chemin. Mon repas vient de sa propre volonté et ne peut s'échapper. Quand je suis prêt, je me sers. Qui suis-je ?
L'araignée. (Sey.)

423. Quelles sont les deux choses dont l'une est la plus dévastatrice dans la maison et l'autre la plus nécessaire dans la cuisine et qui forment le nom d'une demoiselle ?
Le rat et le sel (Rasel). (Sey)
(prénom féminin « Rachel »)

424. Ma maison est peinte en jaune, l'extérieur est peint en blanc ?
L'œuf. (Ma.)

425. Ma maison est peinte en jaune. A l'intérieur, j'ai une bande de petits Nègres ?
La papaye mûre. (Ma.)

426. Ma maison a beaucoup de fenêtres mais une seule porte ?
Un dé à coudre. (Ma.)

427. Ma maison est faite tout en bardeaux. A l'intérieur, il y a une bande de petits Nègres habillés en blanc ?
Une atte. (Ma.)

428. Jamais je n'ai pu trouver ce qu'il y avait derrière ma maison ?
Ma nuque. (Ma.)

429. Ma maison est peinte en rose à l'intérieur, en vert à l'extérieur et il y a une bande de petits Nègres en dedans ?
Melon d'eau. (Ma.)

430. Ma maison a une belle toiture mais elle n'est retenue que par un seul poteau ?
Parasol. (Ma.)

431. Ma maison est très allongée, entièrement ronde et partagée dans le sens de la longueur ?
Bambou. (Ma.)

432. J'ai une maison, aussitôt que je l'ai ouvert, je suis incapable de la refermer ?
Bigorneau. (Ma.)

433. Dans toute la maison, la place de ma femme est de se tenir debout dans un coin ?
Balai. (Ma.)

434. Qu'est-ce que vous possédez chez vous et dans lequel vous pouvez tout mettre ?
Une lettre. (M.)

435. Quelle clef qui n'ouvre aucune serrure ?
Clément (La clef qui ment). (Sey.)

436. La corde marche, le bœuf dort ?
Giraumon. (Ma.)

437. Quelle est la langue qui ne ment jamais ?
La langue des animaux. (Ma.)

438. Qu'est-ce qui éclaire plus qu'une lampe ?
Deux lampes. (Sey.)

439. J'ai appelé les vingt-six lettres de l'alphabet, il y en a six qui ne sont pas venues ?
I té okipé (i-t-é-o-k-p). (Gwd.)

440. Combien pèse la lune ?
Une livre (elle a quatre quartiers). (M-g.)

441. Il faut détruire la mère pour prendre l'enfant ?
Le bananier. (M.)

442. La main sème, les yeux récoltent ?
Ecrire et lire. (Ma.)

443. Qui a un abri mais reste tout le temps mouillé ?
La langue. (Sey.)

444. Toute l'année, je suis mort, le dernier mois, je suis vivant ?
Le flamboyant. (R.)

445. Le pagne de mon grand-père est rempli de trous ?
Les étoiles. (R.)

446. Mon premier, on le trouve dans la mer. Mon deuxième, les pêcheurs s'en servent. La troisième est une jeune fille. Avec ces trois indices, donnez-moi le nom d'une plage que tout le monde en Guadeloupe connaît et apprécie ?
Ré-zen-klè (Gwd.)
(La plage de Raisins-Clairs)

447. Sous la mer, c'est tout bleu ?
L'indigo. (H.)

448. Je rentre chez moi avec tout mon corps mais ma tête reste au dehors ?
Un clou. (M.)

449. Deux cadavres dans une même tombe ?
Les grains de pistache. (Sey.)

450. La clôture est basse, le cabri ne parvient pas à la sauter ?
La mer. (H.)

451. Quelle est la plus haute plaine ?
La pleine lune. (Sey.)

452. Quand il pleut, ma mère me donne des vêtements ?
Quand la rivière est grosse, elle recouvre toutes ses roches. (M.)

453. Quelle est la peau dont les gens ont le plus peur ?
La police. (Sey.)

454. La peau du mort conduit le vivant ?
Soulier. (Ma.)

455. Rentre par la porte, sort par la fenêtre ?
Le poisson dans la senne. (Ma.)

456. Quand ma porte est ouverte, elle est fermée ; quand elle est fermée, elle est ouverte ?
La porte d'un chemin qui coupe les rails à niveau. (Ma.)

457. Je passe la porte, j'ai un nom ; quand je passe l'autre porte, j'acquière un autre nom ?
Quand l'eau passe dans le moulin, je suis la canne ; quand elle ressort, je suis la bagasse. (M.)

427. Tout le seuil de la maison de ma mère c'est de la fiente de poule ?
Les étoiles dans le ciel. (Dom.)

458. Le seuil de ma maman est fait de fiente de poule ?
Les étoiles dans le ciel. (Dom.)

459. Une règle sous un rocher ?
L'anguille. (Sey.)

460. Quand je vais me baigner à la rivière, je laisse mes tripes à la maison ?
La toile d'un matelas. (Ma.)

461. Quand je vais à la rivière, je chante ; quand je reviens, je pleure ?
Un barillet. (Ma.)

462. Ma salle est tapissée en rouge ; il y a des petits fauteuils blancs dedans ; des domestiques les essuient avec des chiffons rouges ?
La bouche, les dents et la langue. (Ma.)

463. Je jette la senne, lève un gros poisson, mais c'est moi seul qui le mangerai ?
Ma femme. (Ma.)

464. Qui n'a ni chair ni os mais qui a quatre doigts et un pouce ?
Un gant. (Sey.)

465. Je passe devant le cimetière, je dis bonjour aux vivants et ce sont les morts qui répondent ?
Pois sec. (Sm.)

466. Une table dans l'eau ?
La raie. (Sey.)

467. Terre blanche, semence noire ?
Le papier et l'écriture. (Ma.)

468. J'ai une tête mais je ne peux mettre de chapeau ?
Un clou. (Sey.)

469. Tilili, tilili, queue longue ?
Une aiguille et du fil. (T.)

470. J'ai tiré la queue d'un bœuf, il a crié « Meuh ! » ?
La cloche. (Guy.)

471. Trottinement trou suffit rat est mur ?
Le rat a grimpé sur la maison, il s'est creusé un trou et a accouché. (M.)

472. Je suis allé au marché, j'ai acheté beaucoup de Noirs. De retour à la maison, je ne m'en sers que d'un seul ?
Un paquet d'aiguilles. (Ma.)

473. J'ai une viande, elle n'a pas d'os ?
Le poulpe. (Sey.)

474. Il a des dents mais pas de bouche. Il est capable de manger jour et nuit sans se reposer ?
La scie. (Ma.)

475. Jadis mon doigt était à l'ombre, il commence à brûler au grand soleil ?
Le Pouce (montagne jadis très boisée). (Ma.)

476. Quel légume à des cornes ?
Le cornichon. (Sey.)

477. Le toit de l'église est écrasé ; aucun maçon ne peut le réparer ?
L'œuf. (H.)

478. Quelle différence faites-vous entre une église et une prison ?
La prison est un sacré lieu, l'église est un lieu sacré. (M-g.)

479. Qu'est-ce qui est toujours devant nous mais que nous ne voyons pas ?
L'avenir. (Sey.)

480. Je vais à l'école sec, je reviens mouillé ?
Le pêcheur. (Sey.)

481. Quel vêtement peut-on donner à quelqu'un que l'on veut aider ?
Un soutien. (Gwd.)

482. Appui sur mes reins, je te donnerai du bouillon ?
Fusil. (Sey.)

483. Mon esprit est par derrière ?
Un navire (à cause de son gouvernail). (Ma.)

484. L'esprit de mon petit Noir est dans son nez ?
Le chien. (Ma.)

485. J'envoie une lettre et je sais quand elle est décachetée ?
L'hameçon. (Ma.)

486. Même si vous m'enlevez une lettre, deux lettres, trois lettres, je demeure toujours pareil ?
Le facteur. (Sey.)

487. Vous pouvez tirez de moi la quantité de lettres que vous voulez, je resterai toujours pareil ?
Le facteur. (Gwd.)

488. J'ai une lettre, quand je l'envoie en Angleterre, je sais quand on la lit là-bas ?
Un poisson pris à l'hameçon. (Sey.)
J'envoie une lettre à Maurice. Ma lettre n'est pas encore arrivée là-bas que j'obtiens déjà une réponse ?
Un poisson pris à l'hameçon. (Ma.)

489. Quelle est la grosse lettre de l'alphabet que les filles n'aiment pas ?
La grossesse (la grosse « S »). (H.)

490. J'écris ma lettre. Je l'envoie en France. Je n'ai pas signé ma lettre mais tous ceux qui la voient savent que c'est moi qui ai écrit cette lettre ?
la toile d'araignée : dès qu'on voit cette toile, on sait qui en est l'auteur. (Sey.)

491. Vous déposez une lettre ici, elle arrive en France ?
Un giraumon. (M.)

492. (Devinette en français)

493. (Devinette en français)

494. (Devinette en français)

495. Couronné comme un roi, il n'est pas un roi ?
Le coq. (Sey.)

496. La porte du roi du sud, sur quoi tourne-t-elle ?
Elle tourne sur ses gonds. (Sey.)

497. Je n'ai ni os ni chair. Je suis sorti entre les os et la chair et je suis devenu os et chair ?
L'œuf. (Sey.)

498. Il a un lit, il ne dort pas dessus ?
La rivière. (R.)

499. Il est « cha », il est « peau » ?
Chapeau. (H.)

500. Quel lit n'est pas comme tous les lits, qui est dur et qui fait mal ?
Un licenciement (/un lit sans ciment). (Gwd.)

501. Qui ne s'arrête jamais qu'il fasse jour ou nuit ?
La feuille.

502. Le jour, je suis rempli, le soir, je suis vide ?
Soulier. (Sey.)

503. Le jour, vous ne me trouvez pas mais le soir, j'éclate ?
La lune. (Sey.)

504. Dans quelle eau le crapaud ne se baigne-t-il pas ?
L'eau de la noix de coco. (R.)

505. Eau couchée ?
Concombre. (R.)

506. Je suis allongé, il est debout : je suis debout, il est allongé ?
Le pied. (M.)

507. J'ai planté un « carreau » d'oignons, je l'ai arrosé hier soir ; quand je me suis réveillé, je n'ai rien vu. J'ignore même où je l'ai planté ?
Les étoiles dans le ciel. (M.)

508. Quand je suis loin, je suis joli, quand je suis proche, je suis vilain ?
Canot. (Sey.)

M

509. Je marche, il marche ; je me mets debout, il se met debout ?
Une montre. (M.)

510. Je marchais sur une route. Un petit homme carré m'a barré le chemin ?
Un crabe. (T.)

511. Qu'est-ce qui marche, qui fume et qui a son dos à l'envers ?
Un bateau. (M.)

512. Tous les gens de madame Débattit sont suspendus au manche d'une houe ?
Un régime de bananes. (R.)

513. Quelle île porte le nom d'une dame gentille et aimable ?
Marie-Galante. (Gwd.)

514. Deux femmes sont toujours à se disputer. Elles font Saint François-Basse-Terre mais elle ne se rencontrent jamais pour se battre vraiment ?
Les deux roues d'une charrette. (Gwd.)

515. Une femme en vert, tous ses enfants sont noirs ?
Corrossol. (M., Sl.)

516. Deux vieilles femmes qui bavardent nuit et jour ?
La mer et la rivière. (Sl.)

517. Madame est couchée, monsieur fouille ?
Un four à pain. (Sl.)

518. Madame lance une assiette blanche de son balcon, celle-ci ne se casse pas ?
Un crachat. (Sm.)

519. Je laisse ma femme enceinte, je pars en France. Tant que je ne reviens pas, elle ne peut pas accoucher ?
Un fusil chargé. (M-g.)

520. Madame est couchée, monsieur court ?
Le pain. (Guy.)

521. Une demoiselle et un monsieur travaillent toute la nuit?
La mer. (Sl.)

522. (Devinette en français)

523. (Devinette en français)

524. Macintosh en haut, Macintosh en bas, le Diable au milieu ?
Les dents et la langue (ou l'ananas). (Gr.)

525. Comment fait-on pour reconnaître un homosexuel lorsqu'il vous demande l'heure ?
Il vous dit : « Quelle heure est-elle ? ». (Gwd.)

526. Cinquante hommes ont dormi avec un homosexuel. Tous sont passés sur lui. Si cette nouvelle vous parvient, comment vous avez pu l'avoir ?
Dans les annales (c'est par où il a pêché que vous aurez la nouvelle). (Gwd.)

527. Quatre homosexuels sur une chaise, comment font-ils ?
Ils retournent la chaise. (La chaise a quatre pattes). (M.)

528. Trente « Malbars » sur un manche de pioche ?
Une grappe de raisins. (R.)
(Un « Malbar » est un Indien originaire du sud de l'Inde)

529. Je suis très malpropre et pourtant, j'embrasse le roi sur la bouche ?
Une mouche. (M.)

530. Ma mère a deux enfants. Ils vont se baigner à la rivière. Ils ne peuvent pas se frotter le dos ?
Des bouteilles. (Gr.)

531. Ma mère a beaucoup d'enfants, elle ne les touche pas du tout ?
La guêpe. (Gr.)

532. Ma mère est malade, je suis allé lui chercher un médecin. Avant que je ne revienne, le médecin était déjà là ?
La noix de coco. (Gr.)

533. Ma mère coud pour tout le monde mais elle-même est nue ?
Une aiguille. (K.)

534. Quand ma mère est jeune, elle ne parle pas mais quand elle devient vieille, elle parle ?
Un pois. (K.)

535. Ma mère a construit une maison, tous ceux qui viennent chez elle sont des « Congos » avec un seul œil ?
Une aiguille. (K.)

536. Ma mère a un arbre. Nous qui sommes des frères ne parvenons pas à y grimper. Quelqu'un sort de loin et y parvient ?
Ma sœur. (K.)

537. Ma mère a une maison, elle tient sur un seul poteau ?
Un parasol. (K.)

538. Ma mère a une maison, elle est couverte de clous ?
Le corrossol. (K.)

539. Ma mère allait à la messe, elle s'est cognée le pied et est revenue ?
L'eau de mer. (K.)

540. Ma mère a envoyé quelqu'un chez le médecin, le médecin est arrivé avant la personne ?
La noix de coco. (K.)

541. Ma mère est habillée pour aller à la messe. Arrivée à l'église, elle enlève tous ses vêtements ?
Un bâtiment (bateau). (K.)

542. Ma mère vit en Angleterre ; elle vous a envoyé une malle, vous l'ouvrez et découvrez qu'elle est vide ?
Bambou. (Sl.)

543. Ma mère a trois garçons. Tous ceux qui la rencontrent lui demandent des nouvelles de l'aîné. Ils ne demandent des nouvelles ni du deuxième ni du troisième ?
Le premier son de la grand-messe. (M.)

544. Je connais une demoiselle, elle se mange les tripes et elle boit son sang ?
La lampe. (Ma.)

545. Une demoiselle est sur le chemin, tous ceux qui passent l'embrassent sur la bouche ?
La fontaine. (Ma.)

546. Une foule de petites demoiselles dans l'habitation, tous leurs vêtements sont en guenilles ?
Les bananiers (leurs feuilles sont toujours déchirées). (Ma.)

547. Il y a une demoiselle qui me suit partout mais que je ne parviens jamais à embrasser ?
Mon ombre. (Ma.)

548. Mangue, abricot, citron, écrivez cela en deux lettres ?
Ca. (M-g.)

549. Je mange blanc, mes excréments sont noirs ?
Excrément de cochon. (M.)

550. Je mange assis, je pisse debout, je vomis la tête en bas ?
La couleuvre à manioc (sorte de tamis en corde tressée servant à ôter le suc vénéneux de la pulpe du manioc). (Guy.)

551. Ma mère possède un drap. Il couvre le monde entier, impossible d'achever de le plier ?
Le ciel. (T.)

552. Ma mère m'a envoyé lui chercher des citrons dans le citronnier ?
Je lance des pierres après le singe, il me lance des citrons. (M.)

553. Ma mère a tellement d'enfants qu'elle est incapable de les compter ?
Les étoiles. (T.)

554. Ma mère a un cheval, il porte des brides de toutes les couleurs ?
Une aiguille. (M.)

555. Ma mère m'a donné une femme Elle m'a dit de lui porter de l'eau, du bois et de la nourriture avec juste un franc ?
Une noix de coco. (M.)

556. Ma mère est malade. Elle m'envoie chercher le curé. Avant que je n'arrive, le curé est déjà là ?
Je vais cueillir des noix de coco. Lorsque ceux-ci arrivent à terre, je suis encore en haut de l'arbre. (Sey.)

557. Ma mère possède un drap qui recouvre le monde entier ?
Le ciel. (M.)

558. Qu'est-ce qui est né de sa mère et qui ne porte le nom ni de sa mère ni de son père ?
Un mulet. (M.)

559. Ma mère a un plat, il tombe et ne se casse pas. Il tombe dans l'eau, il ne plonge pas ?
Une feuille de papier (ou d'arbre). (M.)

560. Une mère qui se mange la queue pendant qu'elle court ?
L'aiguille et le fil. (M.)

561. Une mère qui, pour vivre, est obligée de se manger les entrailles et de boire son sang ?
Une lampe à pétrole. (M.)

562. Ma mère possède une petite fille. SA couronne se trouve sur ses pieds ?
Une grenade. (M.)

563. Ma mère m'envoie à la boutique pour acheter un, sis, 0, neuf. Qu'est-ce que je vais acheter ?
Un (une paire de) ciseau neuf. (Sey.)

564. Ma mère a beaucoup d'enfants. Elle les emmène à la rivière. Ils sont incapables de se baigner ni de se baigner l'un l'autre ?
Des bouteilles. (T.)

565. Mère Guinée joue du violon, tous les petits Blancs dansent ?
Une marmite de riz sur le feu. (Ma.)

566. Quelle mère fait un enfant et l'enfant refait celle-ci de la même manière ?
La glace. (M.)

567. Ma mère possède une maison qui n'a qu'une seule porte et une seule fenêtre ?
Un four. (T.)

568. Ma mère a un petit arbuste devant sa porte, il possède douze sortes de fleurs ?
Les mois de l'année. (T.)

569. Ma mère a enfermé trois filles blanches dans une maison. Quand elle revient, elle découvre qu'elles se sont transformées en mulâtresses ?
Pain. (T.)

570. Ma mère possède une barrique sans cerclage, allongée comme une cheminée, ronde comme un ballon ?
Une bobine de fil. (T.)

571. Ma mère a un enfant, il aide tout le monde mais est incapable de s'aider ?
Aiguille. (T.)

572. Ma mère a beaucoup d'enfants ?
La guêpe. (T.)

573. Ma mère a construit une maison, elle lui a mis une seule porte mais pas de fenêtre. Elle a fermé la porte, a allumé un feu à l'intérieur et est partie durant trois jours. Quand elle est revenue, elle a trouvé la maison bien cuite ?
Charbon. (K.)

574. Ma mère a une belle demoiselle. Elle est si fainéante que si on ne lui enfonce pas les doigts dans les yeux, elle ne travaille pas ?
Des ciseaux. (Sl.)

575. Ma mère a une demoiselle, si on ne lui enfonce pas un doigt dans l'œil, elle ne travaille pas?
Un dé à coudre. (Sl.)

576. Ma mère a une belle demoiselle blanche. Quand elle entre à l'église, elle doit enlever tous ses vêtements ?
Le bâtiment à voiles ôte ces dernières en entrant dans la rade. (Sl.)

577. Ma mère a une petite maison, si elle était blanchie à l'intérieur comme à l'extérieur, des Noirs l'auraient tuée ?
Coq. (H.)

578. Ma mère possède une maison. Il possède un petit garçon de cette taille là. Il remplit toute la maison ?
Une lampe. (Sl.)

579. Une mère a beaucoup d'enfants, elle n'a pas de draps pour eux ?
Giraumon. (Sl.)

580. Ma mère habite à l'étranger, elle te sourit ?
L'éclair. (Sl.)

581. Une mère possède une jeune fille, si elle ne lui donne pas une égorgette, elle ne travaille pas ?
Une carafe. (Sl.)

582. Ma mère a un cheval qui ne porte que des brides blanches ?
Une aiguille dans laquelle on a enfilé un peu de fil blanc. (Sl.)

583. Ma mère a un fil blanc. Il prend tout ce qui est sur l'antenne ?
Le papier à écrire. (Sl.)

584. Ma mère vit en Angleterre. Elle m'a envoyé une assiette blanche. Celle-ci ne s'est pas cassée ; je l'ai renversée dans un baquet d'eau, elle s'est cassée ?
Une feuille de papier tombée à l'eau. (Sl.)

585. Une mère change les vêtements de ses enfants lorsqu'elle est fâchée ; lorsqu'elle est de bonne humeur, ses enfants sont nus ?
La rivière. (M.)

586. Ma mère a beaucoup de vieux vêtement avec lesquels elle pourrait faire une couche pour ses enfants. Pourtant, elle les met à terre ?
Giraumon. (M.)

587. Il y a une mère qui fait beaucoup d'enfants. Pendant qu'elle est enceinte, elle fabrique des lits mais au moment d'accoucher, elle se met à même le sol ?
Giraumon. (M.)

588. Il y a une mère qui envoie ses enfants partout ; quand elle meurt, tous ses enfants meurent ?
Un bananier. (M.)

589. Ma mère me frappe toute la nuit ?
La mer. (M.)

590. Il y a une mère qui ne fait que des enfants sorciers ?
Le piment. (M.)

591. Ma mère a un chapeau qui sert à tous ses enfants ?
Un joug (pour les bœufs). (M.)

592. Ma mère possède un arbre que l'on appelle F. M. G. ?
Fromager. (M.)

593. Je suis la mère de mille enfants ; je porte ma couronne sur la tête ?
La grenade. (H.)

594. Ma mère a un enfant ; il ne sort jamais de la maison ?
Le lit. (H.)

595. Ma mère a trois enfants ; si l'un est absent, les deux autres ne peuvent pas servir ?
Les (trois) pierres du foyer. (H.)

596. Ma mère a trois enfants. Un gendarme vient les arrêter. L'un d'eux a fondu, l'autre est entré en terre, le dernier dit : si vous en êtes capable, venez m'arrêter ?
Le pet, l'urine, le caca. (H.)

597. Ma mère a un jardin planté en canne à sucre ; elle en arrache une ; impossible de voir en quel endroit du jardin ?
Cheveu. (H.)

598. Ma mère a tué un cochon et est partie à New-York. Quand elle est revenue, elle a trouvé des traces de sang au même endroit ?
Les cendres du foyer. (H.)

599. Ma mère a un jardin de bananes où se trouvent aussi des bananes-massoque. Elle m'a envoyé cueillir des bananes, j'ai pris des bananes-massoque. Quand je suis revenu, elle m'a dit de ramener les bananes-massoque et de lui ramener des bananes. Je suis parti. Je n'ai pas pu trouver où j'avais cueilli les bananes-massoque ?
Cheveu. (H.)

600. Ma mère m'a envoyé une petite valise de vêtements. Plus j'enlève des vêtements, plus je rencontre de beaux vêtements ?
Chou. (H.)

601. Ma mère est morte depuis fort longtemps ; quand je reviens, je n'arrive pas à voir où elle est enterrée ?
Le foyer. (H.)

602. Ma mère a une voiture ; tout le temps qu'elle fonce, qu'est-ce qui vole à sa suite ?
La poussière. (H.)

603. Ma mère possède un coq, quand il chante, du feu lui jaillit de la bouche ?
Un fusil. (H.)

604. Ma mère m'a envoyé dans une maison, j'ai passé douze maisons avant d'y arriver. Quand j'y suis arrivé, j'ai rencontré « Trois-trois » ?
Les trois pierres du foyer. (Dom.)

605. Ma mère est morte à cause d'un petit mouchoir blanc. Je ne peux pas aller à son enterrement ?
Les voiles d'un bateau. (H.)

606. Ma mère a un petit trou. Seul papa joue dedans ?
La serrure. (L-s.)

607. Ma mère possède un jardin planté en pois-de-choux. Des voleurs l'ont dévasté. Ils ont arraché trois-cent quatre-vingt dix plants. Elle a inspecté les lieux et n'a point vu où s'est produit le vol ?
Vos cheveux. (H.)

608. Une demoiselle va à la messe. Arrivée à la porte de l'église, sa robe tombe ?
Le bâtiment à voile qui, en entrant dans la rade, ôte ces dernières. (Sl.)

609. Il y a une jeune fille dont tout le corps est vert mais le visage est blanc ?
Le fruit-à-pain. (Sl.)

610. Une demoiselle traverse le galabert mais elle ne veut pas la robe d'épines de ce dernier ?
La brise. (R.)
(Le « galabert » est une plante buissonnante avec des épines)

611. Deux demoiselles ne se séparent jamais, il suffit d'un seul mot pour les séparer ?
Les lèvres. (R.)

612. Une demoiselle se trouve au bord du chemin, tous ceux qui passent lui tâtent les seins ?
Le papayer. (R.)

613. Je suis une demoiselle rouge, je suis assise dans un fauteuil vert, il y a un bonhomme vert qui me soutient ?
La fraise. (R.)

614. Il y a une petite demoiselle au bord du chemin. Quand elle soulève sa robe, en dessous est rose ?
Un pied de tomate. (R.)

615. Menton suspendu au corps ?
Tuile. (M.)

616. Un bout de manioc rempli une barrique ?
Un dé à coudre. (M.)

617. Un petit morceau de manioc remplit un baquet?
Un dé à coudre. (M.)

618. Un morceau de manioc remplit une maison ?
Une chandelle allumée dans une maison. (M-g.)

619. Mange noir, vomit rouge ?
Fusil. (Ma.)

620. Mange par le ventre, vomit par le dos ?
Rabot. (Ma.)

621. Il mange sans arrêt, jamais il n'avale ?
Le moulin à cannes. (Ma.)

622. Deux vieilles demoiselles se disputent jour et nuit?
La rivière et la mer. (M.)

623. Une demoiselle me suit partout et je n'arrive pas à la joindre ?
Mon ombre. (M.)

624. Un marin écrit à ses parents tant qu'il navigue. Dès qu'il est à terre, il n'écrit plus ?
La trace d'un bateau qui disparaît dès que le bateau s'arrête. (Sey.)

625. (Devinette en français)

626. J'ai beaucoup d'enfants : le soleil se lève, ils se cachent ; le soleil se couche, ils sortent ?
Les étoiles. (Ma.)

627. Je marche dans un sentier, jamais je ne me reposerai, jamais je ne reviendrai sur mes pas ?
La rivière. (Ma.)

628. Il marche toujours la tête en bas ?
Un clou de soulier. (Ma.)

629. Je marche, il marche, je m'arrête, il marche ?
Ma montre. (Ma.)

630. Je suis maçon en chef, au fur et à mesure que je marche, je maçonne ?
Le pou de bois. (Guy.)

631. (Devinette en français)

632. Je me suis enfui pendant dix-huit mois. Quand on m'a attrapé, on m'a attaché avec ma barbe ?
Canne. (M.)

633. Un merle sur trois ilets ?
Les trois pierres du foyer. (M.)

634. Un merle noir sur trois montagnes ?
Un fait-tout en terre cuite sur le feu. (M.)

635. Ma main possède quelque chose, il faut lui toucher la tête pour qu'elle cède la place ?
La clé. (Dom.)

636. Il menace les gens mais ne parle pas ?
Le doigt. (Ma., R.)

637. Mettre, se lever, frapper ?
Essayer des chaussures neuves. (Ma.)

638. (Devinette en français)

639. (Devinette en français).

640. Une maison possède plusieurs étages, personne n'y habite ?
Bambou. (R.)

641. Bien que je sois très petit, je remplis toute une maison ?
Une lampe. (M.)

642. Il existe une grande maison où tous les bœufs qui y entrent se cassent les cornes mais toutes les génisses les conservent ?
L'église. (M.)

643. Je possède une maison sur vingt-cinq écheveaux ?
Un parapluie. (M.)

644. Je possède une maison de plusieurs étages qui n'a ni portes ni fenêtres ?
Bambou. (M.)

645. Maison remplie, cuisine remplie ?
La fumée. (M.)

646. La tête d'un mulâtre sur la jambe d'un Blanc vous empêche de casser la jambe d'un Nègre ?
Une allumette. (M-g.)

647. On dit qu'il faut protéger les mineurs. J'ai cinq garçons et je protège ceux qui ne sont pas mineurs. Quel est ma profession ?
Couturier. (Gwd.)

648. Si ne s'agissait pas de mini minette, pendu pendette, venu venette, ce serait dormi dorminette ?
Cochon, homme, mangue. (M.)

649. Un homme qui porte sa maison sur son dos ?
Une tortue (ou un colimaçon). (M.)

650. Monsieur pisse en l'air, madame récupère en bas ?
Une cafetière. (M.)

651. Un homme court après sa femme pour l'attraper, il ne l'attrape pas ?
Le soleil et la lune. (M.)

652. Je mesure une toile, jamais je n'en trouve la fin ?
Je marche sur la grand-route. (Ma.)

653. Je suis ici, je suis là-bas ?
L'œil. (Guy.)

654. Un mort aide un vivant à traverser la rivière. Le fruit était bon, la racine était encore meilleure. C'est la parole de Dieu qui a cuit le repas ?
C'est un vivant qui s'apprête à traverser une rivière ; la rivière était grosse. Il a vu un bœuf traverser, il s'est mis sur le dos du bœuf. Il a rencontré un corrossolier, il en a mangé les fruits. Quand il a mis pied à terre, il a rencontré un autre, il a rencontré un autre morceau de diamant sous l'arbre. Il est passé près de l'église, il y a rencontré un cochon avec ses dix petits. Il les a tués. Il est entré à l'église ; il a rencontré des feuilles de papier ; il les a rôties. (Sl.)

655. Un mort aide les vivants à traverser la rivière ?
Un mors de cheval. (M.)

656. (Devinette en français)

657. Je possède une petite colline, personne n'arrive à y grimper mais un bœuf y parvient ?
La langue du bœuf arrive à lui entrer dans le nez, la tienne n'y arrive pas. (M.)

658. Deux collines se rencontrent, la pintade vole ?
Un pet. (M.)

659. Qu'est-ce que Dieu a mis au monde ?
Toutes choses. (M.)

660. Une mère a des enfants, leurs pagnes est complètement usé, les enfants sont nus ?
La citrouille. (R.)

661. La mère tousse, les enfants crient ?
L'ambrovate. (R.)
(L' »ambrovate » est une graine comestible peu consommée de nos jours.)

662. (Devinette en français)

663. J'ai une montre qui marche et ne s'arrête jamais ?
Le cœur. (Sey.)

664. Ta montre est sur ta couche ta boucle aussi ?
(Même réponse car il y a un jeu phonique sur la voyelle « ou » en créole martiniquais). (M.)

665. Devant et derrière la montagne ?
Les oreilles. (R.)

666. Entre deux montagnes, un petit bonhomme se balance ?
Une pipe. (R.)

667. Quelle montagne n'a pas de descente ?
L'âge. (Sey.)

668. Je monte, je descends, personne n'arrive à m'attraper ?
La roue. (Sey.)

669. Qu'est-ce qui monte et ne descend jamais ?
Notre âge. (Sey.)

670. Le mort conduit le vivant ?
Le mors du cheval. (Ma.)

671. Elle meurt à cause de sa carapace mais sa viande ne sert pas ?
La tortue-carette. (Sey.)

672. Le mort porte le vivant ?
Un canot (on tue un arbre pour fabriquer un canot). (Guy.)

673. (Devinette en français)

674. Moulin qui marche quatre fois par jour ?
La bouche. (Ma.)

675. Je suis passé quelque part et j'ai rencontré deux personnes. Une très belle jeune fille et une vieille femme. J'ai dit bonjour. Mais la belle jeune fille n'a pas répondu. Pourquoi ?
C'est un pied de pois-des-bois. Quand on le secoue, les pois verts ne font aucun bruit, ce sont les pois secs qui répondent. (Gwd.)

676. Deux personnes sont en haut, quand celles qui sont en bas sont malades, elles viennent leur donner un coup de main, elles viennent les soulager. Quand les personnes du haut sont malades, celles du bas ne viennent pas les soulager ?
Vos mains et vos pieds. (R.)

677. Une personne a sept enfants. Quatre marchent, deux sont morts, un est fou ?
Bœuf. (R.)

678. Pourquoi les gens de jadis faisaient-ils beaucoup d'enfants ?
Parce qu'en ce temps-là, il n'y avait pas d'autres distractions. Il n'y avait pas d'électricité, donc ils allaient se coucher tôt. (Gwd.)

679. Qui se regarde dans un miroir et ne s'y voit pas ?
Un aveugle. (M.)

680. Qu'est-ce que quelqu'un vous demande de lui en donner un peu et qui est en même temps le nom d'une commune ?
Petit-Bourg (/petit bout). (Gwd.)

681. A quel moment quelqu'un voit-il les testicules de son père ?
Quand il mange de la papaye. (jeu de mot sur « papay » qui veut dire « papaye » et « papa'y » qui veut dire « son père ». (Gwd.)

682. Deux personnes se baignent sous une douche. Une seule se mouille ?
Une femme enceinte. (M.)

683. Je jette mon mouchoir à l'eau, jamais je n'arrive à le mouiller ?
La feuille de songe. (Ma., R.)

684. Qui est le monsieur qui porte sa maison sur son dos ?
Le colimaçon. (Ma.)

685. Quel monsieur porte le plus grand chapeau ?
Celui qui a la plus grosse tête. (Sey.)

686. Quel mois est le plus vieux ?
Janvier (« gens vieux »). (Sey.)

687. Quel mois porte le nom d'une fille ?
Mai. (Sey.)

N

688. Un habit, pas de culotte ?
Un cancrelat. (Ma.)

689. (Devinette en français)

690. (Devinette en français)

691. De quel couleur était le cheval blanc de Napoléon ?
Il était blanc. (Sey.)

692. (Devinette en français)

693. (Devinette en français)

694. (Devinette en français)

695. Je suis né vert, le soleil a blanchi mes entrailles et je sers jusque sur l'autel ?
Coton. (M.)

696. Je suis né noir, le jour de ma mort, je me retrouve blanc ?
Cochon. (M.)

697. Le nègre fait un bouillon blanc ?
Le savon. (H.)

698. La négresse de Desdunes a sarclé avec deux manches de houe ?
La poule. (H.)

699. (Devinette en français)

700. La négresse joue du violon pendant que tous les petits Blancs dansent ?
Un fait-tout de riz sur le feu. (M.)

701. Mon premier est un nombre. Mon deuxième est le double de mon premier. Mon tout est un grand pays d'Asie ?
L'Inde (jeu sur « en » qui veut dire « un » et « dé » qui signifie « deux »). (Gwd.)

702. Deux hommes malades sont couchés à l'hôpital, ils parlent d'un pays. Lequel ?
L'Italie (ils sont « lit » à « lit »). (M.)

703. Un petit homme et une petite femme salissent un drap ?
La plume et le papier. (T.)

704. Un petit homme à grand esprit conduit par un chien ?
Un fusil. (M.)

705. Il y a un homme qui va au grand galop sur son cheval ?
Le merle noir. (M.)

706. Cet homme n'est pas un homme mais il parle comme un homme ?
La radio. (H.)

707. Je suis un homme bien rond. Je porte une chemise bien courte, je passe par la fenêtre et je tombe badaboum !
La noix de coco. (H.)

708. Qu'est-ce que deux hommes peuvent faire et que deux femmes ne peuvent pas faire ?
Un abbé qui vous confesse. (M-g.)

709. Un Noir colore mille Blancs ?
Le djondjon (champignon comestible). (H.)

710. Je suis noir dans mon bonheur, je suis rouge dans mon malheur ?
Crevette. (Ma., R.)

711. Le petit noir bat le grand noir ?
Piment. (Ma.)

712. Trois petits Noirs regardent brûler le ventre de leur mère ?
Les pieds d'une marmite. (Ma.)

713. Quatre Noirs portent un gros Noir ; les quatre Noirs ne transpirent pas, c'est le gros Noir qui transpire ?
Un boudin sur le grill. (Ma.)

714. Tous les Noirs de mon papa ont les pieds tordus ?
Les chiens du fusil. (Ma.)

715. J'ai un petit Noir qui ne met pas son pagne et qui ne travaille pas ?
Une aiguille bien difficile à coudre. (Ma.)

716. Tout Noir que je suis, j'habille le roi ?
Un fer à repasser. (M.)

717. Dans le noir, vous mettez dix chaussettes noires dans une boite et dix chaussettes blanches dans la même boite. Combien vous faut-il au minimum de chaussettes pour vous habiller ?
Trois. (M.)

718. Plus il est noir, plus il faut qu'il soit beau ?
Fer à repasser. (Sl.)

O

719. Quatre officiers se protègent sous un parasol ?
Les pis de la vache. (Guy.)

720. Quel est l'oiseau qui a traversé une vallée sans endroit ombragé ?
Le soleil. (M.)

721. Quel homme est encore en vie mais qui est enterré quand même ?
Un homme dont on a coupé une partie du corps : par exemple, ses pieds. (Sey.)

722. Ce soir, je mets un baquet d'eau devant ma porte, demain matin, je ne le retrouve pas ?
Les étoiles. (M.)

723. (Devinette en français)

724. (Devinette en français)

P

725. Le pagani mange une poule séché sur du bois sec ?
Allumette, tabac et pipe. (Guy.)

726. Je fait un pagne, mon enfant ne dort pas dessus ?
La citrouille. (R.).

727. J'ai un petit enclos dans lequel un bœuf est bien attaché ?
La langue dans la bouche. (M.)

728. Dix pendus se dégagent d'un bourreau ?
Les dix doigts de la main. (Gr.)

729. Papa est ici mais il parle à Londres ?
Une lettre (ou bien la fumée). (T.)

730. Mon père possède une maison toute en fenêtres qui n'a qu'une seule porte ?
Une nasse. (M.)

731. Mon papa a un magasin, tout ce qui est dedans a brûlé, tout ce qui est dehors est neuf ?
Une pipe. (M.)

732. Mon père est à l'intérieur, sa barbe est à l'extérieur ?
La fumée. (M.)

733. Mon père possède un coq, chaque fois qu'il chante, du feu jaillit ?
Fusil. (T.)

734. Mon père a renversé une barrique de maïs dans sa cour. La nuit, on les voit ; pendant la journée, il n'y en a aucun ?
Etoiles. (T.)

735. Mon père a un pimentier. Les gens de sa maison n'en mangent pas mais les gens du dehors en mangent ?
Sa fille. (T.)

736. Mon père est ici, sa barbe est à Londres ?
La fumée. (Gr.)

737. Mon père a grondé. On l'a entendu à Londres ?
Le tonnerre. (Gr.)

738. Mon père m'a donné un cheval pour que je le monte. C'est sur sa queue que je dois monter ?
Une pipe. (M.)

739. Mon père a cent pains, cent hommes y ont goûté ?
Le piment. (K.)

740. Mon père a un cochon devant sa porte. Quand il s'apprête à le tuer, le cochon est vide à l'intérieur ?
Le bambou. (Sl.)

741. Mon père vit à l'étranger, il se met à griller. Ma mère sait tout ce qu'il dit ?
L'éclair. (Sl.)

742. Mon père a un petit garçon. Sous sa chemise, il a plein de boutons. Si vous n'ouvrez pas sa chemise, vous ne le savez pas ?
Le maïs. (Sl.)

743. Mon père vit dans un pays. Il m'a envoyé une barrique. Tout ce que j'ai fait pour l'ouvrir, je n'y arrive pas. Même avec une cuiller, je n'y arrive pas.
Un œuf. (Sl.)

744. Mon père a trois garçons légitimes, j'en suis l'aîné. Sans moi, ils ne gagnent pas leur vie ?
Les trois rolls d'un moulin. (M.)

745. Mon père a deux enfants qui sont enfermés dans la même calloge. Ils ne se sont jamais vus ?
La journée et la nuit. (H.)

746. Mon papa piquepique, ma mère collecolle, je suis un bel enfant?
Le jacque. (R.)

747. Mon père a un magasin rempli de viande ?
Le cimetière. (H.)

748. Mon père a un magasin de viande qui ne se gâte jamais ?
La mer. (H.)

749. Mon père a un cheval ; il l'a enfermé dans une maison ?
La fumée du feu. (H.)

750. Mon père possède un jardin de bananiers ; quand j'y vais pendant la journée, je n'y trouve rien ; je n'en trouve que la nuit ?
Les étoiles. (H.)

751. Mon père était en France, il m'a envoyé un petit bœuf par sa queue ?
Une pipe. (Gwd.)

752. Mon père a une maison ; sa maison est bâti sur un seul pied ?
Le champignon-djondjon. (H.)

753. Mon père est mort depuis dix ans, pourtant il fait la guerre ?
Une épine. (H.)

754. Mon père est mort ; à cause d'un petit mouchoir, je ne peux pas m'en aller ?
Les voiles d'un bateau. (H.)

755. Hier matin, mon père a tiré un coup de fusil dans sa maison. Tous ceux qui étaient dans le pays en furent surpris ?
Le tonnerre. (Dom.)

756. (Devinette en français)

757. Un seul parasol protège six personnes ?
Un bœuf et son pis. (Guy.)

758. Nous sommes partis de Paris pour nous rendre à Marseille. Il s'agit de deux pères et de deux fils. Cela fait combien de personnes ?
Trois personnes : un père, son fils et le fils de ce dernier. (Sey.)

759. (Devinette en français)

760. Mouchoir à carreaux dans l'eau ?
Une dame-céré. (Ma.)

761. Je passe près de vous sans que vous vous en aperceviez ?
Le vent. (Sey.)

762. Je passe quelque part ; je vois tout le monde à genoux ?
Des pois qui poussent. (H.)

763. Passez par ici, passez par là, nous nous rencontrerons ?
Un ceinturon. (H.)

764. Je passe quelque part ; je vois tout le monde encordé ?
Une clôture. (H.)

765. Je passe quelque part ; je vois un groupe de jeunes femmes et un groupe de jeunes vieilles femmes. Les vieilles ont répondu, pas les jeunes ?
Les pois-Congo secs et les pois-Congo vert. (H.)

766. Je passe quelque part ; je demande un peu d'eau ; ils entrent et ne ressortent pas ?
Un crabe. (H.)

767. Quatre pattes, quatre oreilles ?
Un chat sur une chaise. (Sey.)

768. Quatre pattes grimpent sur quatre pattes ; quatre pattes s'en vont, quatre pattes restent ?
Un chien sur une chaise. (M.)

769. Quatre pattes sur quatre pattes attendent quatre pattes ; quatre pattes ne viennent pas, quatre pattes abandonnent quatre pattes ?
Une chaise sur une chaise attendent un rat, le rat n'est pas venu ; le chat s'en va et quitte la chaise. (M.)

770. Quatre pattes, deux défenses, un chasseur ?
Le bœuf. (M.)

771. Pavé en haut, pavé en bas ?
Tortue. (Ma.)

772. Mon parrain possède une grande maison. Tous les taureaux qui y pénètrent voient leurs cornes se briser ; des génisses y sont entrées et leurs cornes ne se sont pas cassées ?
Une demoiselle qui entre à l'église n'enlève pas son chapeau ; le gentilhomme qui le fait doit enlever le sien. (Sl.)

773. Elle remue sa paillasse mais ne dort jamais dessus ?
La mer. (R.)

774. Deux pères et deux fils entrent dans une auberge, combien de verres leur sert-on ?
Trois (un au père, un au fils et un au petit-fils). (M.)

775. Qu'est-ce qui vous effraie au point de vous faire vous cacher sous votre lit et que vous ne voyez pas ?
Le tonnerre. (M.)

776. S'il ne s'agissait pas du pain panette, le vin vinette aurait mangé dormi dormette ?
S'il ne s'agissait que du corrosol, sa tige aurait mangé le cochon. (T.)

777. (Devinette en français)

778. Rassure-toi que personne ne le voit ?
Le rat est sur le toît de l'église, l'abbé monte sonner et est seul à le voir. (M.)

779. (Devinette en français)

780. Je possède une maison toute en persiennes ?
Une nasse. (M.)

781. Je suis dans tous les pays, je suis dans tous les ménages, je suis nécessaire à tout le monde ?
L'aiguille et le fil. (M.)

782. Quel pays porte-t-on sur la tête ?
Le Panama. (H.)

783. Appuie sur moi, je te donnerai du feu ?
Un fusil. (Sey.)

784. (Devinette en français)

785. Quatre écrasent, un évente ?
Le cheval qui chasse la mouche (ses pieds écrasent, sa queue écrase). (Ma.)

786. Petite pipe, grosse panse, chapeau rapiécé ?
L'ananas. (R.)

787. Il y a une pirogue avec une pagaie. Quels que soient les brisants, elle les franchit ?
Une cuiller dans une marmite contenant de l'eau à ébullition. (Sey.)

788. Aussi petit que je sois, je fais trembler la terre ?
Le moustique. (Guy.)

789. Aussi petit que je sois, j'habille un roi ?
Une aiguille. (M.)

790. J'ai des enfants, tous leurs cheveux sont gris ?
Le maïs. (Sey.)

791. L'enfant écrase la mère ?
Un pilon. (Ma.)

792. On fait tourner un petit tour sur le ventre de sa mère jusqu'à ce qu'elle vomisse ; ce qu'elle vomit, nous le mangeons ?
Un moulin à maïs. (Ma.)

793. J'ai beau être petit, je suis fort ?
Le rotin. (Ma.)

794. Petit cuit à deux têtes ?
Les oreilles. (Gr.)

795. Un tout petit remplit une maison ?
La lampe. (H.)

796. Un petit frappe un gros ?
Une petite hache cogne un gros morceau de bois. (Dom.)

797. Tout petit-petit, il réveille le président dans son palais ?
La punaise. (H.)

798. L'enfant frappe sa mère ?
Le pilon d'une cloche. (M.)

799. L'enfant frappe sa mère ?
La cloche. (Ma.)

800. Un enfant gouverne sa mère ?
Le gouvernail. (M.)

801. J'ai planté un jardin avec des oignons et je l'ai arrosé hier soir ; quand je me suis réveillé, je n'ai rien vu, je ne sais même pas où je l'avais planté ?
Les étoiles dans le ciel. (M.)

802. Plonger, se lever, sécher ?
La feuille de songe. (Ma.)

803. J'enlève la peau, il y a des poils ; j'enlève les poils, il y a des grains ; j'ôte les grains, il y a un bâton ?
Le maïs. (R.)

804. Ma peau est couverte d'épines, ma chair est blanche, tous mes enfants sont noirs ?
La sapotille. (R.)

805. Peau, os, viande, eau ?
La noix de coco. (H.)

806. (Devinette en français)

807. Si on met les chiens de côté, de quel animal les policiers ont besoin pour identifier quelqu'un ?
Un cygne allemand (/un signalement). (Gwd.)

808. (Devinette en français)

809. Je possède le plus petit pont qui existe sur terre ?
Mon nez. (Sl.)

810. Il existe un pont dont le gardien est un coq. Il faut que ce coq chante pour que les gens puissent le traverser. Normalement, ce coq chante trois fois par jour : à six heures du matin, à midi et à six heures du soir. Voilà qu'il y a un barbier qui a besoin de traverser le pont à dix heures du matin pour aller couper les cheveux d'un client. Comment fait-il ?
Il prend son miroir qu'il place devant le coq. Quand celui-ci se voit dans le miroir, il croit qu'un autre coq se trouve en face de lui et il chante pour faire peur à son ennemi. (Sey.)

811. Il rentre par la porte, il sort par la fenêtre ?
Un poisson dans un filet. (R.)

812. Un seul poteau pour deux maisons ?
Le nez. (R.)

813. Un poteau court grimpe sur un poteau élancé ?
Un homme à cheval. (M-g.)

814. Un porte-plume sur un portefeuilles ?
Un oiseau sur une branche. (Gwd.)

815. La poule pond dans les raquettes ?
La langue. (Ma.)

816. Une poule noire pond un œuf blanc ?
Une noix de coco sèche. (M.)

817. Une poule pond sur deux rangées d'épines ?
Les deux rangées de vos dents. (H.)

818. J'ai trente-deux poules blanches et un coq rouge ?
La langue et les dents. (Sey.)

819. J'ai une poule qui ne pond que des œufs noirs ?
Le cotonnier. (M.)

820. Le poulailler de madame est rempli de fiente de poule ?
Les étoiles dans le ciel. (Dom.)

821. J'ai une petite poule-bassette, elle caquette dans un champ de raquette ?
La langue. (R.)

822 Qu'est-ce qui pousse mais qui n'est pas une plante ?
Les cheveux. (Sey.)

823. Me voici, je vous attrape !
Votre ombre. (H.)

824. (Devinette en français)

825. Quel prénom vous donne 4 en chiffres romains quand on l'écrit en créole ?
Iv (IV). (Gwd.)

826. Le président passe, les ministres lui passent dessus, le président continue à passer ?
La patate douce. (H.)

827. On me met en prison non pour ce que j'ai fait mais pour ce que j'ai l'intention de faire ?
Une balle de fusil. (M.)

828. (Devinette en français)

829. (Devinette en français)

830. Le soir, il se promène partout ; pendant le jour, il a la tête et les pieds en l'air ?
La chauve-souris. (Ma.)

831. Qu'est-ce qui a fait bouillir la première marmite de riz dans notre pays ?
Le feu. (R.)

832. Mon premier est dans mon corps, mon deuxième est sur mon lit, mon troisième est sur ma porte ?
Le sandragon. (R.)

833. Qu'est-ce qui nait petit et qui meurt petit ?
La fourmi. (Sey.)

834. Bien que je sois petit, je fais fuir les grands ?
La guêpe. (Sey.)

835. Je suis petit, je suis noir mais je fréquente toujours la haute société ?
La mouche. (M.)

836. L'enfant frappe sa mère ?
Le pilon de la cloche. (Sey.)

837. Le petit frappe le gros ?
La cloche. (R.)

838. Le petit fabrique une natte, sa mère dort dessus ?
La citrouille. (R.)

839. Un petit rouge donne une volée à un grand Blanc ?
Un piment. (R..)

840. Je suis petit mais je fais pleurer les grands ?
Un piment. (R.)

841. Il est encore tout petit mais il a déjà la gale ?
Une margose (légume verruqueux à saveur amère) (Ma.)

842. Poil en haut, poil en bas, coco au milieu ?
L'œil. (M., T.)

843. Quelle est la pointure de la main de quelqu'un ?
1235. (Gwd.)

844. Quatre pieds qui ont grimpé sur quatre pieds pour prendre deux pieds dans trois pieds ?
Un chien a quatre pieds est monté sur une table à quatre pieds pour prendre une poule à deux pieds dans un fait-tout à deux pieds. (H.)

845. J'aime mouiller mes pieds dans l'eau ?
Le riz.

846. Il existe un arbre qui lorsqu'il a des feuilles, il n'a pas de racines ; quand il a des racines, il n'a pas de feuilles ?
Un bateau. (T., Dom.)

847. Je ne suis pas un arbre, pourtant je possède des feuilles et celles-ci font parler les hommes ?
Un livre. (M.)

848. Il existe deux arbres que vous êtes sûrs de trouver dans n'importe quel cimetière ?
Corrossol (corps au sol)
Oranger (os rangés). (Gwd.)

849. Un grand arbre qui n'est chargé que la nuit ?
Le ciel. (R.)

850. Lorsque je suis sur un arbre ma robe est verte. Quand je suis par terre, ma robe devient noire ?
Un avocat. (R.)

851. Quel arbre porte le nom d'un oiseau ?
Le bois-cateau. (Sey.)
(« Kato » est le perroquet)

852. J'ai grimpé à un arbre-à-pain. J'ai cueilli un fruit-à-pain. Il est arrivé au sol avant moi ?
Une noix de coco. (M.)

853. Je possède un manguier qui n'a qu'une seule mangue. J'ai vingt grimpeurs, cinq casseurs, deux éplucheurs, trente-deux mangeurs et un goûteur ?
Quand je grimpe à ce manguier, je me sers de mes dix doigts de main et de mes dix doigts de pied (vingt grimpeurs) ; je le casse avec juste mes cinq doigts (cinq casseurs) ; je l'épluche avec mes dix doigts de main (dix éplucheurs) ; je le mange avec mes trente-deux dents (trente-deux mangeurs)

R

854. Un ramier sur trois ilets ?
Un fait-tout. (Guy.)

855. Rat, tap, dizwel ?
Les ergots du coq. (H.)

856. (Devinette en français)

857. Rata passa monta crasa divès six tasses ?
Le rat est passé, est monté sur la planchette et a écrasé dix verres et sis tasses. (M.)

858. (Devinette en français)

859. Reins attachés, baillonnette au derrière, tous les soldats entourent la caserne ?
Les guêpes. (R.)

860. Vous rêvez que vous vous trouvez dans un cocotier. Un serpent est en train de descendre vers vous. En bas, un bœuf vous barre le chemin, qu'est-ce vous faîtes ?
Vous sortez du rêve. (M.)

861. La robe de ma grand-mère est rapiécée d'un bout à l'autre ?
Un toit en bardeaux. (Ma.)

862. La robe de ma grand-mère est tout le temps lacérée ?
La feuille du bananier . (R.)

863. (Devinette en français)

864. (Devinette en français)

865. (Devinette en français)

866. (Devinette en français)

867. Je suis rouge et je suis capable d'avaler cent pains à la fois. Qui suis-je ?
Le four. (Sey.)

868. Qu'est-ce qui est rouge comme le feu, blanc comme le sable et vert comme l'herbe ?
Le pavillon seychellois. (Sey.)

869. Je suis rouge dans mon bonheur, noir dans mon malheur ?
Un grain de café. (Ma.)

870. Rouge piquant, blanc d'Espagne, soulier verni ?
Litchi. (R.)

S

871. Ce qui fait ça ne fait pas ça, ce qui ne fait pas ça, fait ça ?
La poule boit de l'eau :elle ne pisse pas ; le lapin ne boit pas d'eau, il pisse. (Gwd.)

872. Je possède un coutelas qui coupe sur trois faces ?
Le vacoi. (Arbre dont les feuilles tressées servaient à fabriquer des sacs.). (R.)

873. (Devinette en français)

874. (Devinette en français)

875. (Devinette en français)

876. (Devinette en français)

877. (Devinette en français)

878. Certains sont sales, d'autres sont propres ?
La terre et le ciel. (Ma.)

879. Mon salon a un tapis rouge, à l'intérieur, il a beaucoup de fauteuils blancs que l'on essuie avec des chiffons blancs ?
La bouche, les dents et la langue. (R.)

880. (Devinette en français)

881. Qui chante mais n'est pas un chanteur ?
Un oiseau. (Sey.)

882. Il y a une savane où tout le monde passe, pourtant personne ne voit le sentier ?
La mer. (M.)

883. Il y a une savane que l'on rase tous les quinze jours mais en ne touchant pas à certains de ses arbres ?
Vos deux oreilles. (M.)

884. Deux sœurs, l'une est blanche, l'autre est noire ?
La journée et la nuit. (M.)

885. Je marche partout sur le chemin, sur la plage mais personne ne trouve mes pas ?
La fourmi. (Sey.)

886. Quel est le saint qui s'envole ?
Saint Martin. (Sey.)

887. Quel est le saint qui ne s'est jamais baigné ?
Saint Benjamin. (« Bain jamais »). (Sey.)

888. Quel saint ne vas pas à l'église ?
Saint Bou. (Sey.)

889. Cinq porte quatre à la machine trente-deux ?
Les cinq doigts portent la fourchette à la bouche. (M.)

890. Cinq prend quatre, quatre fait trente-deux marcher ?
La main prend la fourchette et fait marcher les dents. (M.)

891. Cinq s'empare de quatre, quatre s'empare de un ?
La fourchette qui prend un morceau de nourriture. (Sl.)

892. La ceinture de mon grand-père fait le tour de l'île ?
La mer. (R.)

893. Le ceinturon de mon grand-père coupe sur trois côtés ?
Le vacoi. (R.)

894. Qu'est-ce qui sépare et unit en même temps ?
Un pont. (Gwd.)

895. Nous ne sommes des sœurs, pour un oui ou pour un nom, nous nous séparons ?
Les lèvres. (R.)

896. Casse le cercueil pour manger les morts ?
La pistache. (R.)

897. Le serpent laisse ses œufs en marchant ?
Le giraumon. (R.)

898. Enlevez les cheveux, vous trouvez les os ; enlevez les os, vous trouvez la viande ; enlevez la viande vous trouvez le sang ?
La noix de coco. (R.)

899. Quel chiffre ne s'use pas du tout ?
Le neuf. (Sey.)

900. J'ai une quantité de chiffres, je marche seulement et je n'ai pas de pieds ?
Le réveil. (Sey.)

901. Un chicot au milieu de la pleine ?
Le nombril. (Ma., R.)

902. Soucoupe dans l'eau ?
La lune. (Ma.)

903. J'enlève sa chemise, je trouve ses cheveux ; j'enlève ses cheveux, je trouve ses dents ; mais ce ne sont pas ses dents qui me mangent, ce sont les miennes qui le mange ?
Un maïs. (Ma.)

904. La belle Sissine a traversé l'océan sans se mouiller les pieds ?
Un coup de cloche (ou un coup de corne). (M.)

905. Signer tombe sur scier ; scier s'écrie : aille, signer !
L'avocat qui tombe sur le cochon. (H.)

906. Plus je suis chaud, plus je suis frais ?
Le réfrigérateur. (Sey.)

907. Même quand il fait chaud, je suis toujours frais ?
Le lézard. (Ma.)

908. J'ai chaud, je ne transpire pas ; je suis frais, je transpire ?
La gargoulette. (Ma.)

909. Tous les soldats de mon régiment ont des habits verts et des bonnets rouges ?
Des framboises. (Ma.)

910. J'avance dans mon chemin, jamais je ne me repose, jamais, je ne retourne sur mes pas ?
La rivière. (R.)

911. Brèdes de songe dans l'eau ?
Un gouroumi. (Ma.)

912. Le visage d'un sorcier caché dans les fourrés, quand il frappe, grattement et injures ?
L'ortie. (M.)

913. A quel moment une paire de souliers porte le nom de deux grands écrivains français ?
Quand ils sont déchirés (Voltaire et Boileau). (Gwd.)

914. Si vous avez deux paires de chaussures semblables, comment faire pour savoir laquelle appartient à une femme et laquelle appartient à un homme ?
Il suffit de les sentir. La femme urinant accroupie, sa paire de souliers doit sentir l'urine par derrière ; celle de l'homme sent l'urine par devant car l'homme urine debout. (Gwd.)

915. Des souliers vernis dans une marmite ?
Un cari d'aubergines. (R.)

916. (Devinette en français)

917. J'ai un cheval, j'ai beau l'enfermer à l'écurie, sa queue est toujours dehors ?
La fumée. (Ma.)

918. Le soir, j'ai un troupeau de mouton, au matin, je trouve un bœuf à sa place ?
Les étoiles et le soleil. (R.)

T

919. S'il n'était pas tard, je m'en irais en barque ?
Le tabac. (H.)

920. Qu'est-ce qu'on met sur une table, que l'on coupe et que l'on me mange pas ?
Les cartes. (M.)

921. La tabatière de mon grand-père crie sans arrêt ?
Une montre. (Ma.)

922. (Devinette en français)

923. Le tablier de la Reine derrière son dos ?
Les ongles de la main. (Gr.,K, M., Sl..)

924. (Devinette en français)

925. Celui qui l'a fait, ce n'est pas celui qui s'en sert ?
Un cercueil. (M.)

926. Le temps vient, le temps s'en va ?
La queue du bœuf. (Guy.)

927. Tambour en or sous la terre ?
Safran. (Ma.)

928. Tambour en or sur la tête ?
Safran. (R.)

929. Tambour devant, pavillon derrière ?
Le chien qui aboie. (Sey., R.)

930. Tambour qui danse au milieu de la cour ?
Dinde. (Ma.)

931. Tambour en argent sous la terre ?
Gingembre. (Ma.)

932. J'ai une tente tout en clous, enlève un et je le reconnais ?
Le jacques (le clou est sa gousse). (r.)

933. Plus vous me tapez, plus je travaille ?
Un « typewriter » (machine à écrire). Sey.)

934. Qu'est-ce qui fait du tapage quand il sort mais que l'on ne voit pas ?
Le vent. (Sey.)

935. Le tapis de la reine est toujours ouvert, jamais plié ?
Le grand chemin. (Ma.)

936. Le tapi de mon grand-père est rempli de punaises ?
Le ciel et les étoiles. (Ma.)

937. (Devinette en français)

938. Petit cul, grosse tête, chapeau rapiécé ?
Têtard. (R.)

939. Driiing ici, driiing à Londres ?
Téléphone. (Dom.)

940. J'ai un enfant, si je ne l'attrape pas par le cou, il n'obéit pas ?
Une carafe. (M.)

941. Un enfant hardi grimpe sur le cheval du Roi ?
Une fourmi qui grimpe sur une bouteille de sirop. (H.)

942. Je n'ai ni titre ni valeur. Certains d'entre vous crachent sur moi et me méprisent. Mais, malgré cela, à cause de ma puissance, je fais certains déféquer sur eux ?
Le rhum. (M.)

943. Ouvrez mon cœur pour trouver mon trésor ?
Une grenade. (M.)

944. Qu'est-ce que vous tenez par l'échine pour le faire travailler ?
Un fer à repasser. (M.)

945. Si tu connais le tempérament du petit bonhomme, donne lui sur la tête ?
Un clou. (H.)

946. Le vieux bonhomme est mort dans son caleçon ?
Le maïs sec. (H.)

947. Trou rond sans fond ?
Une bague. (H, Ma.)

948. Je l'étouffe, il m'étouffe ?
La douleur. (Ma.)

949. Partout où je suis passé, je vois trois trois ?
Les trois pierres du foyer. (M., Sm.)

950. Mille trous dans un trou ?
Un dé à coudre. (Ma.)

951. Je travaille grand, je meurs petit ?
Une bougie. (Sey.)

952. Les travailleurs de monsieur Nicolas et de monsieur Jean-Marie boivent de l'eau dans la même rivière. Ils travaillent tous ensemble ?
Tous les chevrons supportent la même barre. (Sey.)

953. Traverse ici, je traverse là-bas, nous nous rencontrerons ?
Les deux bouts du cordon d'une mauresque. (Sey.)

954. Quelle différence y a-t-il entre un train et une femme enceinte ?
Le train passe sur le fer (: les rails) ; la femme enceinte est passée sous le fer (: le sexe de l'homme). (Gwd.)

955. Trésor dans la terre ?
Safran. (Sey.)

956. (Devinette en français)

957. Le soir, je demeure dans un trou, le jour je reste suspendu ?
Le crochet d'une porte. (Sey.)

958. Trois trois partout ?
Les trois pierres du foyer. (M.)

959. Trois et trois (: Toi et toi) font combien ?
Deux. (M.)

960. Cent trous sur un grand trou ?
Une case-à-farine (de manioc) sur laquelle est posée un tamis. (M.)

961. J'ai un troupeau de bœuf, je n'arrive pas à les compter ?
Les étoiles. (M.)

962. J'en ai trois, si un n'est pas là, les deux autres ne travaillent pas ?
Un trépied. (Sey.)

963. J'ai envoyé un troupeau de bœufs à l'abreuvoir, ils ont asséché la mare ?
Un fait-tout de riz. (M.)

V

964. J'ai envoyé un valet chercher du pain, le pain est arrivé avant le valet ?
Le fruit-à-pain tombe par terre avant celui qui le cueille. (M., Sl.)

965. (Devinette en français)

966. Deux viandes derrière une montagne ?
Les oreilles. (Ma.)

967. Celui qui le fabrique le vend ; celui qui l'achète ne s'en sert pas ; celui qui s'en sert ne le connaît pas ?
Un cercueil. (M.)

968. Ouvrez mon ventre, vous trouverez mon trésor ?
Une grenade. (Sey., Ma.)

969. Je suis dans le ventre de ma mère. Je parle, ma mère est incapable de parler ?
Quelqu'un dans une maison. (Sey.)

970. Qu'est-ce qui mange sous le ventre et qui défèque sur le dos ?
Un rabot (ou une varlope, une galère). (M.)

971. (Devinette en français)

972. (Devinette en français)

973. (Devinette en français)

974. S'ils viennent, ils ne viendront pas ; mais s'ils ne viennent pas, ils viendront ?
Un homme qui plante des petits pois : il a peur que les pigeons ne viennent les manger. (Ma.)

975. Qu'est-ce qui peut passer à travers une vitre sans la casser ?
La lumière. (Sey.)

976. Qu'est-ce qui passe avec des vivants pour aller prendre des vivants et faire vivre des vivants ?
Un canot. (M.)

977. Le vivants parlent, le mort parlent ?
Les embrevades. (Ma.)

978. Les vivants ne parlent pas, les morts parlent ?
Les ambrovates. (R.)

979. Le vivant porte le mort ?
Le corbeau (lorsqu'un bœuf meurt, le corbeau l'emporte). (Guy.)

980. (Devinette en français)

981. Qu'est qu'un voleur prend en dernier ?
Il prend la fuite. (Sey.)

982. Quand je suis en colère, je vomis du feu ?
Un canon. (Ma.)

983. (Devinette en français)

984. Celui qui l'a vu n'est pas celui qui l'a pris ; celui qui l'a pris n'est pas celui qui l'a mangé ; celui qui l'a mangé n'est pas celui qui a été battu ; celui qui a été battu n'est pas celui qui a crié ; celui qui a crié n'est pas celui qui a pleuré ,
Un petit noir vient de voler une mangue : ses yeux ont vu, mais ses yeux n'ont pas pris ; sa main a pris, mais sa main n'a pas mangé ; sa bouche a mangé, mais sa bouche n'a pas été battue ; ses reins ont été battus, mais ses reins n'ont pas crié ; sa bouche a crié mais sa bouche n'a pas pleuré. (Ma.)

985. Tout le temps il mange de la viande mais jamais il ne devient gras ?
La dent. (R.)

986. Viande dans viande ?
Le pénis dans le vagin. (H.)

987. Je ne suis ni viande ni os et mon métier est de transporter le corps des gens ?
Un cercueil. (H.)

988. Qu'est-ce qui fait trotter les vieux ?
Leur bâton. (M.)

989. Une vieille femme proteste toute la nuit et toute la journée ?
La mer (ou la rivière). (Sl.)

990. Une vieille femme dont les excréments son blancs ?
Une bougie. (L-s.)

W

991. Je ne suis ni roi ni reine et je porte une couronne sur la tête ?
Une grenade. (Gwd.)

992. Je ne suis ni roi ni reine et je porte une couronne comme un roi ?
Le coq. (M.)

993. Je ne suis ni roi ni reine, pourtant quand on a besoin de moi, on me lèche les fesses ?
Un timbre. (M.)

994. Un roi arrive dans un port, qui en est le capitaine ?
Ça. (jeu de mot sur « sa » en créole dans la question « sa ki kapitèn nan ? »)

995. Qu'est-ce qui nous fait voir ce qu'il ne voit pas ?
Les verres des lunettes. (Sey.)

996. Qu'est-ce qui est plus haut que le bon Dieu ?
Le point sur le « i ». (M.)

997. Il faut enlever ma robe pour voir ma beauté ?
Maïs. (M.)

998. J'ai une pierre, dans cette pierre il y a neuf trous. Chaque trou possède une mère-rat. Chacune d'elle a neuf petits. Combien de rats y a-t-il dans la pierre ?
810 rats. (Gwd.)

999. De petites roues derrière la colline ?
Vos oreilles. (H.)

1000. Le rouge dit à la noire : « Tiens le coup, si ton ventre crève, je suis mort ! » ?
Le feu et le fait-tout. (M.)

1001. Le rouge chauffe le noir, le noir chauffe le blanc, tout le monde mange à grandes bouchées ?
La farine de manioc. (M.)

1002. Petit rouge debout ?
Une cruche. (H.)

1003. Roro, baba, yinyin ?
Un fruit sort en haut, tombe par terre, ça pourrit et puis la vermine mis là-dedans. (M.)

Y

1004. Je suis aller fouiller une igname, j'ai emporté le trou et j'ai laissé l'igname à terre ?
Une chique. (M.)

1005. Tous mes enfants sont des sorciers ?
Des piments. (M.)

Z

1006. Tous mes enfants sont brûlés ?
Des pois secs. (M.)

1007. Un enfant, à sa naissance, montre son poing à son père ?
Fougère. (R.)

1008. Qu'est-ce que l'anolis porte ?
Faux-col. (M.)

1009. Deux assiettes plates collées ?
Deux lesbiennes. (M.)

1010. Mes assiettes sont sur un buffet, quand elles tombent par terre, elles ne se cassent pas ?
Des feuilles sur un arbre. (R.)

1011. Ecrivez-moi le piège à rat en quatre lettres ?
Le chat. (M.)

1012. A l'aide d'une épingle, on chasse un homme de sa maison ?
Un burgau à qui on a enlevé sa carapace. (M-g.)

1013. L'épingle en or a réveillé le Roi dans son château ?
Une puce qui vous mord. (H.)

1014. Une coquille d'œuf sur un tas de fumier ?
Un nègre portant un casque. (M-g.)

1015. La jeune fille est en bleu, sa ceinture est blanche ?
La mer. (R.)

1016. Je le lance en l'air, il tombe par terre ; je le jette par terre, il s'élance en l'air ?
Une balle élastique. (Ma.)

1017. Zig zag en haut, zig zag en bas, graine au milieu ?
Vos yeux. (M.)

1018. Quelle île porte le nom d'une demoiselle ?
Sainte-Anne. (Sey.)

1019. Nommez-moi une île qui porte le nom d'une demoiselle ?
L'île Marie-Louise. (Sey.)

1020. Je suis allé récolter des ignames, j'ai ramené la fosse d'ignames et j'ai abandonné l'igname ?
Du caca. (M.)

1021. Où trouve-t-on plus d'orangers (/d'os rangés) ?
Au cimetière. (M.)

1022. Parmi les signes du zodiaque, combien de signes ne sont pas vierges ?
11 parce que parmi les signes, il n'y a que la Vierge qui est vierge. (Gwd.)

1023. Qu'est-ce qui est encore plus joli qu'une rose rouge ?
Deux roses rouges. (Sey.)

1024. J'ai mes hommes qui travaillent avec une seule pioche ?
Les bananiers et leurs régimes. (Sey.)

1025. Grandes oreilles, petits yeux, peau vernie ?
La chauve-souris. (Ma.)

1026. Nous sommes nés le même jour dans la même famille mais nous n'avons pas la même taille ?
Les doigts. (Sey.)

1027. Je suis né vingt-deux jours après ma naissance ?
Un poulet. (R.)

1028. Mon oiseau n'a qu'un œil et son œil se trouve dans sa queue ?
Un poêlon. (Ma.)

1029. Je ne suis pas un oiseau mais je peux voler sans jamais m'arrêter ?
Le vent. (Sey.)

1030. Quel oiseau forme le nom d'un bon capitaine ?
Martin. (Capitaine Martin). (Sey.)

1031. Un oiseau ki pond un œuf noir ?
Du coton blanc dans sa gousse noire. (M.)

1032. Le petit oiseau vole, ses tripes sont suspendues ?
Du fil à coudre. (H.)

TABLE DES MATIERES

JEUX DE LANGUE EN PAYS CREOLE (TITIM-BWASEK, JEDMO, ZEDMO, DIVINET, KAYANBOUK,MASSAK) 9

BIBLIOGRAPHIE 81

ABREVIATIONS / CLASSEMENT DES « TITIM » 85

« TITIM » en créole 87

LEXIQUE 227

TRADUCTION 237

Achevé d'imprimer par Corlet, Imprimeur, S.A.
14110 Condé-sur-Noireau (France)
N° d'Imprimeur : 30068 - Dépôt légal : mars 1998

Imprimé en U.E.